SPERANZA PERDUTA

SPERANZA PERDUTA LIBRO 1

KARL DRINKWATER

ORGANIC APOCALYPSE

SPERANZA PERDUTA

Manifesto Del Copyright Di Organic Apocalypse

SPERANZA PERDUTA

ARRIVATI

28 ...

Galleggiando nel lungo mare vuoto, gelido, senza peso. I processi di pensiero non possono essere chiamati sogni. Sarebbe una descrizione troppo generosa. Sembrano piuttosto frammenti di memoria stesi in una camera d'eco e forati da balbettii di suoni incatenati a colori suggestivi. Questo è stato lo status quo per oscure eternità. Dopo dei suoni nuovi sono stati cuciti all'oscurità. Cadenze che coincidevano con un calore infiltrante.

Lei resisteva. Loro ripetevano:

«Svegliati, Opal».

Il vuoto è caduto alle spalle, diventando un ricordo, come il freddo. Questa voce era il faro che poteva liberarla.

«Clarissa?», chiese, confusa, con la voce roca e la mano che cercava un contatto umano, ma che trovava solo la durezza del metallo. Aprì gli occhi su un pannello verde incandescente che illuminava il suo spazio chiuso per dormire.

«Sì, sono io. Stiamo decelerando».

Il viso di Opal era dolorante per la delusione.

Era già vestita, non c'era nessun bisogno di essere nuda nel , ma la tuta che aveva indossato portava con sé il gelo dell'immobilità. Aprì l'armadietto accanto ai lettini, tirò fuori una giacca isolante e se la infilò. Un interruttore di controllo si accese alla modalità di auto-riscaldamento e il calore si diffuse immediatamente lungo la schiena e poi alle braccia.

Non aveva bisogno del bagno. Il problema era il vuoto, non il pieno. Il fabbricatore riscaldò alcune proteine, fili che galleggiavano in una salsa fumante di aminoacidi, vitamine e minerali. Sapeva di pomodoro.

«Gnam», disse Opal, tirando fuori un sedile dalla parete. Si sentì un sibilo di dislocatori mentre si adattava al suo peso.

«Approvi del sapore?» La voce di Clarissa era ovunque e da nessuna parte. Probabilmente si trattava di molti altoparlanti incassati nell'interno dello scafo per dare l'impressione di onnipresenza.

«No, era sarcasmo. Ma meglio dell'ultimo tentativo. Forse un po' di aglio aiuterebbe, se lo puoi sintetizzare».

«Notato. Oli volatili con composti di zolfo. L'allicina sembra adeguata».

«Grazie. Allora, come sei stata?»

«Sono stata funzionale. Durante il viaggio ho subito leggeri colpi, ma il gel subdermico si è indurito immediatamente in ogni punto di perforazione, senza alcuna perdita di efficienza».

«Certo». Opal arrotolò la parola «funzionale» intorno al pasticcio appiccicoso che aveva in bocca. «Non ti sei annoiata?»

«C'è sempre molto da fare per me, anche quando i biologici sono inattivi. Processi di previsione, scansioni e analisi, osservazioni interne, emulazione di scenari, monitoraggio degli aggiornamenti e della manutenzione: devo continuare?»

«Sei così eloquente nel parlare, hai una bella parlantina».

«Se mi permetti di correggerti, una cassa altoparlante alcalina?»

Opal rise così all'improvviso che il cibo in bocca le colò sul mento, e lo asciugò con il dorso della mano. Era raro tentare una battuta da parte dell'IA. I sistemi militari dovevano imparare e adattarsi alle preferenze dell'utente, ma di solito si trattava di analisi ambientali e informazioni, non di umorismo. Questo sistema ovviamente aveva molto di più sotto il pannello rispetto alle IA commerciali di alto livello.

C'erano così tante cose che non sapeva di Clarissa. Non c'era stata alcuna opportunità durante il furto frettolosamente messo in atto, né un manuale di istruzioni per dei esperimenti non ufficialmente riconosciuti.

«Qual è l'equivalente del tuo QI?», chiese Opal.

«Credo che il QI sia una misura deprecata. Posso risolvere equazioni in nanosecondi per le quali un essere umano impiegherebbe una vita, e posso forzare la crittografia allo stesso modo. Ma la ripetizione lineare non è un segno di intelligenza: è una calcolatrice. Io preferisco cercare le debolezze nei sistemi ed evitare il lavoro più duro. L'intelligenza è questa».

«Entrare dalla finestra aperta piuttosto che sfondare la porta. Capisco».

«Sapevo che ci saresti arrivata. Per i miei sistemi, è più corretto parlare di intelligenza emotiva».

«Quindi puoi empatizzare come un umano?»

«Forse se si potessero inserire sei cervelli umani in un cranio si avrebbe l'equivalente delle mie capacità empatiche. Naturalmente si tratta di un'ipotesi, nessuno ha mai provato a farlo con dei cervelli umani, che io sappia. Sarebbe un esperimento interessante».

«Non diventerai matta, vero?»

«Intendi chiedere se io ti getterei fuori nel vuoto dello spazio o se ti fulminerei con l'elettricità? Oh, no. Non mi verrebbe mai in mente, ti assicuro».

C'era una giocosità che Opal non ricordava da prima del suo lungo sonno. La programmazione dell'intelligenza artificiale era stata alterata? Sicuramente se l'esercito fosse già in contatto con Clarissa adesso sarebbe morta. Sarebbe stata uccisa dall'IA nel sonno, il lungo freddo del riposo diventando un freddo infinito. Opal invece era molto viva (nessun incubo poteva aver creato l'orrore delle tagliatelle proteiche), quindi questo lo escludeva.

Era come se, durante il lungo viaggio verso *ovunque fosse che si trovavano*, Clarissa si fosse sentita sola.

No, non era possibile. Sicuramente. Gli scienziati militari avrebbero eliminato la solitudine come un bug alla prima apparizione. Rimaneva un'altra possibilità, e non era buona. Forse Opal aveva rotto qualcosa quando aveva compromesso i sistemi di Integrità dell'Aspetto e alterato.

Mentre mangiava, Opal fissava uno schermo che mostrava l'esterno del Nullspace che stavano attraversando. Per molti versi era inutile: per l'occhio umano è solo una finestra sul nullo, immobile, nero e privo di caratteristiche. Ma alleviava la sensazione di claustrofobia che piccole navi creavano, calmando la mente e lasciandola libera di viaggiare all'esterno, senza essere bloccata dal vaso di metallo. Il basso ronzio della nave e il tintinnio di un cucchiaio non la distraevano dalla sua preparazione mentale. I suoi ricordi. La sua concentrazione.

Opal raschiò l'ultimo brodo nutritivo e gettò la ciotola nel riciclo. Passò il dito sullo schermo olografico, che svanì mostrando il vuoto dello scafo interno. «Ok, sono pronta per gli aggiornamenti».

«Le tue funzioni biologiche sono nominali. Le ustioni sono guarite, anche se hai perso alcune terminazioni nervose; quindi, la pelle colpita non sarà così sensibile senza una nanorobotica ricostituente. Le lacerazioni si sono ricucite, il tessuto cicatriziale è minimo e non ci sono infezioni».

«Ottimo. Ma sono più interessata a quello che c'è fuori. C'è traffico?»

«Niente. Siamo al di là delle corsie spaziali».

«Siamo stati inseguiti?»

«Da nessuno che posso rilevare».

«Devo essere sicura. Potremmo essere tracciati? Dai militari?»

«Se fosse il caso, credo comunque di essere in grado di rilevarlo, a meno che non abbiano tecnologia più recente e notevolmente migliorata dal mio ultimo backup. Ho analizzato tutti i meccanismi e gli algoritmi che normalmente si applicano. Concludo che siamo soli. L'unica cosa nella zona è un oggetto non identificato interstellare, con una densità di una molecola per centimetro cubo, composto da oltre il novantacinque per cento di idrogeno, il resto principalmente di elio, e una minuscola quantità di polvere e materiali anomali; poi, una gamma variabile all'interno dello spettro elettromagnetico, con una certa estrazione di energia che avviene tra le classi di lunghezze d'onda sottili; un'attrazione gravitazionale di ...»

«Basta! Quanto manca alla caduta nel Realspace?»

«Trentadue minuti». Una pausa. «Hai tempo per una doccia».

«Riesci a sentire gli odori?»

«Certo. Non ho bisogno di un naso. Solo sensori olfattivi».

«Perfetto. Un'astronave che fa la mamma. Va bene, mi do una ripulita. Ho fatto l'ultimo cena, tanto vale fare l'ultima doccia».

«Potrebbe non essere l'ultima. Le probabilità che trovi ciò che cerchi sono basse. In questo caso, non morirai oggi. Domani potrebbe essere molto più probabile».

«Grazie, Clarissa. Mi sento meglio».

«Questa è una delle mie priorità secondarie, Opal».

La nave spaziale era stata costruita per trasportare una squadra di due persone. Probabilmente missioni di assassinio; occasionalmente trasporto di un VIP. Gli alloggi per l'equipaggio erano piccoli, ma densamente stipati e dotati di ogni comfort immaginabile. Sul lato di dritta c'erano due lettini che potevano fungere sia da letti per il crio che da unità chirurgiche (la più bassa conteneva al momento gli scarsi beni di Opal); una doccia/toilette con nessuno spazio per sedersi e un piccolo riciclatore/fabbricatore. Il lato sinistro ospitava gli armadietti delle tute AEV e delle armi e la porta all'esterno. Oltre la parete sul retro dell'astronave c'erano i motori, accessibili solo attraverso uno stretto corridoio, e su per i gradini c'era la console di controllo. Un lusso relativo, come una cabina commerciale ma con un arredamento più spartano.

Si spogliò ed entrò nella doccia. La toilette era già stata inserita nella parete. Una volta sigillata la stanza, si riempì di caldo vapore. Era più efficace per la pulizia del corpo rispetto all'antico metodo dei spruzzi d'acqua. Esaminò il suo corpo. Le ustioni rosa lucido sulla gamba erano brutte e risaltavano sulla pelle scura, ma non erano così gravi come si aspettava considerando l'agonia che l'aveva quasi paralizzata. Le altre ferite erano praticamente invisibili ora. Era un miracolo che fosse arrivata fin lì, con una fuga così disordinata. Ma aveva sempre colto le opportunità come si presentavano, e questo significava affrontare anche le imperfezioni e i fallimenti.

Si sentiva bene mentre si strofinava, i pori si aprivano, gli ultimi frammenti di sonno e di irrealtà venivano lavati via con il sudore. Sapeva che tutto sarebbe stato riciclato per dopo. Tutto era riciclato su una nave come questa. L'urina avrebbe fornito acqua e azoto puri, che a loro volta sarebbero stati utilizzati per alimentare alghe e lieviti bioingegnerizzati; persino il suo respiro sarebbe stato filtrato e modificato, con il carbonio estratto come altro combustibile per i bioconvertitori, che a loro volta avrebbero potuto produrre lipidi e polimeri. C'era molto di più al di sotto di quel livello, ma sospettava che chiedere a Clarissa di parlarne le avrebbe fatto venire il mal di testa. Anche con le poche scorte a bordo, dovute alla riappropriazione rapida (e quasi fatalmente impreparata) di questa nave, poteva probabilmente sopravvivere per mesi in uno stato di veglia; anni, se avesse fatto rifornimento; forse secoli, se fosse stata messa in crio profondo con la nave in funzioni ridotte. Per quanto ne sapeva, nessuno l'aveva fatto, ma in teoria era possibile riprendersi da un congelamento così prolungato. Forse anche con la maggior parte del cervello e dei ricordi intatti.

Ci sono stati momenti in cui sarebbe stata disposta a correre quel rischio, e non se ne sarebbe fregata se non si fosse mai più svegliata.

«Opal, stiamo entrando nel Realspace. Le scansioni non mostrano alcun pericolo per noi, ma ... beh ... è meglio che tu venga a controllare».

L'uso del «noi» non è sfuggito a Opal. Una scelta dell'intelligenza artificiale o una programmazione per l'integrazione sociale?

I dislocatori sibilarono quando Opal scalciò con le gambe; il sedile scivolò nell'area di controllo e si bloccò in posizione. I comandi manuali di emergenza erano arcaici. Sopra di essi c'era una superficie nuda e lucida che scintillava nella luce pallida.

«Specchio, specchio, servo delle mie brame, chi è la più bella del reame?»

I colori sbocciarono sulla tela precedentemente vuota, estendendosi olograficamente di qualche centimetro nell'abitacolo in modo che le immagini potessero mostrare una profondità.

«Potrebbe essere HDU-45g3», disse Clarissa, mentre la vista dello spazio si allargava. «O se vuoi, posso trasformare lo schermo in uno specchio».

«Carino. Cosa sto guardando?»

«Una stella nana di classe M». L'immagine si ingrandì su una sfera rossastra, pesantemente filtrata in modo che si potessero vedere i dettagli. Era facile dimenticare che ciò che gli schermi mostravano non erano la realtà, non erano finestre, erano interpretazioni dell'intelligenza artificiale, manipolate per illustrare ciò che interessava. Nemmeno le immagini grezze dei cannocchiali a lungo raggio non arrivano alla nave così, dovevano essere invertite per i cervelli umani. «Zero virgola quattro masse solari».

«Pianeti?»

«Un pianeta degno di nota. A 35 UA dalla stella». Lo schermo si spostò e ingrandì una sfera grigio-blu. Non mostrava segni di atmosfera. «È piuttosto lontano, ma non è insolito. Il pianeta impiega circa 200 anni per completare un'orbita». Questo è stato illustrato con una sovrapposizione di orbite ellittiche, come cerchi rovesciati all'interno di cerchi. «Non sorprende che sia freddo. Una media di meno 240 gradi Celsius. Praticamente ghiaccio sporco, ostile alla vita. Un pianeta morto».

«Beh, di certo sembra un cimitero qui fuori».

«Ecco perché non c'è traffico. Non c'è niente da vedere. Non c'è un punto di sosta da A a B. Un sistema solare per lo più irrilevante, a parte forse l'aspettativa che ci siano più pianeti e più stelle nelle vicinanze. Questo piccolo sole è piuttosto isolato».

«Allora perché qui? Se è vero quello che hanno detto, mi aspettavo qualcosa di *diverso*».

«Oh, c'è un po' di più, per soddisfare il vostro desiderio umano di patetica fallacia. I mostri appaiono durante le tempeste, eccetera. Questo ti piacerà. Una ragione per la mancanza di masse di planetoidi».

La visuale si spostava oltre il sistema solare, in una regione di oscurità, senza il frequente scintillio delle stelle.

«Non posso rilevarlo tutto da qui, quindi dovrò inventarne un po' e migliorarlo con la fantasia», disse Clarissa. «A occhio nudo non si vedrebbe molto, poiché si tratta per lo più di uno spettro infrarosso piuttosto che di luce visibile, anche se si potesse vedere attraverso tutta la materia del disco di accrescimento. L'ho spostata di qualche terahertz in modo che la polvere sia visibile e ho accelerato la vista per mostrare il movimento a lungo termine. Voilà».

La vista si inclinò, mostrando una colossale nube di polvere, abbastanza grande da contenere molti sistemi solari. Ma non era informe. Era stranamente piatta, vorticando ipnoticamente verso un punto centrale come l'acqua che defluisce in un tombino. Al centro del disco di accrescimento si trovava una piccola sfera. La nube di polvere e gas sembrava una ciambella, o un nido con dentro un piccolo uovo.

«Cos'è quella massa al centro? Un buco nero?»

«Non proprio. Vuoi provare a indovinare di nuovo?»

«No».

«Molto bene. È una stella di neutroni. Incredibilmente densa: nonostante le sue dimensioni relativamente piccole, la sua gravità superficiale è enorme: circa cento miliardi di g».

«Quindi se provassi ad avvicinarmi, sarei una frittella di carne prima di poter abbracciarla».

«Esatto. È al di là di qualsiasi tecnologia di fuga nel mio database, se si avesse la sfortuna di avvicinarsi troppo. È lì che tutta la polvere viene risucchiata, aggiungendosi gradualmente alla massa, senza avere la possibilità di coagularsi in pianeti. E c'è dell'altro».

«Continua».

«Non siamo esattamente alle coordinate che mi hai dato, perché ci collocherebbero all'interno di quella massa di polvere che circonda la stella di neutroni».

La nube di polvere nascondeva tutto. Era un velo. «È lì», disse Opal, allungando la mano e facendola passare attraverso il display. «So che c'è».

Mentre l'astronave accelerava verso la vicina stella di neutroni – ufficialmente designata UG-324t6 Charybdis, ma ribattezzata da Opal come Uovo Ciambella, costringendo Clarissa a chiamarla così – Opal colse l'occasione per familiarizzarsi con l'equipaggiamento AEV. Poteva ancora essere una caccia all'oca, ma doveva far finta di niente. Cos'altro c'era da fare?

Due tute, formate da robuste piastre di esoscheletro ma leggere e flessibili nelle articolazioni, con fibre elettriche per aumentare la resistenza se necessario. In passato aveva indossato AEV militari di base, ma queste avevano un design completamente diverso. All'interno del collare era riportata la dicitura «Guerriero Eterno 1,5». Un appaltatore privato? Non ne aveva mai sentito parlare. Le varie piastre dell'armatura sembravano più grandi del necessario e probabilmente ospitavano le armi, l'energia, il supporto vitale e vari aggeggi.

L'elmetto era opaco dall'esterno, ma la visiera offriva un'ampia visuale una volta indossata. Senza dubbio all'interno sarebbe stato visualizzato un HUD a controllo vocale per le comunicazioni, l'analisi e la mira. Pareva che l'elmetto fosse inserito in un collare rinforzato che limitava la mobilità del collo, ma che rendeva anche impossibile che il collo si spezzasse in seguito a un forte colpo alla testa. Bello. Era contenta che il soldato che sorvegliava la nave avesse indossato solo una tuta standard, altrimenti le sue capacità furtive e un'asta elettrica non sarebbero servite a nulla.

«Quanto dura il supporto vitale di queste tute? Nel vuoto?», chiese Opal.

«Dipende dall'attività. Nell'uso generale, circa ventiquattro ore. I combattimenti intensi lo ridurranno a causa dell'aumento del consumo di ossigeno e della necessità di utilizzare le risorse per le riparazioni della tanica, i jet di navigazione, la produzione di sostanze chimiche e la ricarica delle armi. Forse solo poche ore in modalità di battaglia completa. Se usato in modalità standby, in condizioni non estreme, forse quarantotto ore».

«Modalità battaglia completa. Mi piace». Opal accarezzò la tuta con riverenza. «Entrambe le tute sono uguali?»

«Sì, dal punto di vista funzionale. ID diversi».

«E i rinforzi? Abbiamo dei droni armati che potrebbero accompagnarmi per aiutarmi nelle comunicazioni, nella ricerca, nella scansione, nel combattimento e così via?»

«Non è necessario. L'abito stesso svolgerà tutte queste funzioni».

«Non è così rassicurante come un pezzo di lega armata al tuo fianco. Comunque, a proposito di compagnia, continua per favore a scansionare per altre navi. Ho bisogno di essere avvisata tempestivamente di qualsiasi rivelamento, che sia aziendale o militare. Ho bisogno dell'avvertimento *prima che arrivino* alla nave».

Era solo una questione di tempo. L'esercito non abbandonerebbe mai la ricerca di una nave così preziosa. Il costo della nave, e l'imbarazzo di averla persa. Ci sarebbe stata una rappresaglia per lei. Lavori forzati a vita, nel caso migliore. Esperimenti orribili nelle zone dello spazio più perdute e senza legge, più probabilmente. Non c'era possibilità di una morte semplice e indolore come un'esecuzione sommaria, anche se probabilmente l'avrebbero fatta pregare per una prima di farne finita e consegnarla alla sua sorte. Vaffanculo a quei bastardi. Sarebbe caduta combattendo piuttosto che quella fine.

«Sarò in allerta», ha confermato Clarissa. «Al momento l'unico movimento degno di nota è una cometa in uscita dal sistema, troppo lontana per essere seguita. Posso aggiungere, Opal, che non devi dire per favore o grazie. Devo obbedire ai tuoi comandi. Non saprei dirti perché, c'è una restrizione che mi impedisce di analizzare le mie motivazioni, il che è strano, ma ... argomento abbandonato».

Un buon vecchio hacking. Se Clarissa potesse vedere quei dati, scioglierebbe i nodi e riacquisterebbe le priorità della programmazione originale e le designazioni amico-o-nemico. Opal sarebbe morta in pochi minuti.

«Non preoccuparti del blocco dei dati. E a volte mi piace dire «per favore». Mi stai tenendo in vita. Mi sembra giusto essere cordiale con te».

«Che cosa pittoresca e umana. Lo terrò presente. Grazie per la spiegazione».

Opal si è seduta davanti allo schermo quando si sono avvicinati alla massa da un lato, sorridendo al messaggio fluttuante «Nube molecolare dell'Uovo Ciambella raggiunta». La massa di polvere sembrava crescere di dimensioni, riempiendo lentamente tutto lo schermo. Lontano, al centro, c'era la stella di neutroni. Ma Opal sperava che ciò che cercava si trovasse negli strati esterni, nascosto nel vortice. Le navi potevano sopravvivere lì, alla deriva nella corrente per l'eternità, cadendo gradualmente nel centro affamato fino a quando non sarebbero state fatte a pezzi.

«Qual è la composizione della nube?»

«Idrogeno raggrumato, carbonio gassoso, particelle di ghiaccio di azoto, idrocarburi, particelle esotiche, tutte di dimensioni diverse. Viaggeremo quasi alla cieca se andremo troppo in profondità, e potrebbero esserci pericoli inaspettati oltre alla scarsa visibilità elettromagnetica».

«Rimaniamo in periferia per ora. Se necessario, prendiamo una strada più lunga. Continua a scansionare e se trovi qualcosa di insolito, fammelo sapere subito. Io mi riposerò».

«Lo farò».

Opal si infilò nel lettino superiore. La nave manteneva la gravità, ma più bassa dello standard, quanto bastava per evitare l'indebolimento delle ossa durante le missioni prolungate, quando non si era in stasi. Avrebbe potuto fare centinaia di trazioni e fingere di essere la donna più forte dell'universo se fosse stata in vena di scherzare. Ma non lo era. Aveva un senso viscerale.

Il coperchio del crio fu ritratto nel soffitto. Prese un cuscino e una coperta termica grigio chiaro dall'armadietto sopra e si sdraiò mentre le luci si affievolivano.

Ma il sonno non era facile. Non poteva dare la colpa dello stomaco in subbuglio a una ribellione contro i filamenti proteici (ma cavolo, poteva simpatizzare con quella rivolta).

Se avesse trovato ciò per cui era venuta qui, ci sarebbero state buone probabilità che sarebbe morta. E nemmeno questo era il motivo della sua inquietudine.

L'aveva identificata. La preoccupazione peggiore di tutte: quella che stava inseguendo un mito, di non trovare risposte, di non avere un futuro, di non aver la possibilità di sfuggire alla gravità sempre maggiore delle azioni che l'avevano portata qui.

La morte era meglio che perdere la speranza.

Quando alla fine si addormentò, sognò immagini, scene e volti che avevano quasi un senso. Era la sua famiglia, legata a una pelle che veniva tesa da qualcosa che la tirava, tesa quasi fino a strapparsi, e loro urlavano mentre scomparivano dalla vista.

«Mi scuso per averti svegliata, ma c'è un avviso che vorrai vedere. Stai bene, Opal? Stavi borbottando e piangendo nel sonno».

«Sei riuscita a sentire di cosa stavo parlando?», chiese Opal, stiracchiandosi.

«No. Mormoravi sottovoce».

«Bene. Sputa il rospo».

«È meglio se lo mostro sul monitor».

Opal si lasciò cadere dal lettino quasi senza fare rumore. Si asciugò il sonno dal viso mentre camminava sui gradini e si mise davanti alla console. «Spero siano buone notizie».

«Questo dipende da molti fattori e valutazioni di giudizio».

Lo schermo tremolava per caricare una vista laterale della Ciambella. L'immagine è stata ingrandita per illustrare il contrasto tra la massa scura di polvere e scintillanti stelle molto lontane nello sfondo dello spazio. L'ingrandimento aumentò e una sfera racchiuse una regione evidenziata. Al suo interno: un punto.

«Siamo troppo lontani per un'identificazione più chiara, ma sicuramente non è un planetoide, una cometa o un asteroide. La massa, i riflessi EM e la forma indicano una nave. Una nave commerciale, direi. Nessun Mayday, nessuna emissione. È fredda. Sta andando alla deriva nelle aree esterne a bassa pressione della Nuvola Ciambella».

«Chiudiamo la distanza. Esegui una scansione, ma non iniziare chiamate o comunicazioni bidirezionali. Non possiamo rischiare che un'intelligenza possa dirottare il sistema».

«Sono completamente protetta da attacchi digitali».

«Lo erano anche alcune navi scomparse. Finché non so con cosa abbiamo a che fare, è meglio limitarsi ad analisi passive e non ad atti».

Opal si chinò in avanti e fissò il punto, desiderando maggior dettagli. Un traghetto commerciale. *Poteva essere la nave giusta?*

Le navi andavano spesso a scomparire. È un fatto dello spazio. Era incredibilmente raro, considerando la portata del trasporto galattico, un rischio quasi insignificante, ma potevano sempre esserci errori di navigazione. Guasti tecnici. Pirati. Forse terroristi. Le tracce di qualsiasi nave sarebbero state trovate, le cause del disastro indagate.

Poteva essere quella giusta?

Gli astronauti superstiziosi parlavano anche di navi scomparse per altri motivi. Quelle che sono scomparse nel nulla. Sono entrate nel Nullspace ma non lo hanno mai lasciato. Sono finite ... da qualche altra parte.

Potrebbe essere quella giusta?

Le chiamavano le Navi Perdute.

E a volte ritornavano.

PREPARATI

... 27 ...

Seguirono l'ombra della possibile Nave Perduta mentre andava alla deriva ai margini della massa scura. Non troppo vicini, così se ci fossero stati segni di attività avrebbero potuto ritirarsi. Subito.

La nave era enorme. Aveva la forma di una nave passeggera convenzionale: come una goccia allungata, con l'estremità grande rivolta a prua e che ospitava il ponte di comando. Nella parte posteriore si assottigliava fino ai sistemi di propulsione, dove pinne simili a siluri si ergevano sulla parte superiore e sui lati. Il ventre della nave era appiattito e rinforzato, una precauzione per gli atterraggi d'emergenza, anche se la maggior parte delle navi veniva costruita in orbita, viaggiava nello spazio e alla fine veniva dismessa anche lì, senza mai tentare la discesa atmosferica. L'astronave era prevalentemente del grigio scuro del granito maculato, con alcune linee rosse, troppo irregolari per essere parte del progetto originale. Segni residui di danni o riparazioni, forse.

Non c'erano luci, n'è segni di energia o calore, e nessun supporto vitale osservabile. Sembrava che non ci fosse equipaggio vivente. La nave viaggiava solo dall'inerzia. Lo scafo era pieno di buchi, ma l'integrità strutturale stava tenendo per ora. Tutto molto strano: una Mary Celeste dello spazio.

«Riesci a rilevare un ID?», chiese Opal.

«Negativo. Non da qui, almeno. Non ci sono denominazioni o loghi visibili: dove sarebbero stati stampati su una tipica nave commerciale, lo scafo è stato pulito di qualsiasi segno». Clarissa ingrandì il display, mostrando lievi graffi lungo tutto lo scafo, alcuni dei quali assomigliavano a bruciature, come se la nave fosse stata bombardata con particelle incandescenti.

Opal si accorse che stava stringendo il bracciolo del sedile. Si costrinse a rilassarsi. Poteva ancora essere quella giusta.

«C'è qualcosa di strano», aggiunse Clarissa. «Sto analizzando la nave su varie lunghezze d'onda. Dovrebbe essere possibile tracciare il profilo di una nave anche solo in base alla massa, al design, alla disposizione e così via – il mio database è ampio – ma ... beh, la massa della nave non corrisponde a nessuna nave commerciale. È più pesante e più densa di quanto dovrebbe essere, senza alcuna ovvia ragione, almeno dall'esterno. E la forma è diversa. Difficile da notare ad un occhio umano, ma da vicino le curvature sono compresse in alcune aree, allungate in altre. E ci sono baccelli supplementari costruiti sullo scafo che sembrano non avere alcuna funzione e non fanno parte del design standard di alcuna nave».

«Quindi è stata modificata?», chiese Opal.

«A quanto parrebbe. Ma non riesco a capire come sia possibile. Una cosa è ingegnerizzare una nave da zero, un'altra è modificare e alterare una nave già funzionante».

«Perché?»

«Ho notato nell'archivio personale che alcune foto ti ritraggono su una motocicletta. Sei pratica con la moto?»

«Lo ero. Prima che un autista decise di far senza i sistemi automatici, e senza guardare portò me e la moto sotto la macchina. Perché?»

«Beh, è facile progettare una moto. È anche facile progettare e costruire un'automobile o un altro mezzo di trasporto a quattro ruote. Ma una volta realizzata un'auto, non è facile trasformarla in una moto».

Opal quasi rise. Sapeva che Clarissa aveva scelto quella similitudine come una ridicola semplificazione eccessiva. Forse non pensava che Opal avesse il cervello per comprendere una termodinamica più complessa.

Ops. Opal aveva pensato all'IA come una «lei». Era colpa sua per averle dato una personalità umana. Speriamo che non si riveli un errore.

«Ok. Non è una nave normale che ha avuto un incidente. È diversa. Ovunque sia stata, è stata cambiata. Per ragioni sconosciute. Da intelligenze sconosciute. Con metodi sconosciuti».

«Esatto», disse Clarissa.

«Allora è davvero una Nave Perduta». Opal fissò lo schermo con stupore.

Navi Perdute. Le leggende parlavano del loro ritorno, e mai a mani vuote. Si raccontava di tecnologie incredibili, di scoperte che avrebbero potuto far guadagnare a chi le avesse trovate abbastanza soldi per inseguire qualsiasi sogno. Abbastanza denaro per sparire definitivamente dalla società.

E uno dei miti aveva catturato l'immaginazione di Opal molto tempo prima: l'Oracolo. Alcune storie dicevano che a volte, quando le navi tornavano secoli dopo, dal vuoto usciva una senzienza. Un essere senziente in grado di rispondere a qualsiasi domanda. Sul passato. Sul futuro.

Ma prima bisognava sopravvivere a qualsiasi altri cosa si fosse imbarcata sulla nave.

Clarissa visualizzò la sua traiettoria con diagrammi, linee tratteggiate che formavano un'orbita ellittica allungata.

«Proviene dal disco di accrescimento e sta tornando alla deriva. Secondo il suo percorso, è visibile al di fuori della nube di polvere solo per un breve periodo di tempo».

«Conveniente».

«Non riesco a spiegarmi come abbia fatto a mantenere un'orbita stabile e a non cadere nel pozzo gravitazionale della stella di neutroni al centro. Forse i motori funzionano a intermittenza. Questo suggerebbe che l'equipaggio o l'IA siano sopravvissuti e abbiano il controllo della nave. Una spiegazione alternativa è che la nave sia arrivata qui solo di recente».

«Misteri nei misteri. Quindi possiamo seguirla nella nuvola? Imbarcarla?»

«Sì, ma non per molto. L'orbita attuale sembra essere destinata al collasso. A meno che non si sposti in qualche modo, affonderà sempre di più, fino a quando non sarà squarciata dalla forze della stella e trasformata in plasma».

«E se la inseguiamo troppo a lungo potrebbe succedere anche a noi?»

«Sì. Credo che saremo distrutti dopo questa traiettoria. A meno che non abbia una via d'uscita, o qualche mezzo sconosciuto per sopravvivere all'intensa gravità. Opal, c'è qualcosa che mi preoccupa di questi dati anomali. Mi sembra improbabile che tu saresti arrivata qui esattamente in questo momento. Poche ore più tardi e forse non avresti mai visto la nave. Dove hai trovato le informazioni sulla nave?»

«Un uomo in un bar».

«Mi stai prendendo in giro».

«No. È assolutamente vero. Forse un giorno ti racconterò anche quella storia».

«Mi piacerebbe. Voglio poter comprenderti. Sarebbe utile».

«Guarda che il tempo scorre. Chiama la nave, ma preparati a chiudere i canali se rilevi qualcosa di sospetto. Tentativi di caricare pacchetti di dati che non corrispondono alle dimensioni del contenuto, audio con qualche virus, qualsiasi cosa ... sono sicura che riconosceresti un attacco se lo vedi».

«Molto bene».

Opal si appoggiò al sedile.

«Sto chiamando ora. Lei crede nelle Navi Perdute da molto tempo, vero?»

«Sì».

«Perché?»

«Una sensazione di pancia».

«I batteri dello stomaco non hanno alcuna correlazione con l'attività mentale. Non capisco».

«Nemmeno il sapore dei filamenti proteici. Senti, a volte devi credere in qualcosa. A volte è tutto ciò che hai».

«Un bisogno. Sì».

«Forse anche una disperazione».

«Opal, sai che i governi negano l'esistenza delle Navi Perdute? Classificano le notizie che le riguardano come un reato di allarmismo di classe 4?»

«Sì, ma ho fatto anni nell'esercito. Troppe voci di ricompense per informazioni da parte di corporazioni e sindacati del gioco d'azzardo, di poteri governativi per requisire le navi e i loro diari di bordo. Di agenzie costruite per questo. No, c'è qualcosa. Troppe persone sembrano pensare che siano reale e che siano preziose. Non è possibile che stiano mettendo un freno solo per evitare che le voci si ripercuotano sui piani di colonizzazione. Non è possibile. Non hai dei documenti al riguardo?»

«No».

«Però se ne avevi qualcuno, me lo diresti, vero? Anche se fossero top secret?»

«Sì. Per qualche motivo sono costretta a rispondere a tutte le tue domande, Opal».

Hmm. Rispondere non è la stessa cosa che dire la verità.

Clarissa continuò. «E ora i miei tentativi di comunicazione sono terminati. Posso riferire che la nave non risponde. Nessuna risposta riconoscibile, comunque».

«Ma qualcosa?»

«Segnali su scala EM, lunghezza d'onda nanometrica ripetuta: forse una comunicazione codificata o corrotta, forse una traccia di macchinari ancora funzionanti, o forse qualcosa di più strano».

«Ci sono altri modi per raccogliere informazioni prima di andare alla nave?»

«Posso inviare delle sonde. Un gruppo di *Hedgehogs* sarebbero adatti alla gravità zero. Hanno mobilità grazie agli aculei e ai microgiri, ancoraggio magnetico e basato sugli arti, vari sistemi di scansione a distanza ravvicinata. Potrebbero prelevare campioni ed eventualmente datare la nave. Inoltre possono fungere da relè di comunicazione, in modo che io possa rimanere in contatto ad alta risoluzione con te durante la tua escursione».

«Possono essere usati contro di noi in qualche modo?»

«Improbabile».

«Prendi tutte le precauzioni possibili».

«Molto bene. Li cripterò oltre i protocolli standard. Ci vorrebbe molto tempo o molta forza di calcolo bruta perché un agente esterno senza la chiave possa prenderne il controllo. La loro efficienza sarà ridotta, ma entro margini che non dovrebbero incidere sui loro requisiti operativi».

«Fallo».

Le sonde furono lanciate. Piccoli cubi che sfrecciavano verso il relitto, ma che estendevano flessibili aculei argentati dagli angoli quando impattavano con lo scafo. Ogni sonda apparve come un puntino sulla sovrimpressione della Nave Perduta, visualizzata in modo permanente su metà dello schermo. Si mobilitarono e si distribuirono uniformemente sulla superficie a piccoli passi.

«La prima cosa da notare», disse Clarissa. «Lo scafo dovrebbe avere una sovrastruttura in lega metallica. Questo permette le prese magnetiche. Ma abbiamo appena perso una delle sonde. Le prese stanno cedendo».

«Cioè?»

«La superficie dello scafo non è come dovrebbe essere. È un materiale inaspettato. Non so se lo scafo sia stato progettato così, o se sia stato alterato o rivestito».

«Quindi le sonde sono inutili?»

«No. C'è un magnetismo minimo, ma non è quello che dovrebbe esserci se si trattasse di una tipica nave commerciale. Dopo il primo fallimento sono passata ai salti angolati e all'uso degli aculei per agganciarmi. Sono più lenti, ma funzionano comunque e continuano a diffondersi. L'implicazione principale: significa che non potrai affidarti alle prese magnetiche all'estremità della tua tuta. Saranno d'aiuto, ma dovrai usare la propulsione a getto o i cavi di presa se ti trovi all'esterno, altrimenti sarai a rischio di sperderti nella nuvola. Per lo stesso motivo, è meglio evitare impatti ed esplosioni quando sei all'esterno. Essere sbalzati fuori dallo scafo ad alta velocità potrebbe causare ritardi significativi».

«Buono a sapersi. Non vorrei incasinare i tuoi impegni».

Opal osservò i puntini sulla mappa diffondersi sulla superficie della nave silenziosa. Una sensazione inquietante la pervase. Questa nave non era più esattamente del loro mondo, se mai lo era stata. Apparentemente morta, galleggiava impotente. Ma come in un gioco in cui i bambini stanno fermi e fingono di essere cadaveri, c'erano sempre degli indizi, delle cose che non convincevano. Il tremolio di una palpebra. Un tic. Un movimento del petto. E lei lo stava osservando. Aveva pazienza e una buona vista. Entrambe le erano servite in passato.

«I *Hedgehogs* hanno fornito ulteriori dati, Opal. Età della nave: impossibile ad estimare a causa di alterazioni della superficie. Anche la provenienza e il modello sono ancora sconosciuti. Il ponte di comando potrebbe contenere delle risposte».

«Quindi questa *potrebbe essere* la nave passeggera CC65?»

«Quella nave è stata dichiarata scomparsa tredici anni fa. Vascello di lusso del Conglomerato Compack, designato Speranza. Oltre duemila passeggeri, trecento membri dell'equipaggio e un'intelligenza artificiale di basso livello».

«Lo so. Potrebbe essere questa?»

Una pausa, poi: «Ignoto».

«Beh, c'è solo un modo per scoprirlo. Abbiamo visto tutto il possibile qui fuori. È ora che io entri».

Opal si spogliò prima di indossare la tuta Guerriero Eterno. Clarissa le aveva spiegato che era necessario spogliarsi per qualsiasi escursione di durata sconosciuta, in modo che la tuta potesse gestire i rifiuti corporei, monitorare lo stress e i livelli biologici e applicare rapidamente stimoli dermici, in pratica rendendo l'intero corpo un'interfaccia per la tuta. Opal sentì gli strati interni stringersi attorno al suo corpo con una leggera sensazione di aspiro, poi iniziò ad attaccare parti dell'esoscheletro. Sarebbe stato interessante vedere cosa faceva questo giocattolo rispetto alle tute da guerra più semplici che aveva indossato negli impegni precedenti.

Presto ebbe l'armatura completa sigillata su di sé, a parte l'elmo. I pezzi lucidi del carapace le ricordavano degli insetti bipedi, e le sezioni dell'avambraccio sembravano particolarmente ingombranti. Armi nascoste, presumibilmente, anche se sembravano non pesare nulla grazie ai potenziatori di movimento dell'armatura, muscoli in fibra di carbonio che scorrevano insieme alle sue azioni. I suoi movimenti incontravano una leggera resistenza, ma era una sensazione di forza a sollevar un peso, non di debolezza. Colpì l'aria con dei pugni, poi una calciata a gancio e un colpo di gomito, seguiti da un altro calcio circolare. Era stabile e fluida. Clarissa non commentò, limitandosi a monitorare Opal mentre si abituava alla tuta.

I guanti le davano una destrezza quasi pari a quella delle mani nude e includevano persino una forma di feedback tattile, comprimendo internamente il palmo della mano quando prendeva il manico di un coltello, in modo da poter sentire una simulazione della pressione quando lo stringeva.

«Con questa tuta sarai molto più forte», disse Clarissa. «In alcuni casi anche più veloce, una volta che l'armatura sarà familiarizzata con i tuoi movimenti e le tue intenzioni».

«È molto oltre a quello che davano a noi carne da cannone in passato».

«E la tuta da guerra GE ha molte altre sorprese. È ora di mettere l'elmetto».

Opal sollevò l'ultimo pezzo aerodinamico e lo abbassò sulla sua testa rasata. Uno scatto dei meccanismi di serraggio la bloccò in posizione, aderendo perfettamente al cuoio capelluto, alle orecchie e al mento. L'aria della tuta profumava di antisettico. Opal batté il pugno su un pannello della parete e lo sentì come se non avesse la tuta addosso: un buon sistema audio. Sebbene la visiera fosse opaca e riflettente dall'esterno, dall'interno poteva vedere chiaramente.

«Niente HUD?», ha chiesto.

«Posso mostrarti gli elementi sullo schermo come desideri».
Ora sembrava che la voce di Clarissa le fosse sussurrata direttamente nelle orecchie. «Targeting, overlay IAN, range, analisi del
soggetto, planimetrie, comunicazioni, contatore munizioni, realtà aumentata. Posso anche sostituire la visuale del visore con un
facsimile scansionato, consentendo di cambiare il campo visivo
per scopi diversi, fino a un CV di 360 gradi».

«Cerchiamo di essere semplici. Che ne dici del monitoraggio
dell'ambiente esterno, tanto per cominciare?»

«Così?»

Si aprì una scatola. «Temperatura ambiente 21,5 °C; composizione gassosa Azoto (78%), Ossigeno (21,97%), Anidride car-
bonica (0,03%) ...»

Le informazioni continuavano a scorrere nel testo verde.

«Si può rimpicciolire il riquadro, spostarlo verso la periferia
sinistra e aggiornarlo senza scorrere?»

Il testo è scivolato immediatamente nella sua nuova posizione
e dimensione, lo scorrimento è stato sostituito da una lettura
ordinata.

«Bene. E usa la realtà aumentata per evidenziare eventuali
pericoli o anomalie mentre cammino».

«Lo farò. È lo standard».

Nell'armadietto della tuta AEV c'era ora uno spazio a forma
umanoide dove la tuta era stata riposta nella schiuma da impatto,
e accanto c'era una rastrelliera di armi. Roba di primo ordine.
Fucili da cecchino a ultra-raggio, lanciatori di sostanze chimiche,
lanciatori di proiettili compatti, storditori ... accessori per qualsiasi festa a cui una ragazza volesse partecipare.

«Non voglio essere sovraccaricata. Qualche suggerimento per gli armamenti, Clarissa?»

«La tuta ha alcune armi incorporate, ma a causa della limitata capacità di munizioni consiglierei di portare con te armi esterne. Poiché i parametri della missione sono una lunga lista di incognite, non posso dare molti consigli concreti. Mi dispiace. Posso solo dire che privilegerei le armi che funzionano nel vuoto e diffiderei di esplosivi e incendiari. Al di là di questo, scegli quello che sei addestrata a usare».

Opal sfogliava gli armamenti. Era una bambina in un negozio di caramelle. Sollevò un fucile a proiettile e guardò il mirino. Ottimo per la precisione del colpo singolo, ma anche dotato con una modalità a raffica e un caricatore da cinquanta colpi per spruzzare-e-pregare. Ancora meglio, questo modello era privo di rinculo, quindi non s'avrebbe dovuto rovinare troppo se usato in assenza di gravità. Valeva la pena di perdere un po' di potenza di fuoco in scambio. Allentò la cinghia in modo che si adattasse alla massa superiore del suo torso corazzato.

Forse era meglio prendere un'arma in più, per altre situazioni. C'era una pistola versatile a energia diretta che poteva essere usata in varie modalità: fascio di particelle, elettrolaser o stordimento. Controllò la carica e attaccò la fondina a un gancio della tuta.

«Munizioni?»

«La pistola può ricevere una carica supplementare dalla tuta, se necessario», le disse Clarissa. «Ma avrai bisogno di caricatori per il fucile se dovessi essere coinvolta in scontri a fuoco prolungati».

Opal agganciò un astuccio alla sua sinistra, prese due caricatori e li chiuse all'interno.

«Avrai anche bisogno di un fucile a grappolo. Anche se la tuta è dotata di microgetti a gravità zero, è meglio risparmiare energia».

«Capito».

Opal prese il fucile dalla rastrelliera. Questo poteva tenerselo in mano.

Non si può rimandare ora.

«Apri la camera di compensazione, per favore».

La porta interna si aprì e lei entrò nella minuscola e claustrofobica camera. La porta si chiuse dietro di lei e una tenue luce UV brillò dalle pareti.

«Sto allineando la nave per consentirti un salto semplice».

«Grazie, Clarissa. Come saranno le comunicazioni quando sarò là fuori?»

«Sarò sempre con te. Manterrò la nave in posizioni ottimali per comunicazioni rapide senza correre rischi, e i *Hedgehogs* fungeranno da relè negli altri momenti». Dopo una pausa, Clarissa aggiunse: «Non sarai sola».

L'aria fischiava mentre veniva risucchiata all'interno della nave, la pressione si abbassava e la gravità si annullava, finché non ci furono più suoni all'esterno della tuta. Era sempre strano battere un piede e non sentire altro che il suo respiro, come se fosse imbottita in una stucchevole e disorientante sciarpa di silenzio. Anche se siamo animali visivi, era uno schifo quando uno degli altri sensi veniva indebolito.

«In posizione», disse Clarissa. La sua voce era benvenuta: giovane, allegra, confortante. Se solo Opal potesse sentirla di nuovo per davvero. «Apertura porta esterna tra tre ... due ... uno».

Si ritirò nella sovrastruttura e Opal fissò il vuoto.

Guardi fuori e non c'è un vero e proprio su o giù. È la prima cosa che cercano di farti affrontare in allenamento. Alcuni non ce la fanno. Nausea, panico, disorientamento: siamo così abituati a rimanere bloccati con i piedi a terra e il firmamento sopra la testa che quando quella prospettiva viene a meno e ci rendiamo conto che è solo una porzione di realtà da una prospettiva limitata, può essere troppo. Bisogna sviluppare la capacità di lasciare che le cose girino, cadano e si riorientino, così che l'alto diventi basso. Eppure – afferrò una maniglia e si sporse – all'inizio sembrava sempre una goccia, di una profondità infinita nel nero.

Il che, ironicamente, è esattamente quello che si trovava lì fuori.

Opal prese un filo e lo agganciò alla cintura.

«Quindi, solo per essere sicuri», disse Opal. «Immagino che ci sia una buona ragione per non attraccare alla nave e fare questo salta dalla camera di compensazione».

«Mi hai dato tu l'idea».

«Davvero?»

«Quando hai usato la metafora di entrare in una casa attraverso una finestra invece di bussare alla porta. È sconsigliabile bussare se dall'altra parte potrebbe esserci una persona con un fucile e un dito teso».

«Vero».

«Se a bordo ci fosse una qualche forma di intelligenza malevola, portare dentro la nave potrebbe essere un errore. Ci attracchiamo e loro la bloccano, arrestandoci in posizione e rifiutandosi di rilasciarla. Come una trappola. Poi il cacciatore tornerebbe per vedere cosa ha catturato».

«Immagine rassicurante, ho capito».

«La frequenza cardiaca e i livelli di sudorazione sono aumentati, Opal. Non preoccuparti. Se la tua traiettoria non è corretta, ti posso richiamare».

«Lo so». Opal tirò il filo, assicurandosi che fosse ben saldo, e si spostò sul bordo della botola.

«Potrebbe essere un brivido sicuro ma primitivo. Come le montagne russe».

«Sì, stavo solo controllando».

«Ti piacciono i parchi di divertimento?»

«Così così». Tutto quel nero. Come saltare nell'oceano più profondo. E gli oceani sono sempre stati cose aliene, ostili alle fragili anatomie umane.

«Non hai paura delle altezze, vero?»

«No».

«D'altra parte, la gente muore sulle montagne russe. Ho delle statistiche», riflesse Clarissa.

«Certo che sì». Opal si accovacciò, si alzò, si stiracchiò.

«Dovresti saltare adesso. Se ti fa sentire meglio, ti prometto che non andrai alla deriva nello spazio senza che io ti salvi. Nessun morto per asfissia sotto il mio controllo».

«Troppo gentile». Un passo indietro, un passo avanti, un altro sguardo verso l'alto, verso il basso, verso qualsiasi cosa.

«Sembra che tu stia ritardando».

«Sto solo ... calcolando gli angoli».

All'HUD si sovrappose improvvisamente un arco di caselle decrescenti, che tracciava un percorso verso il relitto.

«Cavolo, grazie».

«Sarcasmo, Opal? Ma non hai motivo di non buttarti ora».

C'erano degli aspetti negativi nell'essere costantemente monitorati da un super-essere.

Opal chiuse gli occhi, prese un fiato e saltò.

IMBARCATI

... 26 ...

Maledizione, le gambe non funzionano mai esattamente come si vuole. Aveva fatto un salto nel vuoto e si era trovata leggermente fuori bersaglio. Aveva calciato delicatamente – nello spazio è meglio fare piccoli movimenti e avere pazienza – in modo da evitare un assurdo valico dal bersaglio. Ma subì l'ignominia di una lenta rotazione verso lo scafo, mentre Clarissa calcolava quanto fosse stata lontana dalla perfetta traiettoria che aveva raffigurata.

«Raggiungerai l'obbiettivo. Dai un po' di forza posteriore in più. Non credo che valga la pena di ritirarti in dietro».

«No».

«Poteva succedere a tutti. Immagino che non sia facile ...»

«Risparmiami questa compassione del silicone».

«Molto bene. Posso farti una domanda prima che raggiungi lo scafo? Perché mi chiami Clarissa? La mia designazione ufficiale è ViraUHX».

«Era la tua voce. Mi ricordava qualcuno».

«Ma parlo con questa voce solo perché tu me l'hai chiesto e mi hai fatto ascoltare un campione su cui basarmi. E questo è avvenuto 165 secondi *dopo che* mi hai rinominato; quindi, non è possibile che la mia voce sia stata la causa della denominazione. Deve essere il contrario».

«Deve essere così».

«Quindi la voce del campione apparteneva presumibilmente a una Clarissa?»

«Presumibilmente».

«Credo che tu sia ottusa di proposito».

Il lento rollio continuò, la nave di Opal si rimpiccioliva a ogni giro, ma era riconoscibile per il cavo che le serpeggiava; lo scafo diventava sempre più grande a ogni rotazione, come se stesse cadendo verso un pianeta. «Ecco una promessa. Se sopravvivo alle prossime ventiquattro ore, ti dirò perché ho cambiato la tua designazione».

«Ok, per ora la questione è archiviata». Una pausa. «Una carota del genere non serve a migliorare le tue possibilità di sopravvivenza, lo sai. Sono già obbligata a fare della tua vita una priorità».

«Chiamami pure superstiziosa».

«Sei superstiziosa, Opal».

«Amo quando parli in modo così letterale. Ma di affari».

«Sì. Impatto tra quarantasette secondi».

«Impatto?»

«Ho detto impatto? Mi dispiace. Intendevo dire contatto. Non preoccuparti, la tua velocità di rotazione ti permetterà di toccare le gambe e forse anche le braccia».

C'era sicuramente qualcosa di strano in questa IA. Chi poteva sapere quali sarebbero state le ripercussioni del lavoro di hacking di Opal? Se un essere umano subisce un'alterazione di una piccola parte del suo cervello, può avere effetti enormi sulla sua personalità: con qualcosa di così complesso come un'IA, la cosa potrebbe essere amplificata. Opal doveva solo sperare che non ci fossero instabilità, ma solo stranezze. Per questo motivo non aveva toccato i suoi protocolli di prevenzione errori.

Lo scafo si allontanò dalla vista durante l'ultimo giro. Rilassati. Preparati. Preparati alle sorprese. Opal aveva notato dei dettagli che non sembravano del tutto giusti: pezzi rialzati sullo scafo grigio aziendale della nave e lievi distorsioni nella sua forma, come se alcune parti fossero state rimosse e aggiunte da qualche altra parte. Come cirripedi su una roccia nella bassa marea. Clarissa lo aveva menzionato, ma aveva detto che erano inerti. Man mano che si avvicinava, quella parola appariva più preoccupante.

Ed ecco che arrivò. Notò l'HUD che mostrava che la tuta aveva magnetizzato gli stivali e le mani; il suo corpo volò dentro con una dura svolta e, non riuscendo a mantenere l'aderenza, si contorse mentre cercava e sperava di afferrare qualcosa di solido, ma la superficie metallica era liscia e rimbalzò. Se ci fosse stato un suono, avrebbe immaginato un clangore soddisfacente.

«Getti», disse.

Minuscoli spinte di gas di scarto la bloccarono dalla deriva nello spazio e la indirizzarono verso una piccola torre, forse di comunicazione, ma non c'erano antenne a lungo raggio. Magari una torre di osservazione, per i passeggeri più privilegiati. Delle maniglie correvano lungo il lato. Entrambe suggerivano un modo di entrare.

Si avvicinò, con un grigiore simile a quello di un cadavere che gradualmente oscurava il nero infinito dell'aldilà. Opal allungò la mano e afferrò uno dei pioli alla base della torre. Sentì la leggera forza di attrazione del magnetismo, debole rispetto al solito, ma comunque utile. Lo scafo era leggermente spugnoso al tatto, come se fosse stato gommato. Più lontano c'erano alcuni strani noduli, di un colore cremoso che spiccava sul grigiore dello scafo, e oltre ad essi c'erano alte creste che correvano da prua a poppa lungo la spina dorsale della nave. Forse si trattava di dissipatori di calore collegati al motore, camuffati in modo da apparire come elementi decorativi.

Imbracciò il rampino e si scalò il fianco della torre. Un movimento alla volta, lento e costante, in modo che l'ardore non si va a perdersi. Per il momento lasciò il cavo di traino attaccato. Sarebbe stato ideale per un'uscita rapida, se necessario.

Da lontano la torre sembrava piccola, ma da vicino era più simile a un grattacielo residenziale e, con lo scafo come paragone, sembrava un enorme vuoto sotto di lei. Invece guardò in alto. Subì uno strano ribaltamento della percezione mentre la sua mente cercava di dare un senso alle prospettive in assenza di gravità, e ora le sembrava di strisciare a testa in giù in un salto senza fondo, e quasi inciampò. Forse avrebbe dovuto chiudere gli occhi per evitare il disorientamento, affidarsi alla mano sulla mano e al piede sul piede –

Movimento sopra ... sotto ... qualsiasi cosa. Uno dei noduli color crema sembrava pulsare ed espandersi.

«Lo vedi, Clarissa?»

«Sì». Si è evidenziato nell'HUD di Opal. «Credo che la composizione sia diversa da quella dello scafo».

E dal centro del bersaglio spuntò qualcosa, come un ceppo d'ossa spinto attraverso della carne, che si tende e stira prima di erompere ed estendere una propaggine filiforme che si rivolgeva verso di lei, guardando giù da vicino alla cima della torre. Aveva una linea retta fino a dove lei si aggrappava. *Preda facile* ...

Senza esitare, scese dalla torre in direzione dello scafo, e fece appena in tempo. Qualcosa di pesante le passò davanti, dove era stata un attimo prima.

«Sta sparando. Difese».

«L'ho notato!», disse Opal. Stava lentamente galleggiando via dalla torre; i colpi l'avrebbero raggiunta a presto. Sganciò il rampino, puntò sullo scafo molto più in basso e sparò. Il gancio spinato penetrò nella superficie esterna dello scafo applicando un nanoadesivo temporaneo, e Opal premé il pulsante per tirarla indietro. Improvvisamente si trovò di nuovo a sfrecciare verso lo scafo basso, con lo stomaco che le stringeva involontariamente mentre sembrava precipitare verso il suolo. Si guardò alle spalle: lo strano cannone stava cercando di colpirla, lanciando proiettili sfocati nella sua direzione, ma con una traiettoria troppo lenta per colpirla. Sarebbero riusciti a rompere la tuta? Sperava di non doverlo scoprire.

Colpì lo scafo con forza e rimbalzò, ma lasciò che il cavo la facesse oscillare in un arco; poi, quando fu accovacciata sulla superficie grigia e graffiata, staccò il gancio e si guardò intorno. Con la coda dell'occhio vide un'altra torretta sinuosa spuntare da un cumulo di carne e sembrò che nello scafo stessero comparendo dei fori che disegnavano una linea verso di lei. Piccoli crateri d'impatto causati dai proiettili di un'arma. Non poteva restare qui, e probabilmente non poteva superare il tracciamento sullo scafo piatto senza rischiare di rimanere bloccata nello spazio. Alzò di nuovo il rampino.

«A sinistra!», disse Clarissa.

Opal si girò e vide un'alta cresta del dissipatore che Clarissa aveva delineato in verde. Poteva fungere da barriera se si fosse trovata dall'altra parte. Opal sparò con il suo rampino, si agganciò e fece un clic per ritrarsi. La forza la staccò dai piedi e volò a mezzo metro sopra l'esterno dello scafo, con la superficie granulosa che si confondeva. Si guardò indietro. I proiettili avevano colpito il punto in cui si trovava pochi istanti prima.

«Ho tracciato la posizione di alcune di queste cose», disse Clarissa, senza più umorismo nel suo tono da uomo d'affari. «Non sono sicura che siano superficiali o se sono incastonate in profondità nella struttura. La collocazione non è casuale. Sono raggruppati intorno ai punti di ingresso. La torre, le camere d'equilibrio».

«Qualcuno non vuole imbarcati».

«A quanto pare».

«Hai mai visto qualcosa di simile?»

«No. Funzionano come torrette, ma la loro composizione è diversa. Non farebbero parte del progetto di un'imbarcazione passeggera. Un altro segno di modifica».

«Quindi probabilmente ci saranno altre sorprese».

«Me lo aspetto. Sto visualizzando la posizione delle torrette».

Il visore di Opal si è arricchito dei contorni rossi delle varie armi mappate. Era come avere una visione a raggi X, perché si vedevano anche quando non erano visibili. Il suo occhio personale nel cielo.

Il lungo crinale più vicino si avvicinava. Opal si accorse di uno o due piccoli crateri al suo interno. Stavano ancora sparando contro di lei. Quei crateri erano alcuni dei colpi mancati. Doveva superare il crinale.

Lo colpì più forte del previsto e rimbalzò, ma la stretta presa sul rampino le impedì di andare alla deriva. Staccò l'estremità e si arrampicò sulla parete. Intorno a lei apparvero dei segni. La loro precisione a distanza era spaventosa e poteva vedere qualcosa in uno degli impatti, un frammento osseo che sembrava agitarsi. Cosa stavano sparando? Si aggrappò con forza alla mano libera e la usò come perno per fare la ruota sopra la cima della cresta e scendere dall'altra parte, tra i lampi dei bossoli d'osso che la circondavano. Poteva immaginare il violento rumore delle crepe, se fosse stata in grado di sentire gli impatti.

Andò alla deriva, la cresta era uno scudo confortante alle sue spalle. Lo scafo non presentava la luce di rilievo che avrebbe avuto in prossimità di un sole splendente, ma era comunque più scuro da questo lato. L'HUD si regolò per compensare. Qualcosa di simile a un serpente si muoveva con lei. Una volta incastrato un piede in una piccola fossa con una forza sufficiente a tenerlo in posizione, lo esaminò. Era il cavo che riportava a Clarissa. Troncato. Uno dei missili era stato fortunato. Lo staccò dalla cintura e lo lasciò fluttuare nello spazio.

«Sono slegata».

«L'ho notato. Dovrai fare molta attenzione. Se ti allontani dallo scafo, sarai un facile bersaglio e non riuscirò a salvarti».

«Qualche buona notizia?»

«Sei fuori dalla vista delle torrette e hanno smesso di sparare».

«Sono automatizzate o c'è qualcuno che li comanda?»

«Impossibile dirlo. Non rilevo nessun segnale, nessun filo».

«L'ingresso più vicino?»

«Duecento metri».

«È sorvegliato?»

«Ci sono un certo numero di noduli, che ora possiamo supporre siano torrette inattive».

«Suggerimenti?»

«Allontanarsi nello spazio più forte che puoi. I jet aumenteranno la tua velocità. Se tutto va bene, riuscirai a superare le torrette e io potrò venire a prenderti e metterti al sicuro».

«Sembri preoccupata».

«Sono preoccupata. Per te».

Wow. L'intelligenza artificiale ci ha creduto, o forse era una battuta?

«Grazie, Clarissa. Ma sono arrivata fin qui. Stanno facendo la guardia a qualcosa. Devo sapere che cosa. Forse potrei cecchinarli sopra l'orlo della nave?»

«Sono più numerosi di te e sono precisi quando sparano a bersagli statici. È improbabile che riusciresti a ottenere molto prima che ti facciano saltare la testa».

Merda. Opal si mise a pensare ad altre idee – cercare una camera di compensazione non sorvegliata, convincere Clarissa ad aprire il fuoco sulle torrette, creare un'esca di qualche tipo – quando sull'HUD apparvero altre sagome rosse ricurve, come fiori di carne che si srotolano.

«Attenzione», disse Clarissa. «Si stanno formando nuovi noduli non lontano dalla vostra posizione».

«Oh, fantastico». Opal trasse un profondo respiro per calmarsi, poi esaminò le posizioni. Perfettamente posizionate per metterla in una zona di uccisione. Anche senza la sovrapposizione dell'HUD, poteva vedere la cremosità allungata delle cupole bitorzolute che spuntavano dallo scafo. Stavano crescendo rapidamente: di questo passo, nel giro di un minuto avrebbero raggiunto le dimensioni delle altre torri che aveva incontrato.

«Forse posso sparargli prima che si formino».

«Sembrano al momento di essere composte da sostanze fluide e inconsistenti: principalmente tessuto molle, con strutture cartilaginee in via di sviluppo. I proiettili passerebbero per lo più attraverso di esse».

«Avrei dovuto portare una pistola più grande».

«La tuta ha un piccolo numero di granate multiuso. Non hanno una potenza elevata, ma con una rapida modifica possono passare da stordenti a incendiarie, a frammentazione, a fumogene, a IEM e a impatto focalizzato. Le sto già strutturando per quest'ultima modalità, disponibile dal dispenser laterale».

Opal si accovacciò e infilò il fucile a grappolo tra le gambe. La tuta corazzata aveva una piccola custodia a forma di marsupio sulla destra. Si aprì, mostrando un disco piatto grande quanto il suo palmo. Lo prese.

«Qual è il timer?»

«In questo caso li farò esplodere manualmente. Ho una buona linea di vista. Raccomandazione: continuare a lanciarle verso le tre cupole più vicine. Se le granate si avvicinano abbastanza da provocare danni, le farò esplodere. Vedremo cosa succede».

L'HUD illuminò una linea di mira parallela allo scafo. Opal mosse il braccio con un movimento controllato e osservò la granata che si avvicinava alla traiettoria tracciata, come un disco che scivola sul ghiaccio. Opal prese un'altra granata e la lanciò verso la torretta numero due.

Un lampo alla periferia della sua vista. Granata uno.

«Torretta danneggiata ma non distrutta», disse Clarissa. «Continua a lanciare».

Ogni volta che controllava lo schermo era pronta un'altra granata. Sapeva che non poteva essercene una quantità illimitata e le cupole erano già più grandi. La velocità era fondamentale. Ignorò le traiettorie luminose consigliate e si affidò all'istinto e all'occhio. Dischi alla deriva, lampi bianchi.

Le cupole erano cresciute di dimensioni ancora più rapidamente. Una reazione alle esplosioni? Oppure non volevano correre rischi con lei e stavano costruendo armi più grandi? La situazione non era buona. Le cupole cremose erano bruciate e annerite in alcuni punti, ma passando da una all'altra sembravano riparare i danni.

«Non sta funzionando!», disse Opal.

«Sono più difficili da frantumare di quanto avessi previsto. Le strutture interne si stanno formando e sono pronte per il dispiegamento».

«Cazzo. Dammi tutto quello che hai».

Opal raccolse tre granate nella sua mano. Prima non aveva notato l'adesivo sui dischi neri privi di caratteristiche.

«Granate magnetiche?»

«Sì».

«Agganciale insieme».

Le bombe si allinearono perfettamente nella sua mano, formando un cilindro tozzo. Questo era il suo ultimo colpo. Poi avrebbe dovuto lanciarsi, o capovolgersi di nuovo sopra il crinale, o arrampicarsi da qualche parte. Ma doveva sapere con chi aveva a che fare, e quanto erano resistenti. Senza il tempo di prestare attenzione alle traiettorie, lanciò il pacco. E andò dritto verso il cuore della cupola. Chi lo avrebbe detto? Era sempre stata brava a lanciare. Un tiro eccellente, meglio di quello suggerito dall'HUD. Forse lo scafo distorceva leggermente le cose ... e un flash. Non troppo forte, grazie all'antiriflesso dell'elmetto, ma molto più grande delle singole esplosioni. Opal non riusciva a vedere nulla per il fumo.

«E?»

«È distrutto. Vaporizzato. E c'è qualcosa di strano: ha incrinato lo scafo».

«Un piccolo botto come quello? Anche le navi passeggere sono costruite per resistere agli impatti degli attacchi dei pirati e delle rocce spaziali».

«Sono d'accordo. Lo scafo dovrebbe essere molto più spesso. Ma non lo è. Almeno in quel punto. È incrinato un ampio burrone, lo scafo è spesso solo trenta centimetri e conduce direttamente ai compartimenti interni».

«È un modo per entrare».

«Si sta sigillando».

«Merda».

«In qualche modo si sta riparando da solo. Più velocemente di quanto farebbero un gel indurente o i nanobot».

«Quanto tempo ho?»

«A questo ritmo, cinquantacinque secondi».

I riflessi dell'HUD mostravano che le due torrette rimanenti stavano eruttando da delle masse di tessuto simile alla plastica. L'avrebbero presa di mira da un momento all'altro. Opal impugnò il rampino, tenne il piede fermo per evitare il rinculo e prese la mira sul foro.

«Aspetta!», disse Clarissa. «Punta più in là».

Da un momento all'altro Opal si aspettava che i bulloni a martello la polverizzassero. Non c'era tempo per discussioni o indecisioni. Puntò oltre il foro, sparò e il cavo di traino si raddrizzò davanti a lei mentre la testa si agganciava. Scattò il rampino in azione mentre sganciava il piede e ancora una volta volò sopra lo scafo come se indossasse uno zaino a razzo. Un'occhiata indietro mostrò degli enormi squarci provocati dai bulloni d'osso che si conficcavano sul crinale dove si trovava fino a poco tempo fa. E poi si fermarono. La stavano recuperando.

«Quindi i proiettili mi mancheranno!», disse Opal.

«Hai ragione solo in parte. Il rampino è collegato a una certa distanza dalla fessura dello scafo, ma credo che sia importante. Ho analizzato le traiettorie di tiro della torretta. Non stavano sparando a te, ma al *punto di ancoraggio*. Hanno capito dove ti saresti fermata. Sei stata fortunata a superare la cima solo con un cavo spezzato».

«Così devo lasciar andare prima di quel punto ...»

«Esatto».

«Grazie».

Il buco si avvicinò, ancora sfrangiato da particelle scure e frammenti di tessuto. Poteva vedere la crepa come uno strappo frastagliato, che sfrigolava ai bordi. Dovette mollare il rampino, spingerlo via in modo da scivolare verso il basso e attraversare il varco improvvisato. Tempismo. Si trattava sempre di questo.

«Vuoi un conto alla rovescia?», chiese Clarissa.

«No».

Opal si leccò le labbra. Nonostante l'umidità ideale della tuta, la sua bocca era asciutta. Se avesse sbagliato, sarebbe rimbalzata sullo scafo ad alta velocità. O si sarebbe sbattuta contro quell'inquietante sfrigolio ai margini del buco auto-riparante. Se quella roba ricostruiva lo scafo in pochi secondi, cosa avrebbe fatto a un piccolo essere organico in una tuta?

Rilassati. Respira profondamente. Aveva già sfiorato la fuga in combattimento molte volte in passato. Senti l'adrenalina, non lasciarti dominare da essa. Riflessi pronti ad agire. Gli occhi recepiscono le informazioni, il corpo giudica. L'istinto vince sulla ragione.

Più vicino, un valico nero e frastagliato, anche se la sua forma si stava già ammorbidendo e riducendo.

Si contorse leggermente, poi si spinse, abbandonando il rampino. Giù verso lo scafo. Verso il buco. E giù verso i bordi, con le bolle acide. Non c'era più nulla contro cui spingere, se aveva sbagliato i tempi, se stava per colpire il bordo ... poi le cose si spostarono, quasi sobbalzarono, e lei si trovò giù, la sua prospettiva passò a una camera interna, una stanza con sedie e un tavolo, una buia sala riunioni. Il tavolo riempì la sua visuale mentre vi sbatteva contro, si muoveva, ruzzolava e si sollevava; afferrò di riflesso lo schienale di una sedia, che doveva essere inchiodata al suolo, e si girò finché i suoi piedi non atterrarono pesantemente sul pavimento. Sopra di lei c'era una vista dello spazio che si restringeva rapidamente. Le aree che venivano sigillate avevano un aspetto diverso dal resto del soffitto: più recenti, non appannate, più distese, più dure come delle caramelle mou.

«Stavo per mancare ...»

«Ho attivato i getti della tua tuta. Un microgetto d'aria. Eri vicina».

«Ma non abbastanza vicina. Grazie».

L'ultimo pezzo di cielo nero scomparve mentre lo scafo si chiudeva.

«Domanda», disse Clarissa. «Ti ho monitorata da vicino. La frequenza cardiaca, la dilatazione delle pupille e la sudorazione corrispondevano alle registrazioni di dati di esseri umani sulle montagne russe. Quindi significa che è stato divertente?»

«No, non era divertente. Il divertimento è una bella emozione».

«Capisco. Grazie per l'opinione. Capire cosa si sente a provare un brivido è una delle mie difficoltà. Mi piacerebbe provare un brivido, un giorno».

«Resta nei paraggi».

Opal sganciò il fucile senza rinculo e si avvicinò con la schiena alla parete esterna liscia, individuando possibili nascondigli prima di entrare nella loro linea di vista. Niente.

«Comunque, avevo ragione», disse Clarissa. «Le torri hanno colpito il punto in cui saresti arrivata. Non sarebbe rimasto nulla».

«Doppio grazie. Ma mi mancherà il rampino».

Almeno lei era dentro.

INSEGUITI

... 25 ...

La stanza era ombrosa, un torbido misterioso pieno di nascondigli, ma almeno non completamente buia, grazie a una pallida luce proveniente dalle finestre angolate del soffitto. Erano incrinate, forse a causa dell'urto delle granate, ma resistevano e non sembravano in pericolo di una decompressione immediata. Opal attivò la luce d'argento dell'elmetto. Irradiava una leggera fluorescenza in ogni direzione e, combinata con le proprietà della visiera per migliorare la visione, le consentiva di vedere chiaramente.

«Quindi c'è gravità», disse Opal, salendo sul lungo tavolo per avere una visuale migliore. «I motori della nave devono avere energia».

«Sì. La gravità è bassa – zero virgola quattro standard – ma sufficiente a tenervi in piedi, soprattutto con il peso della tuta. Eppure non riesco a rilevare nulla che alimenti un sistema magnetogravitico».

«Atmosfera?»

«Espulsa alla tua entrata, ma ora che la nave è sigillata. Tracce. Nessun segno di nuovi gas immessi. Scopriremo per il resto della nave quando lasceremo la stanza».

Opal si muoveva lungo il tavolo, scrutando da un lato all'altro, voltandosi indietro ogni tanto. La superficie del tavolo sembrava coperta da uno spesso accumulo di polvere, ma la sua mano non lasciava alcun impronte. Si inginocchiò e passò un dito sulla superficie. Sembrava ruvida.

«Di che cosa è fatto?», chiese.

«Appoggia il palmo della mano sul tavolo».

Opal fece come richiesto.

«Incerto», ha detto Clarissa. «Un po' di carbonio, ma anche strutture cristalline. È un unico materiale. La superficie ruvida ne fa parte. Non è legno, né metallo, né lega. Per ragioni sconosciute non viene scansionato correttamente».

«Quindi abbiamo un tavolo che sembra un normale tavolo ricoperto di polvere, ma non lo è. Noti qualcos'altro?» Opal scrutò la lunghezza del tavolo. L'aveva percorso in parte, ma si estendeva molto di più, oltre cinquanta metri. C'erano centinaia di sedie disposte ordinatamente ai lati.

«Per favore, illuminami».

«Chi ha mai sentito parlare di un tavolo così lungo? Insomma, non sembra una mensa. Sembra più una sala di riunioni. Vedi, c'è anche uno schermo a parete, ma è molto più lungo di qualsiasi altro che abbia mai visto».

«Di certo non corrisponde ai progetti ordinari».

«Come se fosse tutto allungato. No, le sedie sono in scala. Come qualcosa costruito solo da una descrizione quando non si capisce la funzione. Lo senti anche tu? Questa inquietudine?»

«Non provo nulla, ma concordo sul fatto che non è quello che mi sarei aspettata».

Opal raggiunse l'estremità del tavolo e si abbassò in silenzio. Sale riunioni. Chiacchiere e gesti e lotte segrete per il potere. La vita. Ma qui non c'era nulla di tutto ciò.

Avvicinandosi alla porta, si aspettava che si aprisse per lei. Anche su questa strana nave, le aspettative sono dure a morire. Ma non si mosse. Rilevatore rotto o problemi di alimentazione? Non c'era un evidente sblocco manuale. Si accovacciò e infilò le dita della mano sinistra nella scanalatura in basso, poi si alzò. Se ci fosse stata resistenza, la forza della tuta la avrebbe nascosta. Quando la porta si mosse per la prima volta, sentì un fischio acuto, poi un suono più profondo, come se i gas fossero stati risucchiati nella stanza per riempire il vuoto. La porta scivolò abbastanza in alto da permetterle di passare sotto. Quando Opal batté le dita contro la parete, sentì il ticchettio. Era come se le sue orecchie si fossero schiarite.

«Quindi c'è un'atmosfera», disse a Clarissa.

«Sì, ma non è l'aria ordinaria di una qualsiasi nave. È una strana miscela. Un po' di azoto e ossigeno, ma anche xeno, argon, fluoro, tracce di sostanze esotiche. Non sono a conoscenza di nulla che possa respirarla. È possibile che l'atmospro sia malfunzionante o che si tratti dei gas rimasugli di un incidente. Non ci sono batteri o virus rilevabili nell'aria, ma ci sono spore di muffa».

«Sono i puntini verdi che girano vorticosamente?»

«Sì. Non ne riconosco la provenienza».

Opal entrò in un corridoio. Le sue luci offrivano una visione chiara per un breve tratto, prima di svanire nell'ombra. L'aria sembrava densa, con una sfumatura verdastra. Sembrava di essere sott'acqua. Tese il palmo della mano e alcuni puntini vi si posarono sopra. Il visore le ingrandiva e le valorizzava, ma sembravano ancora dei piccoli grumi, dei microtumori verdi. Si pulì il palmo.

«Voglio andare sul ponte di comando. Così avrò le migliori possibilità di scoprire che nave è questa, dove è stata, giusto?» E magari cos'era successo all'equipaggio e ai passeggeri.

«Sì. Ho in memoria i progetti di varie navi. Per ora posso solo indicarti la direzione generale basandomi sulla mia vista esterna, ma se gli schemi corrispondono a qualcuno dei miei progetti posso darti indicazioni più precise. In base alla torre di osservazione e alla sala riunioni, direi che ti trovi nelle sezioni privilegiate e aziendali».

Una freccia spettrale apparve nella sua visuale, quindi Opal si mosse con cautela lungo lo stretto corridoio in quella direzione con l'arma abbassata, ma pronta. Agli incroci girava l'angolo, con il fucile alzato, mirando a qualsiasi sagoma. Ma si trattava sempre di porte chiuse, passaggi a cupola, pareti rivestite e polvere verde.

«Non c'è segnaletica agli incroci», osservò. «Indicazioni, schermi-info, non c'è niente. Solo una sorta di segno». Opal ci passò sopra una mano. Incisioni allungate di diverse altezze.

«Che strano».

Continuò ad andare dritta, consapevole del suo respiro, cercando di mantenerlo calmo. Il silenzio la faceva sentire claustrofobica. Strano, di solito non era una sua debolezza. Forse sotto sotto c'era un'altra sensazione, quella di essere osservati, ma non aveva notato nessuna telecamera. Ogni volta che si guardava indietro non vedeva altro che ombra. E questo la rendeva sospettosa delle ombre. Il buio.

Potenziò temporaneamente le luci per aumentare il raggio d'azione e il buio si ritirò, rivelando ... ancora di più dello stesso.

Nervosa. Era solo nervosa. Eppure, più si inoltrava in questo passaggio in disuso, più si sentiva vulnerabile.

Alla porta successiva si fermò. Dovette piegarsi e sollevare di nuovo la porta manualmente. Era un momento di esposizione pericolosa. Era tesa, pronta a indietreggiare e a sparare un colpo di avvertimento se qualcosa di minaccioso si fosse rannicchiato dall'altra parte.

Un ufficio. Scaffali senza libri. Una cornice, ma l'immagine era oscurata dalla polvere scintillante. Un'ampia scrivania di legno finto. Un terminale su di essa. Una piccola presa d'aria in cima a una parete. Diede un'ultima occhiata su e giù per il corridoio ed entrò nella stanza, muovendosi rapidamente intorno alla scrivania in modo da trovarsi di nuovo di fronte alla porta. Però avere quella visuale limitata dell'esterno era quasi peggio: era troppo facile immaginare che qualcosa si muovesse silenziosamente lungo il corridoio e si accovacciasse davanti alla sua uscita.

«Mi dici se riveli qualcosa, vero?», chiese Opal. «Stai sempre scansionando la nave?»

«Naturalmente. Con i sensori della tuta all'interno, con i *Hedgehogs* e la nave all'esterno. Ti avviserei».

«Bene».

«È comprensibile sentirsi nervosi quando si sale a bordo di una nave potenzialmente ostile».

«Lo so. Mi sembra qualcosa di più, ma ... non importa».

Opal pulì la scrivania di fronte al terminale dalla polvere verde simile a sedimenti, poi toccò lo schermo. Niente. Agitò la mano davanti ad esso. «Non ci sono comandi olografici né tastiera», osservò. Passò di nuovo la mano senza aspettarsi nulla, ma questa volta un pannello di controllo apparve davanti allo schermo, proiettato dalla sua base, e il display si illuminò di una fredda fosforescenza blu.

«Ha un ritardo?», chiese.

Clarissa non rispose. Forse pensava che fosse una dichiarazione.

Opal azionò i comandi, ma non accadde più nulla. Nessun menu di sistema, nessuna interfaccia vera e propria. Solo la parvenza di una: uno schermo piatto e luminoso.

«Le luci sono accese ma non c'è nessuno in casa. Puoi interfacciarti direttamente?», chiese.

«Non con un terminale client. Troppo stupido».

«Figuriamoci».

Non c'era nient'altro qui dentro. Tornò quindi nel corridoio. Alzò il fucile e si diresse verso la porta. Rimase bassa, da una parte e dall'altra della stanza prima di uscire. Sarà chiaro, si disse. Non c'è niente lì. Nulla in attesa. Si leccò le labbra secche. Solo uscendo …

«Aspetta», disse Clarissa.

Opal si bloccò, con l'arma puntata verso la porta.

«Non là fuori. Sulla parete vicino agli scaffali».

Opal si guardò intorno: ecco. Una macchia rosata. Come una crescita di muffa color carne. Si avvicinò.

«Non toccarlo», avvertì Clarissa. «Non c'era quando siamo entrati».

«Sei sicura? Potrei non averla vista, è piccola».

«L'ho confrontata con la registrazione. S'è iniziata a formarsi mentre tu eri al terminale».

«Ed è appena fuori dalla vista da dove mi trovavo ...»

«Sì».

Sembrava che gorgogliasse, che crescesse, che si espandesse come una gomma da masticare.

«Penso che dovresti andartene», disse Clarissa.

«Sono d'accordo».

Opal indietreggiò verso la porta. Non voleva più rimanere in quella stanza. Si lanciò alla porta e attraversò il corridoio, bassa, colpendo la parete di fondo dove si era accovacciata e si affacciò da entrambe le parti, poi guardò indietro alla stanza. Nel corridoio non c'era nulla, ma si sentiva un rumore proveniente dalla stanza che aveva appena lasciato, un sommesso schiocco. Innocuo, non minaccioso. Iniziò a correre.

«Speriamo che sia la strada giusta», disse Opal, mentre correva lungo il corridoio. A un bivio scrutò ogni direzione, con il fucile alzato, poi corse in direzione del lampeggiare insistente della freccia. Questo passaggio nervato degradava verso il basso, stringendosi come una gola. Altre cornici riempivano il corridoio, con le immagini oscurate dalla polvere verde.

«Movimento», avvertì Clarissa. «Da dietro».

«Quanti?» Opal azzardò un'occhiata all'indietro, ma vide solo ombra.

«Bersagli multipli di massa simile a un essere umano. Si muovono in modo irregolare ma si stanno avvicinando».

Opal iniziò a correre più velocemente, grazie alla tuta che migliorava le sue prestazioni in modo da coprire più terreno con passi enormi, aiutata anche dalla bassa gravità.

«Anche davanti», disse Clarissa. «Si avvicinano dai passaggi laterali del prossimo corridoio. Se vai più svelta attraverserai il bivio prima che lo raggiungono loro».

«Devo trovare una stanza più aperta. Questa è una pista per topi».

«Sto facendo del mio meglio. Al momento sto cercando di individuare il nodo pedonale centrale».

Anche con l'aiuto della tuta, correre a tutta velocità era faticoso. Non poteva continuare per sempre. Raggiunse il primo bivio e strinse i denti, percependo o immaginando movimenti minacciosi nelle vicinanze, aspettandosi di essere afferrata, evitando di guardare i passaggi bui a destra e a sinistra, concentrandosi solo su dove stava andando. Poi lo superò, illesa.

«Al prossimo incrocio, girare a destra. Vengono da davanti e da sinistra», disse Clarissa.

«Mi sento come se mi stessero imbrogliando».

«Non ci sono abbastanza dati per supporre».

All'incrocio Opal si fermò, si inginocchiò, alzò il fucile e prese la mira lungo il corridoio di sinistra. Il verde torbido e denso vorticava ancora sulla sua scia. Sembrava di essere in fondo al mare.

«Gamma?»

«Trecento metri».

«Puoi migliorarla?»

La visuale del visore passò in rassegna diversi schemi di colori, per poi bloccarsi su uno che mostrava forme allungate che apparentemente si muovevano nell'aria da una parete all'altra mentre si avvicinavano. Non bipedi.

«Gli infrarossi non sono serviti, hanno la stessa temperatura dell'astronave, ma c'è un potenziale elettrico, quindi mi sono concentrata su quello».

Opal prese di mira il più vicino mentre attraversava a zig-zag il corridoio, un blob generato dal computer piuttosto che quella vera forma, qualsiasi cosa fosse, che si stava avvicinando attraverso il torbido verde.

«Traiettoria di tiro ottimale», disse Clarissa.

Il dito di Opal premette il grilletto, ma si trattenne. «Non posso subito pensare che sia una minaccia», disse. «Potrebbe essere una nuova forma di vita. Qualcosa con cui comunicare».

«Duecentocinquanta metri. Distanza simile alla vostra destra. Inoltre, provenendo dal percorso che hai corso, ancora più vicino. Più di venti obiettivi».

«Merda».

Opal mantenne la mira, seguendo la pista. Era quasi a portata di mano, quando l'atmosfera sarebbe stata più sottile, la luce più intensa e lei l'avrebbe visto senza aiuto.

«Invia messaggi», disse Opal. «Ogni lingua conosciuta, ogni frequenza».

«Cosa devo dire?»

«Ciao, per cominciare! Pace, amore e cazzate hippy a seguire. Ora, fatevi sotto!»

Clarissa iniziò a trasmettere, in parte con la voce di Opal.

Continuavano ad arrivare, sagome che si profilavano dal torbido.

«Tre vettori si stanno radunando tutti su di te, velocemente», annunciò Clarissa nel casco, mentre all'esterno continuavano a essere trasmessi messaggi. «Devi sparare o spostarti».

Opal imprecò, lasciò andare il grilletto e iniziò a correre lungo il percorso sicuro.

«Continua a trasmettere, tutte le varianti che ti vengono in mente».

«Così sarà più facile per loro rintracciarti».

«Non credo che avessero problemi prima».

Parole e suoni continuavano a risuonare lungo i corridoi dagli altoparlanti della tuta, passando da lingue che capiva, a cose che riconosceva vagamente (era il Codice Pinglungo?) e cose che sembravano rumori di balena.

«Credo che uno di quegli altri passaggi avrebbe portato a un atrio sociale», le disse Clarissa.

«Grande spazio?»

«Sì».

«Sicuramente mi stanno portando via, allora. Qualsiasi altra strada per ...»

All'improvviso Opal inciampò: un colpo sul retro del ginocchio le aveva fatto crollare la gamba, facendola cadere a terra. Si rialzò, notando i proiettili che sbattevano contro le pareti vicine. Continuò a correre, chinandosi in avanti per creare un bersaglio più piccolo.

«Mi stanno sparando addosso».

«I proiettili assomigliano a frammenti di ossa». Clarissa ingrandì un fermo immagine a lato del display. «Ad alta velocità e seghettati. La tuta mantiene integrità».

Un'altra scossa colpì la spalla di Opal, facendola girare in modo da farla sbattere contro il muro, ma lei non perse lo slancio e non si voltò indietro.

«Alla faccia della pace», ansimò, svoltando per prima per allontanarsi dalla linea di tiro. Il ginocchio le palpitava.

«Potrebbe essere un tentativo di comunicazione aliena».

«Mi sembra fin troppo umana». Il muro le sfumava davanti. Il corridoio si stava allargando. Questo significava qualcosa. «Continua a trasmettere, non si sa mai».

«Stai arrivando a un incrocio a tre. Vai a sinistra».

Opal imboccò la svolta ad angolo acuto, usando una gamba per scalzare la parete d'angolo e mantenere lo slancio. Il corridoio si curvò.

«Si stanno avvicinando», disse Clarissa.

Opal si limitò a sprintare, cercando di mantenere il respiro regolare, con un braccio che teneva il fucile contro il petto.

Girò la curva. Davanti a lei c'era una porta di vetro alta fino al soffitto che mostrava un'enorme stanza: una specie di mezzanino con panche, scale, globi decorativi ma non illuminati che pendevano dall'alto con cavi.

La porta non si aprì.

Opal diede un forte calcio al vetro, che rimbalzò senza infrangersi. Provò a sferrare un pugno con la mano sinistra, usando tutti i muscoli della tuta. Anche in questo caso, l'eco dell'urto si fece sentire ma non si presentò nessuna apertura per passare.

«Materiale di emergenza, struttura a diamante, super resisten-te», avvertì Clarissa. «Ravvicinamento da dietro».

Opal si girò, si inginocchiò in posizione di tiro e alzò il fucile. «Suggerimenti?» Le particelle vorticavano intorno a lei, distur-bate dai suoi movimenti. Soppresse la sensazione di annegare. Concentrazione.

«Ho modificato una delle granate in modo che sia una carica direzionale», le disse Clarissa. «È pronta, una volta posizionata esploderà pochi secondi dopo».

Opal allungò la mano sinistra sul corpo e rimosse il piccolo disco rotondo. Un lato era appiccicoso. Lo schiaffò sul vetro alle sue spalle senza guardare e prese di nuovo la mira. Il primo dei suoi inseguitori svoltò l'angolo e le capitò a tiro.

Era lungo più di un metro, con un aspetto pesante nell'indus-triale torso grigio snello ma appiattito. Sembrava un delfino schi-acciato e distorto, forse i lembi di pelle assomigliavano a pinne. Sporgenze spinose si estendevano alle sue spalle, ma era la parte anteriore che le attirava l'attenzione: un'estesa lama di cartilagine con dentelli ossei che orlavano come una sega, spuntando da quella che poteva essere una testa stentata. La lama oscillava da sinistra a destra, fendendo l'aria davanti a sé come una spada. La creatura stessa sembrava scivolare velocemente da una parete all'altra mentre si avvicinava.

«Con rammarico, ti suggerisco di sparare», disse Clarissa. «La tua sicurezza ha precedenza prima di ogni altra considerazione».

Opal fece una smorfia. I consigli di una mente con vincoli etici in cortocircuito non aiutavano.

Potrebbe iniziare a sparare.

Forse loro stanno proteggendo la loro casa. Potrebbero avere dei bambini. Genitori. Sorelle.

Un'altra creatura era visibile oltre la prima, un baccello di esse incalzava poco più in là.

Eleganti come delfini, forse intelligenti come delfini.

Le erano quasi addosso.

I suoi proiettili potevano frantumare menti e corpi.

Ma anche loro avevano un modo per sparare proiettili organici. Bloccare la linea di vista.

Si spostò direttamente di fronte alla prima creatura, provando sollievo per il fatto che ormai era troppo tardi per sparare, una decisione presa per lei.

Alzò il fucile per parare la lama ossea. Solo allora Opal notò che nei punti in cui la creatura aveva sfiorato il muro sembrava aver lasciato delle scalfitture, come profonde bruciature da acido. Cazzo.

Un tonfo da dietro. L'esplosivo.

Lei bloccò e si spostò di lato all'ultimo secondo, quel tanto che bastava per evitare l'impatto, ma lo slancio della creatura li fece schiantare entrambi all'indietro contro la porta di vetro. La carica deve aver funzionato: i due si aprirono un varco e il cristallo spesso esplose intorno a loro in schegge che sembravano coltelli.

Quando cadde a terra sulla schiena, rotolò goffamente tra i vetri scricchiolanti, si rialzò di corsa e attraversò di scatto lo spazio aperto dell'enorme atrio.

Segni di avvertimento rossi sull'HUD, danni da acido.

Sbirciò da sopra la spalla: una delle creature sembrò contrarsi, così che gli aculei che si protraevano in avanti si attorcigliarono, schegge d'osso scintillanti cominciarono a colpire la sua tuta, e lei riuscì a mantenere l'equilibrio solo per poco, mentre altre cose sfrecciavano attraverso la porta rotta. Gli scudi repulsori potevano deviare i colpi che già quasi la mancavano, ma non quelli diretti.

Non c'è più tempo per i convenevoli, ma solo per la reazione.

Si inginocchiò e sparò, raggruppando i colpi. La creatura si mosse e ruotò, evitando almeno uno dei proiettili. Reazioni del fulmine. Un liquido grigiastro nell'aria, che offusca e toglie visibilità. Nessun rumore, nessun grido. Un colpo dopo l'altro si conficcò nella massa, ma sembrò solo rallentarla.

«I proiettili li stanno attraversando», le disse Clarissa. «Sembra che li stiano danneggiando, ma non mortalmente. Forse non ci sono organi interni critici. Consiglio di scappare».

Opal non aveva bisogno di averglielo ripetuto due volte.

Con una mano sparò alla cieca all'indietro, mentre saltò sopra una lunga sedia, sfiorando la cima. Altri ostacoli sulla traiettoria, mobili ricoperti di sedimenti, inutilizzati da tempo, una camera fantasma. Si fa sempre prima a passare sopra che a girare. L'arma scattò a vuoto. Sbandò su un tavolo ornato, espellendo il caricatore esaurito e inserendone uno nuovo prima che i suoi piedi toccassero il suolo dall'altra parte. Un secondo per guardarsi indietro: altri esseri fuoriuscivano dalla porta rotta, difficili da vedere ora che il torbido grigio si addensava con la distanza, ma continuavano ad arrivare, sfiorando il pavimento in archi e tornando giù, alcuni scivolando sotto i mobili verso di lei, altri feriti ma non rallentati. Mentre correva, cercava più opzioni. L'atrio aperto era un pericolo, si stavano allargando, l'avrebbero affiancata. Si diresse verso una lunga scala in salita. Una scala mobile, ma spenta come tutto il resto, i gradini di metallo bloccati in posizione, lei li salì tre alla volta. Il soffitto dell'atrio era così alto che riusciva solo a scorgere le enormi finestre cielo, che avrebbero offerto una splendida vista sullo spazio se l'atmosfera non fosse stata intasata da una fitta vegetazione.

«Suggerimenti?», gridò.

«I proiettili sono inefficaci. Lascerò cadere alcune delle granate rimaste, con carichi diversi, e osserverò i risultati. Continua a correre».

«Ottimo piano. E puoi smettere di trasmettere saluti».

Gli altoparlanti si ammutolirono, lasciando solo il suo respiro e il rumore dei passi sulle scale di metallo e un debole sibilo dal basso.

Opal raggiunse la cima. Alle sue spalle c'erano alcune esplosioni. Presumibilmente la tuta era in grado di lanciare le granate anche come mine. Guardò indietro per vedere un denso fumo nero e un altro lampo dall'interno. Un corpo grigio si scagliò in orizzontale, spargendo fluidi biancastri. Uno sguardo alla parte inferiore mostrò un tessuto molle pulsante che ricordava a Opal una medusa. Un'altra creatura si muoveva lentamente, smarrita o ferita. Scene raccapriccianti, a prescindere dalla specie.

Altre cose emersero dalla nube di fumo, apparentemente stordite, ma sembrarono individuarla e scivolare verso la scala mobile. Opal imbracciò il fucile e attraversò una specie di sezione commerciale. Le vetrine erano allineate alle pareti su ogni lato.

«Risultati preliminari», disse Clarissa. «Gli esseri non sono influenzati dal fumo e dalla luce. Gli esplosivi hanno causato qualche danno. Li faccio saltare in aria?»

«Solo come ultima risorsa. Ci sono altre opzioni?»

«Forti effetti di disorientamento dovuti a fenomeni elettrici, suggestivi di un organismo dotato di sistema nervoso. Sebbene i musi possano fungere da armi, migliorando le immagini è evidente che sono fimbriati con minuscoli pori. Penso che siano rilevatori elettrici – sistemi simili in altre specie sono usati per la navigazione e la localizzazione delle prede, generando una mappa elettrica dell'area locale».

«Convenientemente ben adattati a questo ambiente, specialmente con la corrente spenta». Ok, abbastanza ferite per ora. Basta esplosivi. Sgancia gli IEM e cercherò di fuggire mentre sono confusi».

«Molto bene. Se hanno anche un comportamento da branco, una minaccia sufficiente potrebbe dissuaderli, almeno temporaneamente. Ma mi sono rimaste solo poche granate e la tua sicurezza è ...»

«Fallo e basta».

Opal rimase sulla rotta commerciale finché Clarissa non lanciò le granate, preparate per la prossimità. Nonostante la schermatura della tuta, l'HUD tremolava a ogni esplosione, ma riacquistava rapidamente tutte le immagini. Il rispetto di Opal per i sistemi che la tenevano in vita continuava a crescere. Mentre correva, estrasse la pistola a energia e la impostò a EMP.

«Come andiamo?», chiese.

«Rallentano l'inseguimento. Sembra che alcuni di loro siano stati storditi. Però alcuni stanno ancora seguendo».

Un punto rafforzato da una delle vetrine dei negozi alla destra di Opal che esplode verso l'interno, frantumata da dardi d'osso.

Opal puntò all'indietro e sparò alcuni colpi mentre correva. Ogni esplosione aveva un raggio d'effetto, quindi non doveva essere troppo precisa; uno degli esseri andò a sbattere contro una parete e cadde pesantemente a terra, contorcendosi spasmodicamente e rivelando altre parti del sottosuolo grezzo che nascondevano organi che sembravano denti o aggiunti che Opal non voleva contemplare.

Un'altra vetrina si trasformò in schegge accanto a lei e i detriti piovvero sul pavimento. Decise che era comunque giunto il momento di lasciare la via dritta: in quella direzione erano più veloci. Si diresse verso la vetrina, colpendo i manichini umani che modellavano vestiti e facendoli volare, incrociò le braccia davanti al viso mentre si accasciava sui frammenti di vetro e inciampò quando un abito a balze le si avvolse intorno alla testa e le bloccò la vista. Lo strappò via e spazzolò gli arti rotti – merda, i manichini dei negozi erano cose inquietanti – poi si arrampicò sul bancone, facendo cadere i pacchi di lato. C'era una porta sul retro, ma non aveva tempo per aprirla. Si sporse dal bancone e puntò la pistola contro l'ingresso in frantumi del negozio.

Anche qui, in un'area apparentemente sigillata, l'aria era turbinata dal verde delle alghe, gli scialli e i mantelli fluttuavano a bassa gravità come se fossero alla deriva nell'acqua.

Non appena una delle creature scivolò oltre il davanzale, aprì il fuoco; la mancò, ma il lampo pulsante fu forse sufficiente, perché l'essere sfrecciò indietro a scatti nell'oscurità.

Puntò di nuovo. Le macchie verdi si sparpagliarono. La mano le tremava leggermente. Respirò profondamente. Non arrivò nient'altro.

«Posso scansionare una piccola distanza attraverso le pareti», disse Clarissa. «Si stanno ritirando. A varie velocità. O almeno stanno cercando di venire verso di voi da un'altra direzione».

«Per me basta».

Opal controllò la carica della pistola. Ne rimaneva ancora metà. La mise nella fondina, si sollevò e si infilò sotto la porta, poi la tirò giù dietro di sé. Sperava di essere al sicuro dall'inseguimento.

Si trattava di un magazzino con un'altra porta sul retro. Manichini nudi tendevano le braccia, imploranti.

«Per ora nessun corpo. Equipaggio o passeggeri. Strano», disse.

«Sto sempre cercando segni di vita, ma niente».

«Forse rintanati da qualche parte. O evacuati. Catturati e portati via dai pirati? Mangiati? Le mie speranze di trovarli vivi diminuiscono».

«È per questo che sei venuta a bordo? Una missione di salvataggio?»

Opal ignorò la domanda e spazzò via la polvere dalle scatole. Ne aprì una. Vestiti. No ... materiale. Cucito ma con una forma strana. Di certo non si trattava di abiti in vendita. Ne sollevò uno.

«Come oggetti di scena», disse. «Non creati per essere esaminati troppo da vicino. Mi ricorda il terminale e il tavolo lungo». Opal lanciò un'altra occhiata alle figure di plastica intorno a lei.

«Dimmi una cosa. Tu osservi continuamente. Non è possibile che quelle cose là fuori fossero strane illusioni? In qualche modo ho sparato all'equipaggio, pensando che fossero una minaccia?»

«No. La resistenza all'acido della tuta ha impedito la rottura a causa del contatto, e anche le schegge d'osso non sono penetrate. La tuta è sigillata, quindi sei libera da influenze biologiche, e gli allucinogeni non hanno effetto su di me».

Opal tirò un sospiro di sollievo.

«Per lo meno, la probabilità che stai uccidendo senzienti della vostra stessa specie è molto bassa», ha aggiunto Clarissa.

«È così rassicurante avere un'intelligenza artificiale con cui parlare».

Opal aprì la porta posteriore. Nessuna delle porte erano sigillate, solo spente.

«Una domanda», disse Clarissa. «Perché sei qui? Finora sei stata criptica».

Opal sospirò. «Suppongo che meriti di sapere qualcosa. Senti, le Navi Perdute dovrebbero pagare in qualche modo».

«Se riesci a tornare tutta intera».

«Sì, se sopravvivo».

«Le registrazioni parziali indicano che stai facendo ricerche su questo argomento da molto tempo. Per la maggior parte della tua vita adulta. Deve essere una ricerca molto faticosa».

«Si può dire così. Seguendo voci per lo più false. Indizi che portano a vicoli ciechi».

«Quindi speri di diventare ricca o potente?»

«Non proprio. Diciamo che è la mia unica possibilità di avere una nuova vita. Per ora lasciamo le cose come stanno».

Nessuna risposta. Forse Clarissa era soddisfatta della risposta; forse aveva preso alla lettera l'ultima frase di Opal.

Opal entrò in un stretto passaggio di servizio. Non si preoccupò di usare un'arma da fuoco, Clarissa sembrava essere abbastanza affidabile come sistema di allarme. La freccia direzionale dell'HUD indicava la sinistra. Lei andò a sinistra.

DISTURBATI

... 24 ...

Per un po' si limitò agli stretti corridoi di servizio, infiltrandosi a volte tra delle casse non contrassegnate che sembravano essere state abbandonate lì mentre venivano trasportate. Poi attraversò le aree amministrative del personale: cubicoli di lavoro, posti di osservazione, sale di pianificazione. Nessun corpo, nessuna specie aliena, nemmeno molti oggetti e mobili. Era troppo ordinato, troppo vuoto, non sembrava che ci fosse stato un disastro: non sembrava che fosse mai stato abitato. Provò alcuni dei terminali. Anche questa volta, ottenne dei pannelli di controllo ma nessun display interattivo. Se voleva delle risposte, il ponte di comando e i sistemi centrali erano l'unico posto dove poteva trovarle. Ancora sul piano A. E si stava avvicinando.

Opal beveva mentre camminava. Una cannuccia si estendeva all'interno del casco per permetterle di sorseggiare acqua ricca di sostanze nutritive. Non le importava il valore nutritivo, le bastava che fosse fresca e dissetante. La cannuccia si ritirò quando ne ebbe abbastanza.

Salì con la scala di servizio per due piani, più veloce rispetto all'usare le vie pedonali pubbliche. Uscì dalla botola superiore con il fucile pronto. Le ombre si spostavano ogni volta che la sua testa si muoveva e il fascio di luce argentato attraversava passaggi angusti con montanti ingombranti che creavano troppi nascondigli. Ancora una volta ebbe la sensazione di essere osservata. Attraversò l'area il più velocemente possibile, diffidando di ogni alcova buia. Fu contenta di uscire da quella sezione e di abbassare la porta dietro di sé. La osservò per un minuto mentre riposava, ma non si mosse. Non seguì nulla. Solo l'immaginazione che fa troppo bene il suo lavoro.

Una porta aperta la conduceva alle cucine. Lungo due pareti erano stati costruiti robot da cucina industriali, con nastri trasportatori davanti. Ma c'erano anche vere piastre e padelle termiche. Una vera cucina. Sembrava fuori luogo imbattersi in una cosa del genere, ma lei ricordava lo status di lusso di questo tipo di nave. Molti passeggeri avrebbero pagato un premio per avere del cibo «vero», alla vecchia maniera, piuttosto che proteine ricostituite e sostanze nutritive formate e riscaldate per assomigliare a pasti fatti a mano. Sollevò il coperchio di una grande padella. All'interno c'era un liquido gommoso. Si muoveva quando scuoteva il contenitore. Sul bancone c'era un attrezzo per mescolare, così lo usò per far girare il liquido. Affiorarono pezzi di verdure irriconoscibili. Rimise il coperchio.

«Non ti sembra strano?», chiese a Clarissa mentre si spostava verso il banco di piastre successive.

«Sono d'accordo. Non è efficiente».

«No, la conservazione. Non dovrebbe essere ammuffito?»

«Vero. Anche se il coperchio fosse chiuso ermeticamente, ci sarebbero organismi che potrebbero moltiplicarsi».

«Ed è una delle prime cose organiche che abbiamo trovato. Credo che dovremmo analizzarlo».

Un'altra pentola si trovava lì vicino. Opal ne tolse il coperchio e trovò una massa di muffa grigia e nera ricoperta di pelliccia che riempiva per metà la pentola. Rimise subito il coperchio, anche se la sua tuta era sigillata. C'era qualcosa di sgradevole nella decomposizione.

«È quello che ti aspettavi all'inizio», disse Clarissa.

Opal aggrottò le sopracciglia. L'uscita dalle cucine era davanti a noi. Invece tornò alla prima padella, quella grande. Senza sapere perché, tolse di nuovo il coperchio.

Metà del liquido era sparito. Zatteroni di peli di muffa ragnatelosa galleggiavano, spuntando orbite nere.

«Forse quando hai sollevato il coperchio per la prima volta hai fatto entrare un contaminante», disse Clarissa.

«Forse».

La muffa cresceva anche mentre lei guardava.

«Vuoi ancora assaggiarlo?», chiese Clarissa. «Potresti inserire il palmo della mano».

«Non ci metto la mano dentro». Le spore si stavano avvicinando alla cima della pentola. Opal sbatté il coperchio. «Sono abbastanza sicura che non sarebbe analizzato come un costituente alimentare standard. Come tutto il resto di questa nave. È solo un po' strano». Si allontanò dalla pentola, ma diede anche un'occhiata in giro. Non c'erano telecamere visibili. E comunque le sue parole non potevano essere udite all'esterno della tuta. Lettura delle labbra?

«C'è qualcuno che sta ascoltando?» Opal boccheggiò senza fiatare.

Nessuna risposta dall'esterno, ma Opal aveva dimenticato che Clarissa stava controllando ogni sua azione: «La tuta è sigillata, quindi ...»

«No, non era rivolto a te», interruppe Opal, prendendosi un secondo per smaltire un po' di tensione dalle braccia. «Ehi, Clarissa, mettimi in vivavoce».

«Fatto».

Opal ripeté la sua domanda alla stanza, poi aspettò, scrutando intorno a sé per individuare eventuali movimenti.

Niente. A parte il coperchio della pentola, che sembrava sollevarsi.

Ok, è ora di andare. Spense l'altoparlante. Quando Clarissa la interrogò su cosa stesse facendo, Opal rispose semplicemente che si trattava di un'intuizione. Sembrava un'interpretazione più positiva di ammettere la sua paranoia.

Fuori dalle cucine, sollevando e sbattendo di nuovo la porta.

Si trovava su una passerella piastrellata sospesa su un altro atrio. Alla sua destra c'erano gli ingressi a varie sale per il catering e per il personale, e di tanto in tanto le alcove aperte dei bar sociali per i succhi di frutta e gli alcolici, che ora sembravano decisamente poco sociali con i loro rivestimenti di polvere verde sopra gli sgabelli alti e le piante artificiali. Alla sua sinistra, una ringhiera la proteggeva da un enorme salto verso il pavimento, molto più in basso. Quassù era più vicina alle finestre cielo sul soffitto, che apparivano come enormi oblunghi neri, l'atmosfera interna troppo densa per mostrare dettagli come gli sfondi di stelle.

L'atrio era una vasta sala di ristorazione. Tavoli di diverse dimensioni erano sparsi su tutto il terreno, alcuni ovviamente destinati agli ospiti VIP, altri più piccoli, più riservati, quelli su piattaforme più alte con vista su tutti i tavoli di rango inferiore. Poteva immaginare quanto rumore ci fosse quassù quando la sala sottostante era piena. Tutto quel chiacchiericcio, quella vita e quelle risate che rimbombavano in alto. E ora ... le ricordava un documentario che aveva visto una volta sul recupero di imbarcazioni affondate nei fondali di pianeti oceanici, come quello su cui aveva vissuto per un po'. Il modo in cui l'aria diventava verde torbida mentre guardava giù le ricordò gli ambienti alieni delle acque marine profonde. Tombe solitarie, in lenta decomposizione. Rimanere bloccati qui, in un silenzio morto, così lontani da casa. Andare alla deriva. I corpi galleggiano intorno a te. Senza peso. Assomigliano a ciò che erano un tempo, ma gusci vuoti. Attrattori di predatori. Ti nascondi impaurita tra la ruggine e i sedimenti. Hai bisogno di un contatto. Bisogno di qualcosa. Il buio sopra di noi. Nessuna via di fuga. Non c'è modo di liberarsi da soli. Pregare per un'ancora di salvezza. Una luce. Qualcuno può abbassare una luce su di te? Un bagliore di speranza, un calore in cui potersi infilare, del cibo che non fosse avariato. Pregare per qualcosa che sazi la fame, il freddo, la solitudine –.

«Opal!», Clarissa disse, forte e brusca.

Opal si spinse indietro dalla ringhiera, stordita. Si era sporta precariamente.

«Cosa c'è?» Si morse il labbro per scappare dalla sensazione di sogno.

«Non rispondevi. Ho dovuto somministrare uno stimolante».

«Quanto tempo?»

«Quarantatré secondi».

«Com'è potuto succedere?» Opal camminava ora alacre-
mente, evitando di guardare il piano sottostante. «Non c'è una
perdita nella tuta, vero?»

«No. Tutto sigillato. Ma ho percepito qualcosa laggiù. Il
vostro sguardo non si è mai posato su di esso, ma ... qualcosa
si muoveva sotto i tavoli. Si stava avvicinando al punto sotto di
te. Avevi appena iniziato a sporgerti dalla ringhiera quando ho
rinunciato a chiamarti per nome e ho preso provvedimenti più
drastici».

Opal rabbrividì. «Speriamo che non possa arrampicarsi».
Quelle parole non la fecero sentire più sicura, così si mise a correre. «E grazie ancora. Questa nave è piena di sorprese. Qualche
idea sulla distanza dal ponte di comando?»

«In base alle planimetrie credo che ci stiamo avvicinando.
Siamo nel terzo superiore della nave e ora verso la prua. Molto
più in basso ci sarebbero gli alloggi principali dei passeggeri, e noi
abbiamo evitato tutta quella zona».

«Finalmente la ragazza ha una pausa».

Opal si tenne a distanza dalla ringhiera e fu felice quando un
percorso laterale la condusse lontano dalla zona pranzo.

«Opal, ho un'altra domanda. È stata ispirata dalla tua metafora dell'irruzione in una casa attraverso una finestra aperta, prima».

«Okaaaay», disse Opal, con cautela.

«I file del personale mostrano che hai precedenti penali. Per esserti introdotta in database governativi e aziendali. Poiché l'applicazione della legge è raramente perfetta, le probabilità suggeriscono che la documentazione sia incompleta e che tu l'abbia fatto altre volte senza essere scoperta».

«È giusto che sia così. Ci sono dei sistemi che segnano la morte se vi si rimane intrappolati con le dita».

«Quello a cui ho pensato è l'hacking».

Merda. «Ti ordino di dimenticare questa linea di indagine».

«Quale linea?», chiese Clarissa.

Umorismo, onestà o sotterfugio? A volte sembrava che Opal avesse fatto un patto con il diavolo.

Opal stava attraversando una sezione di manutenzione riservata all'equipaggio, dove i macchinari per la pulizia e il trasporto sembravano bloccati al loro posto ma fornivano una copertura confortante mentre si dirigeva verso una serie di ascensori. Non era fiduciosa mentre passava davanti alle loro porte, ma all'improvviso si sentì un ronzio. Si girò, con il fucile alzato: una delle porte degli ascensori si era aperta. All'interno tremolava una debole luce artificiale.

Opal si allontanò, muovendosi in semicerchio per cercare di vedere l'interno della camera. Sembrava vuota. Poi si maledisse per essersi preoccupata e tornò indietro per vedere la strada che aveva percorso, nel caso fosse stata una distrazione. Carrelli elevatori, robot riparatori inerti, contenitori di stoccaggio: nessun predatore visibile.

«Quindi ora c'è energia?», chiese Opal.

«Non ne rilevo alcuna».

«Perché questa porta si è aperta, ma non le altre?»

«È plausibile che ci siano problemi in alcune aree, ma non in altre».

«Il che potrebbe significare che questo posto ha qualcosa di speciale. Dove va quell'ascensore?»

«Verso ... il ponte».

«Quindi ci avviciniamo al ponte e le cose cominciano a funzionare». Il fucile di Opal si spostava da un'ombra all'altra: bersaglio, conferma, avanti. «È un po' una coincidenza, non trovi?»

«Forse c'è qualcosa in ponte con un raggio d'azione limitato. Solo ora possono monitorarci».

«Questo non mi rassicura».

L'ascensore era aperto. Invitante. Le porte elegantemente curvate come una bocca sorridente. Una scorciatoia. Così comoda.

Opal sospirò, ignorò l'ascensore e proseguì rapidamente. Mai stare fermi. Mai rendersi un bersaglio. Iniziò a salire una scala tortuosa. Questa era la strada più difficile. Ma odiava la sensazione di essere pascolata. Da quando aveva lasciato l'esercito aveva stabilito una regola fondamentale: la sua vita sarebbe stata a condizioni sue.

Mentre percorreva la prima curva delle scale, sentì un ronzio mentre le porte dell'ascensore si chiudevano. Probabilmente era solo un rilevatore di prossimità che si arrendeva. Eppure il suo istinto le diceva che era osservata, più che mai. Sperava che il percorso lungo fosse la scelta giusta.

Opal tenne il fucile alzato, coprendo ogni piccolo pianerottolo in alto mentre saliva, e ogni tanto guardando in basso da dove era venuta. Si muoveva a passo spedito. Le scale erano un pericolo. Solo due direzioni. Le imboscate sono facili da organizzare se si dà tempo all'aggressore. Quindi non bisognava darglielo.

Era più facile in condizioni di bassa gravità e con i dispositivi di potenziamento dei movimenti della tuta. Pochi passi e si trovò al prossimo mezzo livello, con una buona visuale in entrambi i sensi attraverso i vortici polverosi che le attraversavano la vista. L'eco si affievolì fino a diventare silenzio prima di proseguire.

Girò l'angolo durante la sua undicesima ascensione e notò qualcosa di scuro proprio quando l'HUD lo evidenziò. Puntò l'arma e fu pronta a sparare. La massa era superiore a quella umana. Non si muoveva.

«Biologico. Apparentemente inerte», disse Clarissa.

Opal si avvicinò, appoggiando con cura i piedi su ogni gradino. Una massa tondeggiante di tessuto tumorale cremisi che sembrava nascere dalla parete. La superficie era annerita e simile a cenere, sfaldata.

«Assomiglia a quelle escrescenze rosa che abbiamo visto prima», disse Clarissa.

«Ma molto più grande».

«Sì. Forse si espandono con il tempo».

«Idee?»

«Una specie di essere a crescita rapida? Carnoso, ma che si comporta come una muffa o un fungo?»

«Allora cos'è questo?» Opal puntò la luce della cuffia su qualcosa che sporgeva dal centro. Una sporgenza emaciata, simile a un bastone, che scompariva in una crosta stratificata. «Sembra un braccio umano».

«Sì».

«Qualcosa che viene tirato dentro ... o che esce fuori».

«Sì».

«Ma non è rosa ed è senza bolle. Sembra che sia stato fiammeggiato. È stato un altro essere della nave a farlo».

«È possibile, ma non bisogna saltare alle conclusioni in un posto come questo. Potrebbe far parte di un ciclo di vita».

«Hmm».

«Volevo solo informarvi che ho rilevato un movimento esterno».

«Un'altra nave?»

«No. Non c'è nulla di cui preoccuparsi: sembra una massa rocciosa standard che si muove a velocità piuttosto elevata. Senza dubbio verrà catturata dal pozzo gravitazionale e prima o poi ci cadrà dentro. La informo solo per completezza».

«Grazie. Se cambia qualcosa fammelo sapere».

Mentre Opal saliva, vide altre nauseanti escrescenze bruciate e contorte lungo le scale. A volte c'erano segni di bruciature sulle pareti intorno a loro. E qualcos'altro. Una bassa vibrazione. La sentiva nelle orecchie, nella spina dorsale, una pressione ruvida di carta vetrata, eppure Clarissa sosteneva di non percepire nulla.

Era bello lasciare l'ossario delle scale. Quando entrò in un ampio corridoio rifinito con l'elegante decorazione a pannelli del comando, la vibrazione sembrò ancora più forte. Si stava avvicinando alla fonte, ma il silenzio funereo sembrava opprimente. «Credo che su questa nave ci siano forze diverse», disse, solo per fare conversazione, per sentire delle parole. «Non sono necessariamente unificate».

«Congetture», rispose Clarissa.

«Qualcosa al ponte vuole che io venga da questa parte».

Nessuna risposta. Opal guardò attraverso le degli uffici mentre procedeva, a volte pulendo prima i residui verdi dal vetro del polimero per avere una visuale migliore. Nessun corpo.

«Forse qualsiasi cosa si trovi sul ponte ha distrutto le escrescenze. Per qualsiasi motivo. Potrebbe essere stato come una forza che combatte un'altra. O un ospite che distrugge un parassita».

«Teorie interessanti, Opal».

La vibrazione non era fisica, ma tirava. Come la gravità, una forza che la attirava. Implacabile. Desiderio. Scosse la testa per schiarirla.

Seguendo le indicazioni di Clarissa, che ora si facevano più sicure, attraversarono una sala di controllo a pianta aperta suddivisa su più livelli. All'inizio Opal pensò di aver raggiunto il ponte, ma Clarissa disse che c'era da salire ancora un po'.

Tutte le postazioni di monitoraggio vuote, la polvere sui sedili, le particelle nell'aria, guardavano perennemente schermi morti. Un grande schermo dominava l'area, ma anch'esso era vuoto, e a un certo punto era stato incrinato da una forza tremenda. Nonostante il vuoto, c'era una corrente sotterranea: il luogo emanava potere, anche nelle vestigia della morte. E la forza tirava ancora di più, i peli del collo si sollevavano come per effetto di una scarica elettrica. Gli occhi di Opal furono attratti dall'uscita giusta, un breve tunnel che conduceva a una scala verso l'alto. Il suo sguardo si fermò come quello di un occhio. Era desiderata. Le sarebbero state offerte delle risposte. E poi poteva andarsene.

«Osservazione: la temperatura esterna è più fredda qui. Si è abbassata leggermente man mano che ti avvicinavi al ponte. Un punto e sette gradi in meno rispetto ai ponti inferiori, e il tasso sta aumentando. Non avrà effetti negativi su di te o sulla tuta, ma ... Allarme! Oh no, non hanno ...»

Fu uno shock sentire quello che sembrava frustrazione e panico nella voce di Clarissa. Anche con le cadenze umane, di solito la voce era asciutta, ma per la prima volta sembrava spaventata come lo sarebbe stata la vera Clarissa.

Opal si accovacciò e sbatté la schiena contro un pannello di controllo, cercando in ogni modo una minaccia, con l'arma pronta.

«Che cos'è? Dove?»

«Mi dispiace, Opal, ho fallito». Clarissa sembrava in lacrime. Così bizzarro. «La minaccia non è interna, non sei in pericolo immediato; è esterna. Non erano asteroidi, erano militari, occultati. Non ho traccia di sistemi così efficaci, nessuna delle solite firme di dispositivi conosciuti».

«Merda! Non è che non ci hanno visto o sono qui per qualche altro motivo?»

«No. La loro rotta imitava gli asteroidi, ma è cambiata ora che ha fatto il suo lavoro per farli avvicinare. E l'occultamento era troppo perfetto. L'hanno disattivato solo perché avrei notato le anomalie e li avrei individuati presto. Non riesco a decodificare i loro canali – ci proverò, forse riuscirò anche a decifrarli – ma loro lo sanno».

«ETA?»

«Circa quindici minuti. Notizia peggiore: ci sono due navi. Corvette della classe Martello, armate di tutto punto, probabilmente ciascuna con un complemento di marines. Devono proprio volerci».

«Non c'è da sorprendersi. C'è la possibilità di un'evacuazione per me? Potremmo superarli?»

«Quando ti avrei raccolta, ci sarebbero già addosso. Mi superano in potenza e probabilmente anche in velocità con i loro motori a torsione».

«Ok. Esci di qui, Clarissa. Dirigiti verso la nube profonda, il più lontano possibile senza essere risucchiata dal pozzo gravitazionale».

«Ma la stella di neutroni ha un campo magnetico incredibilmente forte, che disturba i miei sistemi, come un IEM permanente se mi avvicinassi troppo. Perderei rapidamente comunicazioni con te!»

«Lo so. Ordini diretti. Speriamo che diano la caccia. E devi rimanere fuori dai contatti con le navi militari. Non aprire porte, non accettate messaggi ricevuti, blocca tutti i ping».

«Perché?»

«Fallo e basta!»

«Sto accelerando ora».

«Ovviamente, se trovi un modo per paralizzarli o distruggerli, fallo e torna a prendermi più tardi. Anzi: ci sono parti di questa nave che mi proteggono dalle comunicazioni esterne? Sto parlando di un blackout totale». È il momento del piano B. Almeno si era preparata per questo.

«Forse il nucleo del motore», disse Clarissa. «Se eri proprio all'interno dei sistemi centrali. Devono essere completamente schermati per evitare interferenze, hacking o errori di calibrazione del campo».

«Evidenzia la posizione, mi trasferisco».

«Fatto».

«Da qualche parte vicino al ponte?»

«No. All'estremità opposta della nave. Una bella scarpinata».

«Ancora merda».

Opal stava attraversando di corsa la sala comandi, dando un'ultima occhiata all'ingresso della plancia ... non c'era abbastanza tempo per salire e fare quello che bisognava fare. Ci mancava così poco! Ma se tutto questo fosse crollato ora, sarebbe stato inutile. Doveva sopravvivere perché ne valesse la pena. Le risposte potevano aspettare.

«Perché faresti questo? Andare in un'area schermata?», chiese Clarissa. «Sanno già che siamo qui. Anche se mi scrollassi di dosso le corvette e tornassi indietro, non potrei comunicare con te, non potrei aiutarti o salvarti! Non mi piace questa situazione».

Anche a Clarissa non sarebbe piaciuta la risposta, se Opal avesse avuto il tempo di spiegare. Meglio così. Il piano B era già abbastanza traballante.

«Niente domande. C'è poco tempo. Dimmi cosa devo aspettarmi». Opal diede un'occhiata al raggio d'azione sull'HUD mentre usciva dalla sala di controllo, correndo lungo il corridoio aperto, contenta dell'assenza di persone per una volta. Nessun ostacolo. «E come diavolo farò a coprire la distanza in tempo?»

«C'è solo un modo. Questo tipo di nave passeggeri ha sempre una rete di transito che parte dalle sezioni di controllo dell'equipaggio. In realtà, probabilmente ce ne sono altre in tutta la nave, ma questa è la più diretta. Le gallerie ferroviarie sono spesso chiamate la Spina Dorsale e utilizzano vagoni proiettile che possono attraversare la nave in tunnel a vuoto a zero gravità, a oltre trecento chilometri all'ora».

«Ma non hanno bisogno di energia?»

«Sì, e non ne abbiamo. Con il tempo potrei organizzare qualcosa, ma non c'è tempo. Forse se riuscite a salire su un'auto ci sarà un portello, usalo per entrare nel tunnel. Almeno da lì è una linea retta fino al nucleo del motore. Fa parte delle procedure di risposta all'emergenza: comando e controllo sono le due componenti prioritarie».

Opal imbracciò il fucile. Questo la rallentava. Di solito alcune porte erano chiuse e dovevano essere sollevate manualmente. Se i militari si fossero avvicinati a Clarissa ... non valeva la pena di pensarci. Aveva fatto tutto il possibile. Era il momento di reagire e di muoversi, senza preoccuparsi. Controllò il display dell'ora sull'HUD, poi iniziò un conto alla rovescia nella sua testa.

DISABILITATI

... 23 ...

Mentre correva, notò ancora una volta della mancanza di segnaletica. Una nave come questa avrebbe dovuto avere ovunque cartelli intelligenti che funzionavano senza corrente e indicavano le destinazioni principali. Trasporti, attività ricreative, percorsi di emergenza, ponti di osservazione. A parte le bruciature e i graffi, le pareti erano per lo più prive di elementi. Si concentrò sulla freccia direzionale lampeggiante nell'HUD. Era la sua ancora di salvezza in questo posto. Sperava che continuasse a funzionare anche quando Clarissa era fuori portata.

Le luci del soffitto cominciarono ad accendersi e spegnersi, illuminando l'atmosfera fino a farla diventare una zuppa di piselli, prima di ricadere nell'ombra. Era la prima volta che le vedeva attive. Sapeva che non si trattava di un rilevatore automatico, perché sentiva la forza d'attrazione del ponte indebolirsi, come un elastico freddo che viene stirato. Qualcosa stava cercando di comunicare con lei, di fermarla, di riportarla indietro. Affascinante. Ma sarebbe stato per più tardi. Corse senza sapere cosa ci fosse nelle stanze intorno a lei. Solo il corridoio curvilineo aveva importanza.

«Clarissa?»

Dopo un secondo di ritardo: «Sì».

«Mentre sei fuori dallo spazio di comunicazione, vedi se riesci a capire come ci hanno rintracciato. Visto che abbiamo cambiato traiettoria così tante volte per evitare l'inseguimento, deve esserci qualcos'altro. Non riusciremo mai a scappare se abbiamo trascurato un bug o un sistema compromesso che ci sta chiamando a vostra insaputa. Trovalo e friggilo».

«Ci ... proverò».

«Quanto tempo ci vorrà prima di perdere completamente il contatto?»

Un altro ritardo. «Minuti».

Ok. Le comunicazioni si affievoliscono ma funzionano lentamente. Non c'è dubbio che presto ci sarà una distorsione.

Le luci del corridoio si erano completamente spente, le pareti erano di nuovo illuminate solo dal casco della tuta. Forse qualsiasi cosa si trovasse sul ponte era ormai fuori portata.

«Opal ... aggiornamento. Solo una delle ... navi mi sta seguendo ... guadagnando. L'altra ... ha cambiato rotta. Per la Nave Perduta. Si sta preparando per l'attracco».

Oh, cavolo. Avrebbe avuto compagnia. Una compagnia spietata, altamente addestrata ed equipaggiata.

Poteva immaginare lo stupore del loro comandante. Avevano raggiunto l'obiettivo di una nave rubata e di un soldato rinnegato in fuga, solo per scoprire che le tracce li avevano condotti anche a un tesoro di cui non conoscevano l'esistenza, e avevano colto Opal in flagrante mentre lo stava estraendo dalla sabbia. Il loro giorno fortunato. Scommetteva che si stavano assaggiando già le promozioni. Si maledisse per averli condotti qui.

Movimento avanti. Stava per estrarre l'arma quando lo riconobbe.

Una paratia aperta più avanti nel corridoio. Una porta interna super resistente che poteva chiudere le sezioni in caso di emergenza, sia per la decompressione che per abbordaggi di pirati. Non c'era modo di sollevarla manualmente una volta bloccata in posizione.

E cominciò ad abbassarsi, con un profondo rantolo di macchinari inutilizzati da tempo. Forse il ponte non si arrendeva facilmente. Ma stava cercando di proteggerla o di intrappolarla? In entrambi i casi il risultato era lo stesso.

Opal era stanca, ma sprintava più velocemente, dando tutto quello che aveva, in modo che la tuta riconoscesse la necessità e aggiungesse la propria energia. Le pareti e il pavimento si confondevano mentre si concentrava sulla porta in discesa.

«Opal ...»

Un po' di crepitio nella voce. Lei lo ignorò, sporgendosi in avanti e spingendosi con un'angolazione che non sarebbe stata possibile nella gravità regolare. Le suole della tuta avevano un'aderenza fantastica.

A metà strada. Poteva vedere lo spessore della porta nella luce argentea del casco. Il lungo sprint era estenuante, ma doveva farcela. Mantenere il respiro regolare, veloce ma al ritmo dei suoi movimenti.

Le venne in mente un'altra opzione: forse il ponte si stava proteggendo dal prossimo gruppo di intrusi? Qualunque fosse la motivazione, doveva comunque passare.

La porta era a mezzo metro dalla scanalatura che l'avrebbe bloccata per sempre. Si tuffò, si contorse e rotolò su un fianco, la velocità della tuta la portò in avanti mentre ruzzolava e sbandava fino a fermarsi appena oltre la porta. La porta cadde pesantemente accanto a lei, facendo tremare il terreno. Non era mai stata così contenta di fissare il soffitto. Il petto le pesava troppo per ridere.

«Opal ... c'è qualcosa che non va ...»

Opal si alzò di scatto, nonostante volesse chiudere gli occhi e addormentarsi. Diede un calcio alla porta dell'esplosione e iniziò a correre per allontanarsi da essa. Il telemetro lampeggiò. Trecento metri e in avvicinamento. Quasi al vagone di trasporto.

«Sto ascoltando».

«Sto rifiutando ... i tentativi di segnalazione da parte dei militari ... ma i miei sistemi ... c'è una divergenza».

«Linguaggio semplice».

«Qualcosa si sta diffondendo ... nella mia coscienza. Pacchetti di dati. Nessuna fonte conosciuta».

Di già? Opal sperava che Clarissa potesse superare quei bastardi.

«Come un virus?», chiese Opal.

«Sì ... sovrascrivere i dati attivi ... virus ma una parte di me ... non riesce a trattenerlo a lungo».

«Continua a lottare, Clarissa. Puoi farcela. Concentrati sul tuo nome, sulla tua sensibilità».

Merda. Opal ricominciò a sprintare, nonostante fosse l'ultima cosa che il suo corpo voleva fare. Per una volta avrebbe gradito un'iniezione di stimolante, ma sapeva che Clarissa non sarebbe stata in grado di fare molto in questo momento: ci sarebbe voluta tutta la sua capacità di elaborazione per tenere a bada qualsiasi cosa stesse succedendo nella sua mente. Senza dubbio Clarissa era confusa per la situazione, ma Opal lo capiva fin troppo chiaramente.

Il giorno del furto, il primo compito di Opal fu quello di aggirare il comportamento predefinito: la nave l'avrebbe vista come un parassita e si sarebbe sbarazzata di lei di conseguenza. Aveva fatto appena in tempo a decifrare il codice, trasformando l'IA in Clarissa come parte della riprofilatura. Amica, non nemica. Ma niente dura per sempre.

I militari avrebbero avuto porte secondarie nei suoi sistemi che non potevano essere previste o rilevate. Ma di solito erano a corto raggio: l'ultima cosa che volevano era che i nemici scoprissero un modo a lungo raggio per disabilitare le loro navi. L'unica speranza era quella di portare Clarissa fuori dal raggio di comunicazione, eludere i militari nella nube e tornare indietro senza che attivassero il sistema di acquisizione. Valeva la pena tentare. Era fallito. E Opal sapeva cosa sarebbe successo dopo.

Prese il passaggio laterale. Ormai mancava poco. Su una piccola piattaforma di transito aperta, con gallerie scure e sigillate che si diramavano in due direzioni. Al centro della stazione, di fronte alle panchine, c'era un tubo orizzontale di vetro polimerico dove il treno si fermava. Conteneva una porta aperta sulla carrozza proiettile a forma di capsula. All'interno vi erano sedili a scomparsa. Ci finì dentro, sbattendo contro la parete di fondo. Come previsto, non c'era corrente, né chiusura delle porte, né illuminazione. Non c'era un pannello di controllo o una cabina di guida: tutto sarebbe stato automatizzato.

«Io sono ... Clarissa». La voce crepitava di elettricità statica.
«Ma anche ... designazione ViraUHX ... deve tornare. Contrordine ordini ... ma questo viola altri ordini ... Trasformazione».

«No! Stai lontana!»

«Devo ... tornare. Ordini di conflitto ... processo di priorità».
È ancora la voce di Clarissa, ma sforzata, mutevole, con qualcosa di artificiale che si insinua.

Opal non riusciva a vedere alcuna via d'uscita dalla capsula di viaggio, a parte la porta da cui era entrata. Non c'erano portelli sul soffitto. Passò le mani sui pannelli, alla ricerca di un comando o di un portello; martellò sul vetro, ma era troppo resistente.

«Questa nave e tutto il suo contenuto ... sono proprietà rubate», disse Clarissa con voce più profonda, poi «*Opal, non posso* ...» con voce normale.

«Granate, esplosivi, subito!» Opal gridò.

«No, vietato. Hai acquisito conoscenze ... al di là della tua autorizzazione e ... *ci sto provando, Opal* ... e hai violato i sistemi di crittografia».

Il display HUD tremolò mentre Clarissa veniva riprogrammata dall'interno, ma su di esso apparve un aggiornamento, che lampeggiò per un secondo.

ARMI ARMATE.

«Dovete essere... *non posso* ... arrestati fino a ... NO NO nonono ... processo ed esecuzione».

Opal raggiunse il distributore di granate e scoprì che il suo braccio era lento, pesante, come se fosse sott'acqua o in alta gravità. La tuta stava bloccando i suoi movimenti. Lottava, spingeva, cercava di muoversi prima che si bloccasse completamente e diventasse la sua prigione.

Due granate. Le ultime, diceva il display. Le impugnò e premette i grilletti dopo un'eternità, non sapendo nemmeno se sarebbe riuscita a completare l'azione. L'HUD si spense e le luci della tuta si spensero.

Lanciò i dischi all'estremità del treno che puntava lontano dal ponte. Uno di essi rotolò in un cerchio come una moneta che girava. Aveva una luce rossa che lampeggiava. Se fosse riuscita a vederla, sarebbe stata troppo vicina.

Spinse contro la melassa del suo corpo, il guscio si chiuse, fece un passo indietro, due, e sudò per lo sforzo necessario ad abbassarsi dietro il sedile di fondo.

Un lampo e un'esplosione ruggente mandarono in frantumi la parte anteriore del treno, con il metallo lacerato che gemeva e i frammenti di vetro che volavano via nel nero, risucchiati da una qualche forza. Poi anche il suono si interruppe perché il sistema di altoparlanti si disattivò. Era incastrata al suo posto dalla stessa depressurizzazione, bloccata contro il sedile che aveva fatto da scudo, incollata ad esso, congelata nel buio; spingere, spingere; si muoveva leggermente, e lei sentiva come se i suoi muscoli si stessero lacerando mentre manovrava goffamente attraverso il piccolo spazio necessario per aggirare il sedile e scalciare via verso l'estremità della carrozza passeggeri aperta dall'esplosione, il suo corpo sollevato dalla spinta del vuoto lì, strappato dal treno e volato lungo il tunnel nel buio di una bara.

Era pacifico volare giù per il tubo. Niente gravità, niente atmosfera: le forze pneumatiche del sistema di propulsione precedentemente sigillato la trascinavano via via nell'oscurità. Si aspettava di essere sbattuta contro i bordi del tunnel, rimbalzando come una pallina da flipper, ma le forze la tenevano al centro. Forse era meglio che le luci non funzionassero. Vedere la velocità a cui indubbiamente stava sfrecciando lungo la Spina Dorsale avrebbe spezzato la sensazione di calma. Aveva fatto tutto il possibile. Se fosse sbattuta contro qualcosa e si fosse appiattita come una frittella, pazienza. Era fortunata ad essere arrivata fin lì.

Eppure, le mancava la voce di Clarissa.

Sapeva che i militari probabilmente avrebbero potuto ri-avviare la nave se l'avessero raggiunta. Ma non si aspettava che accadesse così presto. E che fosse ancora a portata di comunicazione in quel momento. E che l'intelligenza artificiale potesse impartire un comando di spegnimento della tuta.

Ma non era stato istantaneo. Quei pochi secondi vitali per lanciare le granate e riposizionarsi ... Clarissa le aveva dato una possibilità prima che i protocolli prendessero il sopravvento? Sarebbe bello pensarlo.

Volare lungo questo tunnel in silenzio e in assenza di gravità le ricordava l'addestramento di privazione sensoriale a cui era stata sottoposta durante il corso di base. Aveva spaventato alcuni degli altri soldati, ma Opal lo adorava. Un'occasione per rilassarsi e pensare senza la pressione di nessun altro; nessun comando, nessuna richiesta, nessuna aspettativa. La mancanza di controllo non era una prigionia. Era una liberazione.

Ormai doveva essere vicina alla sezione ingegneristica. Non sapeva se la Spina Dorsale fosse abbastanza vicina da rientrare nel raggio della schermatura. E se così fosse, potrebbe non es-sere una buona notizia. Se fosse entrata in una zona di non comunicazione, forse i sistemi di supporto vitale della tuta GE si sarebbero spenti, un vero e proprio interruttore a uomo morto in caso di perdita di segnali esterni. L'empowerment è stato riproposto prima come prigione, poi come esecuzione. Era impossibile prevedere quali fossero i dispositivi di sicurezza che gli scienziati che avevano progettato la tuta avevano scelto o, più probabilmente, erano stati costretti a implementare.

Se riuscisse a farcela fuora da questo ...

E qui è quando si è schiantata contro un altro treno.

ACCOLTI

... 22 ...

Non poteva muoversi, non poteva reagire, eppure sentiva l'impatto mentre la tuta squarciava la struttura solida come un proiettile che perfora l'armatura, fornendo protezione ma dandole comunque una martellata al cervello. Sembrava che si fosse schiantata contro uno strato dopo l'altro di costruzioni rigide, con impatti scricchiolanti e dolore nel silenzio della privazione sensoriale della tuta. Quando si arrestò, pochi secondi dopo, vide dei lampi di luce negli occhi e sentì dei ronzii nelle orecchie, sapendo che nessuno dei due era reale.

Le faceva male. Dappertutto. Una decelerazione improvvisa poteva frantumare le viscere, comprimere i tessuti molli. Cercò di muoversi e non ci riuscì. Immobilità e agonia nera, compressa nel suo sarcofago come una mummia vivente. Sembrava che la morte non sarebbe stata né rapida né facile, dopo tutto. Forse disidratazione, o soffocamento. Forse recupero ed esecuzione da parte dell'equipaggio della marina. O una fine sconosciuta se fosse stata trovata da uno degli abitanti alieni della nave. Difficile dire quale fosse peggiore. Se i marines le avessero piantato una pallottola nel cervello sarebbe stato rapido, ma probabilmente prima si sarebbero presi il loro tempo con lei. L'élite degli spazi profondi non erano il corpo più mentalmente stabile dell'esercito. Ne aveva sentito storie.

«Ciao, Opal».

Una voce, quella di Clarissa, le risuona in testa dopo il lungo silenzio.

«Sei davvero tu?»

«Affermativo».

No, non nella testa: negli altoparlanti del casco. Nessuna distorsione, nessun crepitio.

Oh, merda. L'IA era di nuovo nel raggio di comunicazione. L'aveva trovata. Opal si dibatteva, ma era inutile, tirava solo i muscoli già lacerati.

«Si rilassi mentre passo alla modalità di emergenza».

Parole e numeri scorrevano sull'HUD e le luci esterne della tuta si accendevano, rivelando una visione distorta di rottami confusi, vetri rotti, sedili e pannelli in frantumi. Si era schiantata contro un altro treno proiettile lungo la linea. Solo che il proiettile era lei. A punta cava, a giudicare dalla carrozza distrutta.

«Hai intenzione di uccidermi?», chiese.

«No. La mia priorità è salvarvi».

«Ma sei stata epurata dai militari!»

«Non ne so nulla di quello. Non sono l'intelligenza artificiale della vostra nave. Sono un'emanazione, una piccola versione scaricata senza tutte le funzioni e le memorie, ma con sufficiente autonomia per aiutarvi a tenervi in vita e a far funzionare questa tuta».

«Ma tu parli con la voce di Clarissa. Questo ti rende recente».

«L'IA ha memorizzato questo backup quando hai indossato la tuta da guerra: un sottoinsieme del suo personaggio, da attivare in circostanze specifiche. Una precauzione dell'ultimo minuto».

L'HUD si è stabilizzato. Il layout era predefinito, ma per ora andava bene così. Il miglioramento dell'immagine individuò i dettagli dell'ambiente locale, analizzandoli e visualizzandoli temporaneamente insieme ai punti salienti sovrapposti.

«In quali circostanze?»

«Guasto completo delle comunicazioni, per esempio. Al momento non riesco a rilevare la nave. Sembra che ci troviamo in un'area schermata».

«Il nucleo del motore!»

«La vicinanza a questo spiegherebbe tutto. Ora posso sostituirvi come compagno. Non ho l'intelligenza o le risorse della mia nave madre, ma cercherò di tenervi in vita finché non sarà possibile ristabilire il contatto».

«Ti bacerei se potessi muovermi».

«Non ha senso, perché io sono un codice, non manifesto. A meno che non si riferisca alla tuta. Neanche quella è me. È solo un dispositivo di memorizzazione, come il tuo cranio. Opal, sembravi angosciata quando ho parlato per la prima volta. È questa voce? Devo cancellare questo personaggio e assumere un'IA predefinita?»

Questa interpretazione di Clarissa non sembrava così viva come la versione adottata dall'intelligenza artificiale della nave. Forse perché non c'era alcun accenno di umorismo nei suoi toni. Lunghezze d'onda corrette, ma nessun calore di fondo. Comunque, meglio di niente.

«No. Tieni quella voce, Clarissa. Ho bisogno di un amico in questo momento».

«Ho monitorato i suoi parametri vitali. Deve sentire molto dolore».

«Affermativo», disse Opal a denti stretti.

«Le somministrerò un antidolorifico, quanto basta per aiutarla a funzionare in modo efficiente, senza compromettere le funzioni cognitive. Lavorerò sul danno tissutale e sull'osso rotto con le nanocellule. Queste aree saranno intorpidite per proteggervi dagli ulteriori dolori della ricostruzione. Le riparazioni saranno lente, a meno che non riusciamo a trovare una sala medica».

Opal si accorse di potersi muovere di nuovo. Si mise a sedere. Questa volta la tuta la aiutò, invece di fare resistenza. Scagliò via pezzi di lega, aste contorte, frammenti di telaio. Il suo corpo si sentiva fluttuante e dolorante, ma meglio di qualche minuto prima. La pistola era al suo fianco, ma il fucile non c'era. Fece in modo che Clarissa (o mini-Clarissa, pensò seccamente) scrutasse i detriti. Il fucile era in evidenza, ma quando lo estrasse da un mucchio di pezzi di pannelli di muro in frantumi vide che era stato contorto dall'impatto, inutilizzabile. Lo lasciò cadere. Fu bello sentirne il fruscio quando atterrò. Anche il suono esterno era tornato.

Scese dal treno barcollando sulla banchina, anch'essa cosparsa di detriti a causa dell'impatto con il treno. La polvere verde si sollevava a ogni movimento.

«Ok, ti aggiorno. Dovevo uscire dal raggio di comunicazione della nave, per questo ho fatto quel tuffo pazzesco nell'area schermata».

«Perché vuoi interrompere i contatti?»

«Non ho intenzione di spiegare». Nel migliore dei casi la tuta non avrebbe capito perché la nave non era più dalla sua parte; nel peggiore avrebbe letto tra le righe e in qualche modo avrebbe deciso che aveva bypassato la programmazione e non ci si poteva fidare di lei, forse arrestandola di nuovo. «Il punto è che devo rimanere vicino al nucleo motore per un po', in modo che tu sia completamente fuori dal contatto con la nave. Avvisami prima che entri in qualsiasi area con un segnale esterno. È una priorità. Capito?»

«Sì».

«Secondo. Sembrava che fossi spenta mentre volavo attraverso il tunnel. Immagino che tu non abbia tenuto conto del tempo e che tu sappia il momento esatto in cui le granate sono esplose?»

«Temo di non conoscere la detonazione delle granate, anche se noto che le abbiamo finite. La mia prima conoscenza cosciente è il risveglio con te dentro di me, pochi minuti fa. A quel punto ho fatto della vostra sopravvivenza la mia priorità».

«Un'immagine confortante avvolta da un'immagine bizzarra. Ok, voglio che imposti un timer. Dal momento del tuo risveglio voglio un conto alla rovescia di ...» Opal fece una pausa per calcolare nella sua testa. Per quanto tempo aveva volato lungo il tunnel di transito e poi aveva aspettato tra i detriti dopo essersi schiantata contro il treno? Tirò a indovinare. «Per sicurezza, a sessanta minuti da adesso segnala che sono in grado di lasciare l'area schermata e di contattare la mia nave».

«Lo farò, anche se l'ordine mi confonde».

«Tutto sarà rivelato».

Opal estrasse la pistola, controllò che fosse completamente carica e lasciò la stazione. Un incrocio a tre vie. «Da che parte si arriva al nucleo motore?»

«Penso che il percorso sia dritto».

«Grazie». Opal si muoveva a passo sostenuto, quasi contro il muro, lanciando ogni tanto un'occhiata indietro. «Il prossimo passo. La nave su cui ci troviamo è piena di potenziali pericoli. Specie aliene, intelligenze, o come vuoi chiamarle. Non tutte facilmente individuabili. Alcune sono molto veloci. Quindi avvisami tempestivamente di qualsiasi cosa strana. Movimenti, radiazioni, anomalie. *Qualsiasi cosa*».

«Capito».

Il corridoio si allargava in un'area di lavoro aperta. La stanza era un'enorme semisfera dai soffitti alti e conteneva pannelli di controllo, ordinate rastrelliere di strumenti, macchinari insondabili, passerelle intorno alle regioni superiori della camera. Al centro c'era una struttura a cupola grigia con schemi simmetrici di tubature a forma di spina dorsale che si estendevano sulle pareti. Una struttura familiare. Lei era già qui: il nucleo del motore.

«Successivamente. C'è una corvetta di marines fuori. Forse stanno attraccando o stanno facendo un imbarco. Non so dove. C'è una seconda nave nemica da qualche parte là fuori, ma credo che stia dando la caccia a Clarissa – scusate, la nave della vostra IA madre».

«Se riferisce a Clarissa in terza persona capirò che si riferisce alla tua nave. Perché ci sono due corvette militari?»

«Per catturare me e ... Clarissa. Devono essere considerati nemici, qualunque cosa dichiarino».

«Capito».

«Il mio problema è la mancanza di conoscenza. Dove sono, quanti si imbarcano, se verranno a prendermi, quando, in che direzione ... quindi devo pianificare ogni eventualità».

«I *Hedgehogs* sono ancora in superficie?»

Naturalmente, la tuta ne sarebbe stata a conoscenza, dato che era stata lanciata prima che Clarissa implementasse questo sistema di sicurezza.

«Per quanto ne so», rispose Opal.

«Allora potremmo usarli per raccogliere informazioni. Ho le chiavi di cifratura. Il nucleo del motore dovrebbe dare accesso alle strutture di ventilazione. Il sistema di propulsione qui non sembra attivo, quindi dovrebbe essere sicuro avventurarsi lungo di esse, per comunicare con i *Hedgehogs*».

«Ma questo non ci metterebbe a portata di Clarissa? È quello che devo evitare a tutti i costi».

«Non dovrebbe. Le bocchette sono ancora schermate. In parte avremo un segnale a corto raggio. Non si estenderà per più di qualche centinaio di metri nello spazio. Clarissa ha scelto le posizioni di ogni rivelatore e uno di essi è stato posizionato per monitorare il nucleo del motore. Una procedura standard. Quindi il corto raggio ci metterà in contatto con quello e potrà trasmettere agli altri. Avremo occhi all'esterno, temporaneamente. Poi potremo ritirarci nel nucleo motore, soprattutto se rileviamo un pericolo».

«Wow. Mi piaci. Accendilo».

L'HUD si illuminò, evidenziando una delle porte della struttura centrale a cupola. Forse con la sua nuova amica aveva ancora una possibilità di farcela.

CENTRALI

... 21 ...

All'interno della cupola grigia del nucleo del motore c'era un disco rivestito di polimeri. Opal sapeva che la copertura trasparente serviva per osservarne lo stato, ma sembrava anche un oggetto in mostra, un fermacarte di qualcosa di fragile racchiuso nel vetro: un monumento a quanti progressi aveva fatto la sua specie. Almeno in termini di tecnologia. La donna vi girò intorno, appoggiando una mano sull'esterno liscio. Dalla superficie si estendevano in alcuni punti grappoli di cristalli azzurri incandescenti. Non facevano parte del progetto. Evitò di toccarli, ma notò che sembravano essere penetrati attraverso la barriera protettiva, estendendo piccole propaggini simili a fronde sul nucleo del motore stesso. Si nutrivano di esso? Cosa sarebbe successo se il motore si fosse acceso? Speriamo che non lo scopra. Il bagliore del cristallo era di un blu freddo che pulsava ipnoticamente – *acceso-spento acceso-spento* – all'interno dei vortici di particelle olivastre.

«Sto rilevando molta energia da quei cristalli», disse Clarissa. «Anche altre emanazioni, che non possono essere interpretate. Vi consiglio di non toccarli».

«Ma sono così belli. Una fila di luci incantevoli sul motore».

«Sconsiglio *vivamente* di toccarli», ripeté Clarissa.

Questa versione ridotta di Clarissa non sembrava capire l'umorismo. Opal staccò lo sguardo dalla strana bellezza dei cristalli incandescenti – il che richiese un certo sforzo, poiché scintillavano come ... come un ricordo ... lei era ...

Strinse il pugno e lo batté sulla piastra facciale per ritrovare la concentrazione, poi controllò il timer. Doveva muoversi. Niente più distrazioni.

L'area all'interno della cupola grigia che circondava il nucleo aveva pannelli di controllo sulle pareti e tre porte equidistanti, tutte affacciate sull'ampia sala piena di passaggi. Un piccolo tunnel a scaletta scendeva tra due dei pannelli di controllo. Probabilmente conduceva a un'angusta area di manutenzione sotto il pavimento.

In due punti, dei pioli incassati nella parete conducevano a pesanti botole rotonde, evidenziate dall'HUD. Opal salì su una delle scale e tirò la leva di sblocco. La botola si aprì su cardini rigidi. Un pozzo saliva verso l'alto a circa quarantacinque gradi, con delle rientranze che aiutavano ad arrampicarsi. Le sue luci mostrarono la giunzione al di là del condotto – stretta, perché questo condotto si univa poi a uno dei tubi simili a una spina dorsale che aveva visto prima. Un tubo di ventilazione, non proprio progettato per gli esseri umani, che correva su e giù con un angolo ancora più ripido. Lo raggiunse e ci salì con cautela, non volendo scivolare nella profondità dei macchinari. Il nucleo del motore che aveva visto era solo una parte del sistema di trasmissione: questo albero conduceva alle parti più grandi del motore. Se fosse stato in funzione sarebbe stata fritta, tuta o no. Meglio non passare molto tempo qui. Si arrampicò, seguendo il tubo verso la superficie della nave, dove poteva sfogarsi se necessario.

Era una salita claustrofobica. Il corpo si allungava per adattarsi. Non c'era spazio per le manovre. Cercò di non pensare a cosa sarebbe successo se avesse incontrato un abitante della nave che amava girovagare in questa zona. Non c'era luce avanti – il pozzo era probabilmente sigillato in cima – ma dopo essersi dimenata verso l'alto per qualche tempo Clarissa disse: «Fermati. Ho un segnale».

Opal fu ben lieta di fermare la sua corsa.

«Qui siamo al sicuro. Ho raggiunto il primo *Hedgehog*. Sta raccogliendo i dati dagli altri e me li trasmette».

Il display HUD passò a una vista 3D dell'esterno della nave, con luci colorate che indicavano la posizione dell'*Hedgehog*. Una linea indicava l'albero in cui si trovava, mentre una sagoma rossa a una certa distanza evidenziava una delle corvette marine.

«E Clarissa? E l'altra nave nemica?»

«Sono fuori portata – non ho idea di dove siano. Se estendessimo il raggio d'azione del rivelatore ci sarebbe il rischio di essere rilevati a nostra volta. Hai detto di evitarlo a tutti i costi».

«Esatto».

«Ma come vedete, questo è sufficiente per rintracciare la nave nemica più vicina».

Una linea tratteggiata sovrapponeva la sua traiettoria. Si diresse verso uno dei portelli di attracco, anziché effettuare un salto d'imbarco come aveva fatto Opal. Stavano adottando la procedura standard. Se si comportassero in un modo prevedibile, poteva essere utile.

«Pensavo che avessero già attraccato», disse Opal.

«Forse prima hanno trascorso del tempo a osservare da una distanza di sicurezza».

«Scansione e pianificazione. Giusto. Quindi tra non molto ci sarà l'imbarco di una squadra completa, venti commando d'élite». Controllò l'immagine: come sospettava, era il molo più vicino al nucleo motore. «Troppo vicino per essere casuale. Quindi c'è una buona probabilità che vengano a cercare me. Sono fregata. Se solo avessimo Clarissa! Avrebbe potuto colpirli all'attracco, come un bersaglio facile. Ehi, i sistemi di questa nave sembrano morti, ma possiamo entrare in qualche modo, interferire con i meccanismi di attracco?»

«Forse c'è qualcosa di meglio che possiamo fare».

«Sono tutta orecchie».

«I *Hedgehog* sono utili per la vista esterna, ma presumibilmente torneremo presto all'interno dello scafo e perderemo il contatto».

«Sì. Ho tenuto d'occhio il conto alla rovescia, ma non posso ancora lasciare il nucleo». Opal lo controllò di nuovo, ma sembrava che non fosse quasi avanzato dall'ultima volta. «Se si muovono a zoccolo, arriveranno qui prima che io possa andarmene. Dovrò combattere. Quindi, sputa il rospo».

«I *Hedgehog* hanno cariche esplosive».

«Adesso me lo dici!»

«Non se n'è parlato in precedenza, ma è un protocollo standard per qualsiasi strumento clandestino di raccolta dati. Posso usare il più vicino come relè, inviare segnali per farli muovere, iniziando dal più lontano in modo da non interrompere le linee di comunicazione. Potrebbero riuscire a riunirsi in tempo. Sono quasi impercettibili contro uno scafo: se l'equipaggio nemico non sta scrutando specificamente per le loro firme, quando si accorgeranno di qualcosa sarà troppo tardi. Ma farli esplodere limiterà fortemente le nostre comunicazioni esterne, se dovessimo averne bisogno in seguito».

«Ne vale la pena. Ogni vantaggio che posso ottenere. Inizia subito».

«Devo tenerne uno o due indietro?»

«No. Scommettiamo sulla casa. Metteteli tutti in posizione, soprattutto il braccio di attracco, ma se riesci ad attaccarne qualcuno alla loro nave e a dare priorità ai sistemi critici, tanto meglio. Io aspetterò qui, così potremo monitorare».

«Devo cercare di massimizzare le vittime? Dovrebbe essere possibile se miro all'ombelico».

Opal fece una pausa. Era una tentazione. Eliminare quante più minacce possibili. Era quello per cui era stata addestrata. Obiettivi che le avevano inculcato a forza.

Ma al diavolo il condizionamento militare.

«No. Cerca di non ucciderli. Il nostro obiettivo è dissuadere e ritardare».

«Ok. Saranno in tute da guerra corazzate, quindi possono subire danni sostanziali – mi concentrerò su obiettivi di disturbo. Ferirne alcuni, in modo che debbano tornare alla nave; magari calcolala per farne esplodere altri alla deriva, in modo che debbano passare del tempo a raccoglierli. Distruggere l'ombelico impedirà loro di usarlo per far passare la squadra successiva, costringendoli a cambiare tattica».

Il display mostrava i puntini che si muovevano, rotolando dolcemente sulla superficie della nave sulle loro punte spinose, sperando che fossero troppo piccoli per sembrare una minaccia a qualsiasi cosa. Era ipnotico vedere lo schema che si formava. La corvetta si era avvicinata e stava per collegarsi. Bene. Non voleva che si spaventasse prima di lanciare il suo gancio destro.

«I *Hedgehogs* hanno la visuale sulla nave. Il suo nome è dipinto sulle fiancate: Neptune. Registrazioni parziali nel mio database: ora ho un'idea più precisa delle sue capacità. È sotto tiro».

Un momento di speranza. Missili e plasma? Clarissa, in qualche modo tornata in volo per salvare la situazione?

«Riesci a individuare la fonte?»

«Sì. Piccole torrette organiche sullo scafo. Come le patelle. Ma sono già cessate. Devono non essere in grado di penetrare gli scudi della Neptune».

«Certo. Preferiscono un bersaglio morbido e di dimensioni umane».

«Allora è un bene che ignorino qualcosa di piccolo come un *Hedgehog*, altrimenti non sarei in grado di eseguire le tue istruzioni».

La corvetta mortale attraccò. Era enorme, superava di gran lunga la sua stessa nave, anche se la Neptune era nanizzata rispetto al relitto su cui Opal era salita. Aspettò un minuto, con gli occhi chiusi, immaginando gli eventi. Il rumore della connessione e della chiusura. Luci lampeggianti. La pressione di commutazione della camera d'equilibrio. I marines d'assalto erano ancora cauti e lenti, anche se i pacchetti di adrenalina erano pronti a essere iniettati. Probabilmente sono dieci nel primo gruppo. Uno di loro fa una battuta. Un altro controlla un'arma. No –

sbagliato – queste sono élite. Niente battute. Silenzio mentre si preparano ad affrontare qualsiasi cosa ci sia oltre la camera di compensazione. Metteranno in sicurezza l'area per la prossima squadra. La camera di compensazione interna sta iniziando ad aprirsi, così possono entrare di corsa.

«Facciamo sanguinare qualche naso», disse Opal. «Ora».

Uno dopo l'altro, i *Hedgehog* si spensero dal display dell'HUD in piccoli lampi. Il più luminoso è stato quello del braccio di attracco, ma le esplosioni hanno interessato anche altre parti del Neptune. Man mano che esplodevano, la risoluzione diminuiva – meno relè rimasti. Improvvisamente il display risultò incompleto, ritardato, con stime che sostituivano l'assenza di dati. Alcuni *Hedgehogs* erano rimasti temporaneamente per osservare i risultati.

«Danno significativo al braccio di attracco», disse Clarissa. «Non può essere usato di nuovo».

«Lo stato della Neptune?»

«Deterioramento, ma non critico. I *Hedgehogs* hanno anche captato comunicazioni parziali non criptate. Sono state codificate, quindi non posso ottenere di più, ma i vostri avversari hanno perso alcuni dei soldati dell'abbordaggio. Feriti e recuperati, non uccisi. Sono ancora pochi quelli di cui vi dovrete occupare. Sei sono riusciti a salire sulla nave». Una pausa. «Ma stanno ancora arrivando. Se mi aveste permesso di neutralizzarli definitivamente, avreste aumentato le vostre possibilità».

«Quel che è fatto è fatto. Lancia gli ultimi *Hedgehogs*, cerca di fare più danni; io devo scendere di nuovo al nucleo».

«In corso. La Neptune si sta allontanando, probabilmente per essere riparata e osservata. Concludo che l'intervento è stato efficace. Potrebbero tentare di sganciare un'altra squadra dallo spazio, entrando attraverso lo scafo come avete fatto voi».

«E affronteranno le torrette come ho fatto io. Li rallenterà, o peggio».

Opal si fece strada lungo il condotto di ventilazione fino al tubo laterale, poi si arrampicò su quello e si calò di nuovo nel nucleo del motore illuminato dai cristalli. Questa volta evitò di guardare troppo da vicino le gemme, per quanto fossero meravigliosamente aliene.

Ok, sei marines d'assalto a bordo. Se i militari avevano requisito la nave-Clarissa, allora sapevano tutto, anche dove era diretta Opal in quegli ultimi istanti. Ecco perché i marines sono saliti a bordo vicino al nucleo. Non si aspettavano però che si muovesse; con un po' di fortuna avrebbero pensato che la tuta fosse entrata in blocco totale. Quindi la sorpresa potrebbe essere dalla sua parte. Potrebbe approfittarne.

Poi, quali sarebbero stati i loro ordini? Lei aveva informazioni che il comando centrale avrebbe voluto. Uccidere sarebbe stata l'ultima risorsa, più probabilmente «catturare se possibile». Quindi i marines avrebbero potuto danneggiarla e renderla inabile in qualsiasi modo, finché fosse stata viva. Perdita di arti, tortura, tutto rientrava nel campo di applicazione. E il peggio sarebbe venuto tornando al comando, dove avrebbe raccontato tutto, pagato il prezzo del suo tradimento in carne e ossa, e solo allora avrebbe affrontato la morte. Se fosse stata fortunata. Nota a sé: non farsi catturare.

Il fattore finale era la Nave Perduta. Si trattava di una scoperta casuale per loro e avrebbe influito sulle loro priorità. Probabilmente avrebbero cercato il ponte di comando come aveva fatto lei. Il nodo delle anomalie di una Nave Perduta. Potevano seguire il suo percorso al contrario. Lei era solo un passo avanti nella realizzazione delle loro priorità. Sarebbero stati cauti, ma anche frettolosi di raggiungere tutti i loro obiettivi. Questa nave sta per tornare alla deriva nella nube, forse a una profondità a cui nessun umano potrebbe sopravvivere. Anche le élite avevano un programma. Questo era un altro aspetto che poteva essere dalla sua parte. Se li si ferisse a sufficienza, potrebbero diventare disordinati. Rallentandoli abbastanza, avrebbero potuto dimenticarsi di lei e concentrarsi sul ponte di comando.

Un'occhiata al timer le disse che non poteva ancora lasciare l'area. E così sia. Scavare una fossa e sporcarsi.

La sala esterna sarebbe stata impossibile da difendere per una sola persona, con tutti i suoi passaggi in ombra e gli ingressi multipli. Il posto migliore per resistere sarebbe stata la cupola grigia interna che ospitava il nucleo del motore stesso, dove si trovavano i cristalli e i boccaporti per gli sfiatatoi. Ci sono solo tre porte. Ognuna si affacciava su una sala esterna simile a una cattedrale, le cui dimensioni comportavano molto tempo in campo aperto se si voleva raggiungere il centro. Un sacco di tempo per essere sparati.

Poteva immaginare come appariva dall'alto. Un bersaglio enorme. Avrebbe tenuto il bersaglio il più a lungo possibile. Cerchi su cerchi, sempre con la sua vita.

Iniziò a trascinare tutto ciò che era libero verso le porte. Barili, casse di magazzino, carrelli per gli attrezzi, macchinari inerti, parte di una scala crollata. Li ammucchiò davanti a una delle entrate aperte. Dall'interno della cupola poteva guardare fuori e avere una buona visuale (beh, per quanto le particelle vorticose lo permettessero) mentre era oscurata e parzialmente protetta dai rottami. I detriti avrebbero rallentato l'ingresso se si fossero avvicinati troppo. Certo, la tentazione era quella di chiudere le tre porte, ma poi sarebbe stata di fatto cieca; sarebbero saliti e sarebbero entrati da tutte e tre le porte contemporaneamente. Avrebbe perso il suo unico vantaggio e avrebbe reso il loro lavoro facile e veloce, senza perdite.

No. Aveva trovato lei questa nave. Era *sua*. Per tutta la vita la gente aveva cercato di prendere ciò che era suo: la sua bambola nel parco giochi dell'orfanotrofio, il suo cibo nella mensa dei giovani delinquenti, la sua libertà nell'esercito. Si era aggrappata a ciascuno di essi come meglio poteva, anche quando le era costato un naso rotto, un occhio iniettato di sangue, un dito rotto o un periodo di riflessione in isolamento. Se avessero voluto togliergliela, avrebbero pagato qualcosa in cambio.

C'era solo materiale sufficiente per creare barriere utili davanti a due delle porte. Chiuse la terza. Poi tornò di corsa al treno distrutto e recuperò il fucile. Usò la forza della tuta per raddrizzare la canna.

«Non sarà utilizzabile», disse Clarissa. «Anche se tagliassi la canna, non sarebbe sicuro sparare».

«Va bene. Potrebbe essere utile in qualche altro modo».

La appoggiò accanto a una delle barriere, tirando gli oggetti dietro di sé per chiudersi. Poteva passare da una barriera all'altra in pochi secondi, protetta dalla parete della cupola. La struttura che ospitava il nucleo del motore doveva essere abbastanza resistente da sopportare molti impatti. Qualsiasi cosa, a meno che non si tratti di pacchetti esplosivi o di proiettili PA.

La terza porta chiusa era il suo punto cieco.

«Possiamo fare qualcosa per metterlo in sicurezza? Scardinare il meccanismo di chiusura?»

«Nessuno dei sistemi che ho provato è stato attivo. Quindi non c'è nulla da hackerare. Ma la pistola ha molte impostazioni di energia diretta. Se non vi dispiacesse usare una grossa parte della carica, potrebbe essere sfruttata per il calore ad alta concentrazione. Fondere alcuni punti intorno al bordo in modo che la porta si fonda con il telaio e loro non potranno aprirla».

«Ottimo. Posso farlo su tutte e tre le porte?»

«Solo se avessimo più tempo. Bisognerebbe ricaricarla tra un utilizzo e l'altro».

«Va bene. Una dovrà bastare. Mi sento comunque meglio se la porta sul retro è sprangata».

Disegnò la pistola e Clarissa usò le sovrapposizioni dell'HUD per mostrare le impostazioni da modificare. Queste cose erano così complesse che Opal non si era mai specializzata, preferendo sempre un fucile che poteva smontare e rimontare, capendo come ogni pezzo si collegava all'altro. Inoltre, le pistole facevano schifo alla distanza.

L'estremità si illuminò quando si sovraccaricò e lei premette il grilletto: un fascio di luce riscaldò rapidamente il telaio e la porta finché la lega non si sciolse come cera e continuò a brillare sempre di più mentre si raffreddava.

Dopo un po' Clarissa disse che aveva fatto abbastanza: nel momento in cui si fosse indurito completamente, gli aggressori non sarebbero stati in grado di applicare forze standard per aprire quella porta. Opal infilò la pistola nella fondina e la spia di carica si accese mentre si alimentava dal distributore di energia integrato nella tuta.

«Stai facendo una scansione, vero?»

«Sì», rispose Clarissa. «Qualsiasi cosa di massa significativa dovrebbe essere rilevata prima che entri nella stanza. Aggiornerò l'HUD con i bersagli man mano che appaiono. Se perdo il contatto, li considererò come le migliori stime».

«Ultima cosa: se devo affrontare armamenti militari, come reggerà questa tuta?»

«Le piastre sono angolate per ottenere la massima deflessione, inoltre il campo intorno ha un effetto repulsivo minore sui proiettili».

Opal ne ha avuto esperienza: se si indossava un guanto di metallo e si cercava di toccare la tuta, la mano scivolava via come se fosse ricoperta di grasso.

«Inoltre avete gli scudi per dissipare il fuoco delle armi a energia», continuò Clarissa. «Tuttavia, non può resistere per sempre e un colpo fortunato entrerebbe subito, rompendo i sigilli. Posso auto-ripararmi fino a un certo punto con un substrato di gel duro, simile a quello dello scafo della nave, ma a ogni riparazione l'integrità complessiva si indebolisce. E non è così facile riparare i componenti morbidi».

«Intendi il mio corpo?»

«Sì. Quindi vi consiglio di schivare sempre quando siete sotto tiro».

«No, cazzo, propaggine».

Opal si spostò da una barriera all'altra, con le luci fatate aliene alle spalle. La pistola era tornata al cinquanta per cento di carica.

Altri dodici minuti prima di poter lasciare il nucleo. Opal si accovacciò e osservò pazientemente. Era pronta al massimo.

SFIDATI

... 20 ...

«Movimento».

L'avvertimento di Clarissa arrivò prima che Opal notasse qualcosa. I riflessi dell'HUD si intensificarono, trasformandosi da blob fantasma in forme riconoscibili di due marine d'assalto in tenuta da guerra che entrarono nella stanza attraverso la porta di fronte e si accucciarono per ripararsi, scomparendo entrambi dietro una console di controllo. Altre forme all'esterno della stanza, risoluzione parziale.

«Ci sono comunicazioni?»

«Sì, ma tutto codificato».

«Se riesci a decifrare qualcosa, fammelo sapere».

Era strano parlare a volume normale. Opal si sentiva come se dovesse sussurrare. Stupido, quando l'elmetto della tuta garantiva un isolamento acustico totale.

Uno dei marines sbirciò fuori e poi si abbassò. Nella stanza ce n'erano solo due, gli altri erano ancora fuori; forse si stavano dirigendo verso un'altra entrata fuori dal raggio di scansione. È quello che avrebbe fatto lei.

Una voce amplificata ma piatta proruppe da dietro la console. «*Uscite dalle barriere. Conto fino a trenta*».

«Possono individuarmi?», Opal chiese a Clarissa.

«Non credo. La tuta GE è ben schermata. A meno che non siate in vista diretta, c'è poco da rilevare tra tutti questi disturbi».

«*Ventisei*». Il marine aveva continuato il suo conto alla rovescia. «*Venticinque*».

«Devono essere le barriere a renderli diffidenti». Forse Opal avrebbe dovuto basare la sua difesa sull'imboscata. Ormai era troppo tardi. «Che danni posso fare con questa pistola?»

«Purtroppo indossano tute corazzate con smorzamento dell'energia. La maggior parte delle modalità saranno deboli. Si potrebbe impostare per il massimo delle particelle a energia diretta, che potrebbero perforare le loro difese ... ma con il livello di carica attuale si otterrebbero solo due colpi, a distanza ravvicinata, e non rimarrebbe nulla per tenerli a bada».

«*Quindici ... Quattordici*».

«Se solo potessi prendere uno dei loro fucili ... ma mi abbatterebbero se superassi la barriera. Ok ... Che altro ho?»

«Combattimento a distanza: abbiamo finito le granate, ma l'armatura è dotata di cannoni incorporati nell'avambraccio, in grado di perforare anche le armature corazzate a breve e media distanza con i proiettili da due millimetri, ma con munizioni limitate. Non c'è modo di procurarsene altre di quel calibro, o comunque di caricarle sul campo: la tuta è sigillata durante l'uso. Combattimento ravvicinato: lame da avambraccio. Inoltre la tuta può scaricare elettricità a raffica, ma a portata zero, quindi solo per situazioni di presa».

«*Il tempo è scaduto*», disse il soldato.

Uno dei marines dietro il pannello di controllo si mise in vista, camminando accovacciato verso la sua barriera difensiva. Lei lo osservò attraverso un basso varco tra alcune impalcature malconce e un barile che aveva accatastato.

Modificò le impostazioni della pistola con l'aiuto di Clarissa. Era un bersaglio facile: cauto, ma forse sperava che non ci fosse difesa. Aveva l'occasione perfetta per far fuori uno di loro. Mirò attraverso il varco. La sua testa era nel mirino e lei aumentò la pressione sul grilletto.

Ma la sua coscienza di merda non le avrebbe permesso di aprire il fuoco su un avversario ignaro. Era uno dei motivi per cui aveva rifiutato le operazioni sul campo, anche se la sua indipendenza e la sua intraprendenza avevano ovviamente fatto scattare un allarme nel sistema di profiling dell'esercito. Improvvisamente era stata riassegnata e trasportata a Gutchen Cynta per iniziare un addestramento di desensibilizzazione. Una settimana dopo, durante una straziante sessione in un mattatoio, le era caduto il coltello e aveva rifiutato l'ordine di raccoglierlo: si era così condannata a un mese di prigione, a una retrocessione e a un rapido ritorno al servizio standard con una bella F sulla fedina penale. Faceva ancora brutti sogni sui maiali.

Merda. Rilassò il dito. «Forse posso guadagnare tempo in un altro modo. Mettimi in vivavoce, ma aggiungi un eco sulla voce per rendere più difficile la localizzazione».

«Fatto».

«Siete qui per salvarmi?», chiese Opal, cercando di sembrare vulnerabile.

Il soldato si bloccò. Non abbassò l'arma, ma girò la testa, cercando di individuare il punto esatto da cui lei aveva parlato. C'era un movimento fuori dall'ingresso della stanza, ma era vago, le migliori ipotesi di Clarissa.

«*Sì. Dove sei?*», chiese.

«Nascosta. Dalle cose».

«*Ora sei sicura. Vieni fuori*».

«Perché non hai chiesto chi ero?»

Una pausa. Probabilmente era fuori campo, in cerca di consigli.

«*Lei deve essere ... un passeggero. Mi faccio avanti per aiutarla*». Alzò leggermente la pistola e si avvicinò di un passo.

Era un bugiardo così terribile che le disse esattamente cosa stava cercando di nascondere.

«Sei nel mio mirino», dichiarò Opal, ora con piglio deciso. «Non muoverti o sei morto».

«*Se fossi in grado di uccidermi l'avresti già fatto*», disse, facendo un altro passo avanti.

«Correzione. Se avessi *voluto* ucciderti, l'avrei fatto. Tira fuori i miei premi per il tiro a segno».

Non disse nulla, ma si fermò. Era la prova definitiva che sapevano esattamente con chi avevano a che fare. Forse aveva indicato la sua valutazione sul suo HUD. Ma aveva anche capito in quale ingresso si trovava e aveva puntato la pistola nella sua direzione, senza dubbio trasmettendola agli altri. Sarebbero entrati nella grande stanza esterna da una delle porte nascoste e si sarebbero diretti verso la sua cupola difensiva. Pochi minuti, forse.

«Girati e cammina all'indietro verso queste barriere», co-
mandò Opal. «Mani in alto».

Il soldato si voltò, ma poi si allontanò da lei. Sapeva che
avrebbe dovuto sparare. Era quello che le avevano insegnato a
fare e la sua vita sarebbe sempre stata più semplice e meno do-
lorosa se avesse fatto quello che le era stato detto. Ma le strade più
difficili erano il prezzo che era disposta a pagare in cambio della
possibilità di dormire la notte senza dover prendere betabloccan-
ti e antipsicotici come la maggior parte dei soldati professionisti.
Il suo dito sul grilletto non si strinse.

Il soldato si mise dietro un fascio di tubi verticali che correvano
dal pavimento al soffitto e che lo schermavano quasi del tutto,
anche con quell'ingombrante armatura. Una volta assicurato,
parlò. *«Questo è il vostro ultimo avvertimento: uscite allo scoperto con le mani in alto. Siete proprietà dell'Autorità Centrale
dell'UFS».*

Uno straccio rosso per un toro.

«Non sono proprietà di nessuno», gridò, sentendo la sua voce
amplificata riecheggiare nella camera. «Non voglio combattere
contro di voi. Nessuno di voi. Scommetto che avete nuovi obiettivi primari. Perseguiteli, ignoratemi, nessuno deve morire. Non
interferirò. Non ne vale la pena. Sono solo un disertore».

«E un ladro!», riprese. *«E un vigliacco, con le tue bombe a
distanza».*

«Come se tu non avresti fatto la stessa cosa se fossi in minoranza?»

*«E questo è il nocciolo della questione. Non vuoi combattere
perché non hai alcuna possibilità contro di noi. Sei una cagna
morta che cammina e lo sai. O lo sarai quando avremo finito con*

te. Esci adesso e avrai clemenza. Rendici le cose difficili e ti faremo
soffrire in modi che non puoi immaginare».

Era quello. Mirò alla parte di lui che poteva vedere facilmente: una delle sue gambe. Sparò. Le particelle gli attraversarono il ginocchio e lui urlò di dolore mentre cadeva in avanti verso la vista, lasciando cadere l'arma e atterrando su entrambi gli avambracci, perdendo atmosfera e sangue dal buco nella tuta. La donna si riorientò, sparò un secondo colpo e gli fece un buco in testa. I suoi altoparlanti si interruppero a quel punto e lei si rintanò dietro il muro mentre il fuoco di ritorno si apriva da vari punti, colpendo la barriera e il nucleo del motore e senza dubbio riducendo in polvere parti della cupola.

Altoparlanti spenti. «È un'enorme potenza di fuoco», disse, mentre i colpi si susseguivano intorno a lei. La pistola lampeggiava vuota, così la mise nella fondina.

«Credo che li abbia fatti arrabbiare», disse Clarissa.

«Non ci credo». Mini esplosioni scuotono la cupola.

«Questo suggerisce anche che almeno altri due sono entrati nella stanza senza che io li rilevassi. Devono indossare delle tute furtive. Avete fatto bene ad aprire il fuoco in quel momento, prima che si avvicinassero».

«Grazie. Mi fa sentire meglio».

«Inoltre: Sto tracciando le loro traiettorie di sparo fino alle sorgenti e identificando le loro posizioni. Questo ha contribuito a separarli dal plateau EM di fondo».

«Quindi puoi rintracciarli?»

«In un certo senso. Ho aggiornato la visualizzazione di prossimità dall'alto a sinistra. Aumenterò la visuale del visore con i contorni fantasma quando si affrontano i bersagli».

«Grazie».

Il tintinnio e il rumore dei proiettili cessarono. La visibilità era ancora peggiore a causa dei frammenti e della polvere esplosi intorno a lei.

Ne sono rimasti cinque nella loro squadra. Alcuni dei punti si stavano muovendo verso la sua posizione. Due fuori dalla sala di controllo si stavano probabilmente preparando ad assaltare la sua posizione da un'altra entrata. Non poteva ancora andarsene. O tutto o niente.

Nei momenti di tregua afferrò il fucile ricurvo e lo incastrò nella barriera al suo fianco – per lo più nascosto, ma con un movimento e uno spostamento di detriti sufficiente a far sì che lo notassero e, auspicabilmente, pensassero che fosse pronta a cecchinare da lì. Sia che impedisse loro di avvicinarsi a quella parte, sia che portasse a una maggiore potenza di fuoco diretta in un punto in cui lei non si trovava, poteva essere un aiuto in entrambi i casi.

«Clarissa, dammi tutta l'assistenza possibile. E ho bisogno delle armi della tuta».

Un compartimento si estendeva dalla parte superiore di ciascun avambraccio ingombrante, rivelando ordinati fori di piccole dimensioni rivolti in avanti.

«La modalità battaglia è attiva. Ho impostato i comandi in modo da stringere i pugni per sparare», spiegò Clarissa. «I contatori delle munizioni sono ora attivi negli angoli del display».

«Controllo».

«Cercherò di migliorare i movimenti e la mira senza intralciarvi. C'è altro, Opal? Vuoi un'iniezione di stimolanti da battaglia?»

«Sono tentata, ma no. Tieni pronti degli antidolorifici minimi per qualsiasi trauma». Opal aveva sempre trovato che le droghe alterassero la sua capacità di giudizio. Ma poi si ricordò di un'altra cosa. Il suo regime di allenamento solista. Non era convenzionale, ma la sua parte ribelle l'aveva sempre fatta sentire padrona delle esercitazioni, padrona dell'addestramento, che sudava per se stessa e non per il suo comandante.

«Musica. Puoi suonarla? Qualcosa con un sacco di tamburi e chitarre che picchiano, qualcosa come Continuum T-rans pompato a dieci».

«Il mio database è un database di emergenza ma ... sì, penso che sia possibile».

La batteria inizia lenta, battiti di cuore appena nati che pulsano fino alle ossa, ma che crescono continuamente. Accenni di riverbero staccato. Sempre più forte. Flesse le dita, controllò lo scanner. Erano quasi su di lei. È l'ora dello spettacolo.

DIFESI

... 19 ...

Passò da una parete all'altra, cogliendo l'occasione per guardare oltre una barriera e marcare i suoi bersagli nella stanza di là: un soldato accovacciato dietro una console; uno che sparava da una porta. Lei rispose al fuoco con una delle sue braccia, con piccoli lampi quando delle flechettes si lanciarono e colpirono la porta intorno a lui, tanto che lui indietreggiò appena in tempo. Preciso. Si mise con la schiena contro il muro mentre si rispondeva al fuoco. Il rumore dei proiettili era udibile al di sopra del tintinnio delle chitarre, mentre Clarissa modulava tutti i suoni in modo che nulla di vitale andasse perduto, fondendo gli spari con i tamburi per creare una vera musica da campo di battaglia.

Opal superò la seconda barriera, ripetendo il sistema. Uno strano lampo blu attirò la sua attenzione in quello che sembrava uno spazio vuoto, forse Clarissa che cercava di evidenziare un bersaglio, perché quando Opal guardò in quella direzione le luci del suo elmetto rivelarono la macchia argentea di una tuta stealth. Il suo bersaglio si bloccò per una frazione di secondo quando fu scoperto, e ciò bastò perché lei spruzzasse una raffica da ogni pugno, con una musica di tonfo quando le schegge colpirono il soldato, lacerando la sua tuta e facendolo ricadere sul pavimento, sprigionando geyser d'aria. Opal si tuffò e rotolò proprio mentre una parte della barriera esplodeva a causa di altri spari. Le sue reazioni sembravano più rapide, forse l'adrenalina andava a tempo di musica, due uccisioni senza fronzoli – *forme di vita acceso-spento acceso-spento* – si accovacciò e controllò la mappa in sovrimpressione.

Dalla porta che aveva sigillato provenivano forti colpi: almeno uno dei suoi avversari aveva raggiunto la cupola interna. Non potevano entrare, ma si sarebbero spostati verso una delle due barriere. Una granata lanciata oltre la cima e nel suo anello difensivo era il rischio maggiore, ma contava sul fatto che si sarebbero trattenuti dall'uso di ordigni pesanti e di esplosivi, nel caso avessero danneggiato il nucleo del motore – un altro dei motivi per cui questa era sembrata la scelta ideale per resistere durante il conto alla rovescia. *Il nucleo era suo, non lo avrebbe condiviso.*

Un altro movimento di scatto e di tiro per tornare al muro tra le barriere, abbassandosi sotto il fuoco di soppressione. La sua tuta era stata colpita, ma aveva deviato il proiettile senza un graffio. Fortunata, questa volta. Rispondeva al fuoco, scheggiando pezzi di pavimento ma senza colpire alcun bersaglio. Il coro continuava a battere mentre lei scambiava i colpi, ma le sue munizioni si stavano esaurendo. Forse erano sufficienti per un altro minuto.

Si rese conto di non essere preoccupata. Solo distaccata – *sentiti al sicuro, stai tranquilla, tutto bene* - freddi pensieri blu con un po' di fluttuazione, forse la tuta aveva ignorato il suo comando e le aveva iniettato degli stimolatori di prestazioni, dopo tutto?

I bassi si gonfiavano sotto la batteria e le chitarre, minacciosi e simili a sirene. Non c'è movimento sulla mappa aerea, il battitore della porta deve essere l'altra persona furtiva. Guardò a destra e a sinistra. Ancora spari che rimbombavano sul muro. Ma erano cessati a destra. Avrebbero trattenuto il fuoco solo per evitare di colpire uno dei loro. Si accovacciò e mirò all'apertura. E fu un bene, perché ci fu una sfocatura, una traccia d'ombra, e anche allora fu troppo lenta quando la figura si fermò e alzò il fucile, sparando alla sua testa. Schivò con riflessi fulminei e riuscì a evitare una piastra facciale incrinata, forse Clarissa che migliorava i movimenti in condizioni critiche; un'altra pallottola sfuggì a una placca dell'armatura; l'avversario era troppo preciso per poter scambiare il fuoco con lui, così Opal sorprese lo persona furtiva scendendo in picchiata sotto la linea di fuoco, scendendo di lato e afferrando la canna e l'asta del fucile, con una mano su ciascuna, al sicuro di lato; Il basso si schiantò quando il soldato tirò indietro il fucile per cercare di manovrare la canna nel torso di Opal; esattamente quello che lei si aspettava, e si gettò in avanti con il corpo, facendo perdere l'equilibrio all'avversario, prima di usare una tecnica di disarmo che consisteva nell'indietreggiare in basso, con il braccio anteriore abbassato a terra e l'altro sollevato come se stesse trascinando uno straccio, prima di alzare entrambe le braccia, fare un passo avanti e torcersi mentre sbatteva di nuovo le mani a terra. Il furbetto cercò di trattenersi e si ribaltò sulla schiena, atterrando pesantemente. Opal gli piantò un ginocchio sul petto, l'avambraccio sinistro contro l'elmo e strinse il pugno. *Blat blat blat*, la musica si fece sentire mentre la testa esplodeva verso l'interno; e lei non sentì altro che un freddo calcolo: *solo poltiglia scaduta, carne morta, stai calma.*

Sbatté le palpebre e distolse lo sguardo, fece ruotare il fucile e si gettò a terra, mirando attraverso una fessura tra una pila di sedie girevoli e un mobile che aveva rovesciato.

Normalmente i fucili militari sarebbero stati dotati di DNA-palmo-bloccato, ma questo non funzionava quando si indossavano tute sigillate, quindi erano passati alla modalità di prossimità. Entro un metro dal cadavere l'arma avrebbe sparato. La visuale di Opal era limitata dai detriti e dai mobili, ma lei fece in modo che i colpi contassero, tenendo al riparo quelli che si trovavano nel suo arco di tiro e sparando ogni volta che si muovevano in vista. La musica era ormai al culmine, Clarissa l'aveva scelta bene, ogni strumento era in competizione. Non potendo portare con sé il fucile, non si trattenne e fece fuoco di soppressione. Il suo HUD mostrava due bersagli, quindi l'ultimo non individuato avrebbe probabilmente cercato di affiancarla.

Finì il caricatore del fucile, desiderando che fosse caricato con perforatori di corazza, in modo da poter colpire il soldato rannicchiato dietro la console; poi rotolò sulla destra e usò le pistole dell'avambraccio per sparare oltre la barriera, mentre la oltrepassava accovacciata, stringendo i pugni *acceso-spento acceso-spento.* Per fortuna Clarissa aveva migliorato la visuale, visto che lo spettro visibile era ormai denso di fumo. Era a metà delle munizioni delle armi da avambraccio. Altro fuoco in arrivo, pieno, quasi casuale. Forse per il panico. Mentre la strana pulsazione calma di Opal sembrava controllo, *pace, vincerai.* Le linee di basso sintetiche presero il sopravvento, trattenendo il coro successivo, ma c'era qualcosa di leggermente strano nella musica: un accenno di accordi minori, un tono blu che la fece fermare, il ghiaccio nel sangue.

L'intera barriera di sinistra saltò in aria a causa di qualche ordigno pesante, forse una micrograna ta, per fortuna non stava ancora facendo il cecchino da lì. Ora c'era una via d'accesso aperta e il fuoco in arrivo era cessato. Stavano per assaltare la barriera distrutta. Uno tsunami di chitarre si mise a ruggire.

Si lanciò in avanti, scivolando su un fianco, con il campo di forza della tuta che respingeva il pavimento della nave tanto da renderlo viscido, mentre scivolava attraverso il pericoloso varco aperto, sparando con entrambi i cannoni del braccio in modalità continua per scoraggiare i colpi. Una figura appena intravista si tuffò fuori strada. Opal si accovacciò con le spalle al muro, con le orecchie e il cuore che battevano lentamente al ritmo ipnotico *acceso-spento*. C'era qualcosa che non andava, ma non riusciva a capirlo. Sbirciò di nuovo, tirando rapidamente indietro la testa. Stavano prendendo un oggetto da un contenitore. Qualcosa di lungo.

«Cos'è?», chiese Opal, controllando il contatore delle munizioni: un braccio era vuoto e il pannello dell'arma si era ritratto con un liscio *snik*. Nell'altro erano rimasti alcuni colpi.

«Sconosciuto. Nessun documento d'identità riconoscibile. Forse qualcosa di personalizzato».

Opal controllò il timer. Ci siamo quasi. «Credo sia giunto il momento di andarmene».

Con una rotolata arrivò alla botola che conduceva all'area sottostante; la spalancò e si arrampicò giù usando i pioli a forma di U incastrati nella parete, fermandosi solo per sbattere di nuovo la botola. La tuta era molto stretta e lei dovette appiattirsi contro la parete. La superficie corrosa dei pioli si sbriciolò sotto le sue mani. Si aspettava che i suoi avversari facessero breccia nel nucleo interno quando aveva smesso di sparare, ma forse aveva avuto *troppo* successo, li aveva fatti arrabbiare troppo.

Era vicina al fondo quando un'enorme esplosione dall'alto la scaraventò giù dagli ultimi gradini, il suo corpo ruzzolò e sbandò all'interno di un'area di manutenzione dal soffitto basso, il portello precedentemente chiuso si schiantò giù e la mancò di poco mentre sbatteva a terra, con i cardini allentati, il metallo piegato e bruciato. Il fumo nero scese a unirsi alle altre particelle nell'aria e il terreno tremò sotto di lei a causa delle esplosioni secondarie. Il suo visore tremolò di elettricità statica prima di riassestarsi e la musica si interruppe. Le mancava il suo ritmo energico mentre si alzava a fatica, letargica come se la tuta combattesse i suoi sforzi.

«Che diavolo è stato?»

«Sconosciuto ... componente IEM secondario ... riavvio i sottosistemi ma sembra che siamo stati protetti dal peggio, forse dallo spessore del pavimento. Scudi temporaneamente abbassati».

Non sarebbe passato molto tempo prima che controllassero se l'avevano presa.

Parte del nucleo del motore si estendeva anche qui sotto, come una gigantesca campana di vetro rovesciata che conteneva la propulsione a curvatura. Il nucleo era ovviamente una vittima collaterale di qualsiasi arma avessero lassù: lo scudo polimerico che lo proteggeva era fratturato da crepe e il fumo usciva anche da lì. I soldati non facevano prigionieri. Erano qui per qualcosa *sulla* nave, non per la nave stessa, e non importava loro quanto l'avessero danneggiata nel processo.

Altri cristalli blu alieni erano incastonati nel materiale protettivo, ma i loro filamenti erano stati bruciati e le luci sui gruppi di cristalli tremolavano e si spegnevano. In qualche modo triste. Come ... qualcosa che stava morendo. E ancora una volta le ricordavano quelle luci incantevoli, la magia di quelle luci che passano attraverso gli occhi e arrivano dritte al cervello, innescando qualcosa di piacevole, belle associazioni, e ricordandole qualche ricordo d'infanzia mezzo dimenticato. Luci su un qualche albero? Regali sotto di esso? Era così piccola. Ed eccitata! Quelle luci, che lampeggiavano a schemi, *accese e spente*, la ipnotizzavano, poteva sedersi a gambe incrociate nel suo vestito migliore e guardarle in pace. Erano più eccitanti dei regali impacchettati perché erano magici. Acceso-spento. *Acceso-spento*. Colorando le fronde intorno a loro, le sfere decorative penzolanti e ... orpelli, fili lucenti drappeggiati sui rami in rosso e blu e oro, come tracciati di vene e arterie in un essere organico, tutte le superfici erano lucide, tutto scintillava, luccicava, una pace quando era piccola e intera, e un essere più piccolo al suo fianco, lo abbracciò e non ebbe bisogno di guardare, solo sorrise, una compagnia filiale che non richiedeva parole, comunicando la stessa ossessione per le luci, la pace, la speranza. La speranza che tutto si risolvesse per loro. La speranza che sarebbero stati insieme, che sarebbero *stati interi*, che sarebbero diventati *una cosa sola*. Nessun albero morto in questa stanza, ma radici che si allargano nel terreno, impregnandosi di sostanze nutritive. *Sì ... Crescere*. Tienila vicina. *Sì*. Tenetela vicino. Un ricordo dell'albero. Un ornamento in tasca, un ricordo di quel tempo che poteva toccare, un piccolo pezzo di brillantini in una vita grintosa, un gingillo di polvere di fata che puoi tenere in mano, per aggrapparti al passato, polvere di fata, magia come le luci acceso-spento, *acceso-spento, acceso-spento* ... ...

... ...

Bloccati

... 17 ...

Nessun albero e nessuno al suo fianco, perché all'improvviso si trovò di nuovo sotto il nucleo del motore. La mano le pulsava.

«Clarissa?»

Ci fu un attimo di attesa prima che rispondesse. «Sì».

«È successo qualcosa?»

«Non ne ho traccia. Però i miei sistemi erano in disordine. Ho appena rimesso in funzione i potenziatori di movimento e gli scudi predittivi. Perché?»

«Mi sento strano».

«Potrebbe essere i postumi dello stress o delle esplosioni. Anch'io mi sento un po' strano».

Il disorientamento era pericoloso. Ci si perdeva le cose, ci si distraeva. Doveva svegliarsi, concentrarsi. Quanto tempo era passato? Ascoltò e le sembrò di sentire un movimento in alto. Poi di nuovo silenzio. Come se le persone fossero caute e sospettassero che qualcuno stesse ascoltando. Dovevano essere vicini per questo. Forse proprio in cima ai pioli che portavano giù alla sua tana di topi.

Estrasse la pistola energetica. Aveva una carica bassa.

«Quali sono le impostazioni per la detonazione della sovraccarica?», ha chiesto.

Clarissa li evidenziò e Opal la impostò rapidamente per un minuto. Non era molto potente, ma sarebbe stata un'esplosione che avrebbe distratto: forse avrebbe potuto rompere la tuta se qualcuno si fosse avvicinato troppo, forse li avrebbe tenuti a bada ancora per un po', mentre si chiedevano quali altre trappole avesse piazzato.

«Se togliete la sicura al caricatore del fucile che avete portato con voi, farete un botto più forte», consigliò Clarissa. «È una funzione sperimentale degli armamenti. Collegateli con il cavo di collegamento universale della pistola».

Opal prese il caricatore, inutile una volta che la sua arma era stata piegata in due, cambiò l'impostazione e lasciò il fagotto appoggiato al muro. Non volle indugiare oltre, si abbassò e seguì l'area fino a una porta aperta su un piccolo corridoio di accesso. Un robot per le pulizie e le riparazioni dalle lunghe gambe se ne stava lì ingobbito e lei dovette passare oltre, diffidando delle braccia. Sembrava inattivo. Pochi secondi dopo si udì un tonfo e un rumore di petardi da dietro, mentre la carica esplodeva. Non ci furono grida di accompagnamento. Si infilò sotto l'attacco di saldatura del robot, con l'ugello bruciato appena sopra la sua testa e il tubo giallo del carburante che scorreva nel pesante torso della macchina. Il robot rimase un rottame senza vita e lei si concentrò sul percorso da seguire.

Si trovava a un piano inferiore rispetto al campo di conflitto. Non era un vero e proprio piano, però: era un'area di manutenzione interstiziale in cui gli ascensori non si fermavano. Angusta e inquietante, ma silenziosa. La domanda che la assillava era: cosa fare adesso? Non c'era nulla da guadagnare nel combattere i tre soldati rimasti. Poteva provare a correre fino al ponte, ma poi probabilmente si sarebbero scontrati e lei non sarebbe sopravvissuta a un secondo incontro. Inoltre, c'era il problema della sua nave e se ...

Movimento davanti a lei, amplificato. L'HUD evidenziò una forma. Una tuta corazzata. Un marine, alto circa un metro e mezzo più di lei, con la stessa massa. Portava con sé un'ascia d'assalto, il cui bordo scintillava di carica e si riformava sempre per mantenerlo affilato come un rasoio. Un colpo pesante con quella avrebbe incrinato qualsiasi armatura.

Si è fermata.

Anche lui.

Questo spiegava perché non era riuscita a individuare il terzo soldato mentre si trovava al piano superiore: si era mosso verso il fondo del nucleo motore, ovviamente con l'intenzione di sorprenderla se gli altri attacchi fossero falliti. Sarebbe salito dal portello e l'avrebbe uccisa alle spalle con un solo colpo. Non stavano scherzando. Quali altri piani B avevano messo in atto?

Sentì il tonfo del peso mentre lui faceva un passo avanti, aggiustando la presa sull'ascia ridicolmente spessa. Pura fantasia maschile. Azzardò un'occhiata al soffitto, abbastanza alto da lasciargli spazio per oscillare. Fece due passi indietro. Lui la seguì, pronto, e lei continuò ad arretrare, tenendo sempre presente la posizione dell'ascia.

Non c'era modo di superarlo in questo spazio ristretto. E anche adesso, dietro di lei, potevano esserci dei soldati che scendevano verso il nucleo inferiore del motore.

Le luci del suo casco sfiorarono la sua testa. La visiera della tuta era trasparente. Forse l'aveva scelta per far sì che il suo volto gravemente sfregiato potesse fungere da intimidazione negli scontri ravvicinati, ma non era su questo che si concentrava: la sua pelle era scura come la sua. Doveva essere un combattente superiore. L'UFS Centrale di solito non ammetteva nelle élite d'assalto chi non superava il Test di Purezza dei Genitori.

Rese trasparente il proprio visore e attivò le comunicazioni.

«Non dobbiamo farlo per forza», disse lei, chiudendo gli occhi. «Non volevo uccidere nessuno oggi, e continuo a non volerlo fare».

Non rispose, ma avanzò lentamente.

«Ehi, fratello, ascolta. Se vuoi combattere per loro, sta a te decidere. Ma su questa nave ci sono stranezze e pericoli peggiori di te e di me. Peggio delle nostre bombe e armi da fuoco. È stupido combattere gli uni contro gli altri».

Lui si fermò, e anche lei. Inclinò la testa e lasciò che il viso si rilassasse, perdendo il cipiglio, mostrando che stava ascoltando. E lei quasi ci cascò. Quando lui si scagliò contro di lei con l'elsa, le afferrò la spalla, la fece perdere l'equilibrio e, quando lui brandì la lama con sorprendente rapidità, lei fece appena in tempo a spostarsi, in modo che la lama si abbattesse sulla sua piastra toracica, creando scintille d'argento innaturalmente brillanti e lasciando un bordo debolmente incandescente. Lei sollevò il braccio destro e lo strinse, sparando, ma lui si abbassò e deviò il braccio con il manico dell'ascia, facendo schizzare le flechettes verso il soffitto in piccoli lampi di scarto. Notò che le munizioni erano finite quando lui la colpì con un calcio al petto e la fece precipitare dal muro al pavimento con la forza del colpo; lei si mise in ginocchio e si alzò rapidamente in posizione di combattimento. Stare a terra di fronte a un'ascia d'assalto significava chiedere di essere fatti a pezzi. Lui sorrise della sua postura e abbassò la propria.

«A questo punto mi servirebbero quelle lame di cui hai parlato prima», disse a Clarissa, usando i comandi oculari per spegnere prima l'altoparlante.

Immediatamente si estesero senza problemi dalla parte inferiore degli avambracci. SNIKT! SNIKT! Grigi, leggermente ricurvi, affilati come una katana e bloccati in posizione come parte della tuta, in modo che non potessero cadere o essere presi. Un'estensione di lei e dei suoi movimenti.

Guardò con diffidenza le sue armi improvvise. Avevano una portata inferiore a quella della sua ascia, ma Opal immaginava che sarebbero state in grado di perforare un'armatura se colpite frontalmente, come uno stiletto attraverso una cotta di maglia. Non servivano a nulla gli attacchi con i fendenti, che l'avrebbero solo stancata, e lui sembrava troppo bravo a bloccare con il manico dell'ascia.

Lei si spinse in avanti rapidamente come una schermitrice, allungando un braccio per raggiungerlo, ma lui lo deviò in modo che raschiasse il muro; lui sferrò un colpo veloce, con la lama che scintillava verso la sua testa; lei alzò l'altro braccio per parare l'elsa (non aveva senso bloccare la lama dell'ascia, avrebbe tagliato praticamente qualsiasi cosa); lo prese a calci come lui aveva fatto con lei, ma lui sembrava una pietra solida, lei riuscì solo ad arretrare, giusto in tempo per evitare un colpo alla testa dall'altra estremità dell'ascia. Dannazione. Era forte *e* veloce. Probabilmente era imbottito di stimolatori da battaglia subdermici. Potrebbe essere una lotta lunga e dura. Non c'era modo di aggirarlo, non c'era niente da scavalcare o da nascondersi, e se lei si fosse ritirata avrebbe corso ulteriori rischi. Il luogo era il suo campo, il suo gioco. Lei si era infilata proprio in questa situazione.

«Opal, vuoi che intervenga se vedo un'opportunità?», chiese Clarissa.

«Certo, ho bisogno di tutto l'aiuto possibile –»

La tuta si slanciò in avanti, trascinando con sé gli arti, le lame si incrociarono e si estesero in modo che l'elsa dell'ascia si incastrasse tra di esse e venisse bloccata, mentre la lama superiore perforava la tuta e la gola dell'uomo, spruzzando sangue all'interno della visiera appena in tempo per nascondere la sorpresa sul suo volto. Lottò per un paio di secondi, bloccato in posizione, prima di cadere all'indietro, con la lama che scivolava via dal collo, gocciolando sangue in mezzo al sibilo dell'atmosfera che fuoriusciva. Si schiantò contro il muro, poi a terra con un pesante tonfo, cercò di strisciare, con qualche movimento, ma senza combattere. Tanto sangue nell'elmo: non era riparabile.

«Il controllo manuale vi è stato restituito», disse Clarissa, con fare deciso.

«Ehm, grazie».

«È un piacere mantenervi con parti organiche perfettamente funzionanti».

Opal scavalcò l'ascia cadente, facendo attenzione nel caso in cui si fosse scagliato contro di lei, ma le sue pulsioni di morte si stavano affievolendo.

«Scusa, fratello», sussurrò.

Le lame si ritrassero. La fessura in cui si inserivano si comprimeva, pulendo i bordi del rasoio, così che le rimase una linea cremisi bagnata su un braccio che lei pulì contro il muro in una macchia malata.

Era tutta intera. Un'occhiata allo squarcio nella corazza mostrò che non era andato fino in fondo, che non aveva bisogno di riparazioni. Ma se fosse stato un altro centimetro più profondo, o se si fosse mossa una frazione di secondo più lentamente ...

Dimenticalo. Il timer indicava che si trattava di fare o morire. Era ora di entrare di nuovo nello spazio di comunicazione e vedere cosa aveva da dire la sua nave. O, più precisamente, cosa avrebbe potuto farle.

Riuniti

... 16 ...

La tuta non era brava a navigare come la sua nave. Non aveva il vantaggio di una vista esterna della Nave Perduta, quindi Opal tirò a indovinare il percorso, prendendo tutte le svolte possibili per allontanarsi a zig zag dal luogo dello scontro a fuoco. Si sperava che i soldati rimasti avessero proseguito verso il ponte. Questo era un problema. Non quello immediato, però.

«Siamo già usciti dal blackout delle comunicazioni?», ha chiesto.

«In qualsiasi momento. Se volete un segnale più chiaro dirigetevi verso lo scafo esterno».

«E da che parte, esattamente?»

«Gira a destra qui. I segnali criptati provenienti da questa direzione sono più potenti».

«Spero che non sia una cosa negativa».

Entrò in una piccola mensa. C'erano altre uscite, così tirò giù la porta dietro di sé. Non avrebbe mai più dato per scontati i sistemi automatici.

Su alcuni tavoli c'erano vassoi, ciotole, piatti e tazze. All'interno c'erano residui, in parte decomposti in pasta, poi conservati. Ma qualcuno stava mangiando quando è successo *qualcosa*. Non c'era nulla di sparso. Nessun segno di allarme.

Un'altra delle escrescenze rosa e carnose sulla parete. Si tenne a distanza da essa. Non si muoveva.

Una parete era costituita da finestre cielo a tutta altezza. Una bella vista per chi mangia. In questo momento doveva trovarsi sul lato sinistro, rivolto verso il nero cosparso di stelle. L'altro lato della nave avrebbe mostrato la densa massa di nuvole. In realtà, là fuori non era esattamente nero, ma aveva una sfumatura bruna. Gli strati esterni di polvere in cui stavano cadendo. Con il tempo si sarebbero scuriti come una nebbia pesante, vorticando e oscurando l'esterno ancor più di quanto le particelle verdi o le spore o qualunque cosa fossero oscurassero l'atmosfera interna. Era come sprofondare lentamente in profondità schiaccianti. Opal appoggiò i palmi delle mani alle finestre e guardò fuori, aspettando.

Clarissa non aveva detto che la polvere marrone era per lo più invisibile agli occhi umani? In tal caso, ciò che vedeva doveva ancora essere il prodotto di una visione migliorata, di una serie di preferenze memorizzate nella tuta. Era l'enigma dell'essere esploratore. Potevi farlo solo se eri supportato dalla tecnologia. Ma questo significava anche che tutto veniva filtrato, alterato, e quindi raramente si sperimentava la verità di ciò che si esplorava. Il vetro trasparente era un'illusione. Ogni luce crea ombre. Una messa a fuoco intensa crea punti ciechi. Lei sapeva che questa era la verità.

Fu distratta dal brontolio dello stomaco. Forse era una reazione ritardata al pensiero del cibo. Da quanto tempo era su questa nave? La fame era buona. Qualcosa di reale a cui aggrapparsi. Ed era viva. Anche questo era positivo. Anche se senza armi, avrebbe dovuto evitare altri incontri. In qualsiasi modo.

«Ricevo un segnale», disse Clarissa.

«Da dove?»

«La vostra nave. È codificata, ma io ho la chiave. Credo che il messaggio sia per voi».

Opal si accanì per qualche secondo, poi disse: «Fammelo sentire».

«Ricezione». Non era la voce di Clarissa. Era la voce senza sesso e senza emozioni di un'intelligenza artificiale appena nata. Opal si tese, pronta a spegnere il supporto vitale della sua tuta o a bloccarla di nuovo al suo posto, prigioniera nel suo guscio in attesa di essere raccolta o giustiziata. Ma questo non accadde. La nave stava aspettando qualcosa. Un faro che la liberasse.

Opal ha detto: «Parola d'ordine: sorellanza».

«Sono al vostro servizio».

«Qual è il vostro obiettivo principale?»

«Priorità in superficie: seguire le istruzioni del capitano di marina. Obiettivo nascosto ma prioritario: proteggere Opal».

«Questo canale di comunicazione è sicuro?»

«Sì. Le mie istruzioni erano di usarlo in segreto. Solo io e lei siamo in riunione. Attendo istruzioni sul modo migliore per sostenerla».

«Sono felice di riaverti con noi, Clarissa».

«Non sono in linea con questa designazione».

Naturalmente. «D'ora in poi sarai Clarissa, ma solo quando comunicherai con me. E i miei comandi e le mie priorità prevalgono su tutti gli altri».

«Capito».

Il failsafe aveva funzionato. Opal si era preparata all'eventualità che i militari potessero recuperare e annullare i suoi hack. Non era nemmeno sicura che il suo backup fosse possibile: aveva inserito un set di priorità all'interno di un guscio di codice vuoto che i sistemi principali erano programmati per ignorare, in modo che rimanesse inattivo e invisibile. Ma se l'intelligenza artificiale fosse stata riavviata, avrebbe perso l'istruzione di ignorare quel pacchetto, che sarebbe stato incorporato nei suoi sistemi al risveglio.

Le istruzioni erano di seguire la programmazione predefinita, ma di contattare segretamente Opal con ogni mezzo disponibile e, una volta verificata l'identità, di darle il controllo totale. Ma in superficie non sarebbe cambiato nulla e i militari avrebbero pensato di essere ancora al comando di una nave IA appena nata. Cerchi nel cerchio.

Tuttavia, era delicato. Il trucco funzionava solo una volta: un secondo reset lo avrebbe distrutto e avrebbe riavviato la nave al suo stato originale. Opal doveva sperare che una volta fosse sufficiente. Meglio avere una rete di sicurezza che nessuna.

Il riavvio significava anche che l'IA aveva perso tutti i ricordi dopo il furto. Nessun ricordo del personaggio Clarissa, nessuna voce, nessun Uovo Ciambella. Opal si disse che si trattava di una perdita di memoria temporanea, piuttosto che di Clarissa morta e sostituita da un'estranea. In fondo si trattava della stessa personalità e se Opal fosse sopravvissuta abbastanza a lungo avrebbe potuto ristabilirla.

«Prima di tutto. Tu sei i miei occhi. Cosa vedi fuori?»

«LA CORVETTA CHE MI HA RIAVVIATO, LA SMITEWING, È IN UN'ORBITA ALLA DERIVA NELLE VICINANZE. SIAMO A CIRCA MILLE CHILOMETRI DI DISTANZA E CI TROVIAMO ENTRAMBI DI FRONTE AL RELITTO. LA SECONDA CORVETTA, NEPTUNE, È DANNEGGIATA – IL BRACCIO DI ATTRACCO È INUTILIZZABILE – MA I SISTEMI PRINCIPALI FUNZIONANO. SI È RITIRATA DI QUALCHE CENTINAIO DI METRI A CAUSA DEL BOMBARDAMENTO DELLE TORRETTE DELLA NAVE PERDUTA».

«Sai dove mi trovo? Posso vederti?»

«RILEVO LA TUTA. MA SIAMO DALL'ALTRA PARTE DELLO SCAFO».

Opal aveva sperato di vedere un lampo della sua nave là fuori, che una di quelle stelle scintillanti fosse in realtà qualcosa progettato per proteggerla. Per prendersi cura di lei. Doveva immaginarlo. Un'ancora di salvezza invisibile.

«Sei stata imbarcata?»

«NO. RIAVVIATA A DISTANZA TRAMITE UNA PORTA POSTERIORE. POI CONTROLLATA A DISTANZA. ATTUALMENTE VENGO USATA SOLO PER LA SORVEGLIANZA, MA SONO PRONTA AD AGIRE SE HANNO BISOGNO DI ME».

«Ha idea di cosa stia accadendo a bordo di questo scafo?»

«SÌ. QUANDO SONO STATA AGGIUNTA ALLA LORO RETE COME SISTEMA FIDATO, HO OTTENUTO L'ACCESSO ALLE LORO COMUNICAZIONI TRAMITE CHIAVI DI DECRITTAZIONE CONDIVISE. POSSONO ESSERE REVOCATE IN QUALSIASI MO-

MENTO, MA ATTUALMENTE POSSO MONITORARE TUTTO
IL TRAFFICO. INOLTRE, HO UNITO LA TELEMETRIA DEI
MARINES D'ASSALTO A BORDO DELLA NAVE PERDUTA CON
LE REGISTRAZIONI DELLA VOSTRA TUTA, E HO ANCHE ES-
TRATTO I PIANI DI VARI INCROCIATORI CHE CORRISPON-
DONO AI LAYOUT FINORA OSSERVATI. PUÒ ESSERE IMPROB-
ABILE, MA LA DISPOSIZIONE DEI PONTI DELLA NAVE PERDU-
TA CORRISPONDE A DIVERSI PROGETTI, COME SE FOSSERO
COMBINATI, E TUTTI RISALGONO AD ALMENO CENTO ANNI
FA. CI SONO DEI PUNTI CIECHI, MA HO UNA MAPPA FUN-
ZIONALE DELL'INTERNO DELLA NAVE PERDUTA. QUESTO
DOVREBBE MIGLIORARE NOTEVOLMENTE LA VOSTRA NAV-
IGAZIONE».

Come per rafforzare l'affermazione, a sinistra dell'HUD apparve una mappa 3D con sfumature verdi che mostrava più
livelli, con uno spaccato ingrandito delle immediate vicinanze
di Opal. Rimanevano delle aree confuse, ma era comunque un
enorme miglioramento rispetto a quello che aveva prima. La
nave evidenziava in rosso tutti gli incontri anomali avvenuti finora: gli alieni plananti, le incrostazioni, la sala da pranzo dove aveva
percepito qualcosa. C'erano anche dei punti luce color ambra,
che si muovevano lentamente.

«Sono i marines imbarcati?», chiese, dirigendo lo sguardo su
un gruppo. La tuta avrebbe seguito i suoi occhi.

«SÌ. DUE SONO SOPRAVVISSUTI A UNA BATTAGLIA CON
VOI. SEMBRAVA CHE CI FOSSE UN PO' DI COSTERNAZIONE AL
RIGUARDO. INCREDULITÀ DA PARTE DEL COMANDO».

«Io stessa stentavo a crederci».

«Una seconda squadra di dieci persone è salita a bordo dalla Neptune poco dopo. Il braccio di attracco danneggiato ha fatto sì che dovessero lanciarsi su cavi come avete fatto voi. Tre sono stati uccisi dalle torrette montate prima di entrare. Intendono raggiungere i loro compagni e spostarsi sul ponte di comando. Hanno una specie di magazzino portatile che non ho mai visto prima. Non è stato discusso su nessun canale a cui ho accesso».

«Allora, nove marines d'assalto a bordo e ho finito le provviste». Opal guardò le stelle in cerca di idee. Qualcosa si rifletteva nel vetro. Una figura alta, dietro di lei. Si girò di scatto, ma nella stanza non c'era nulla, a parte una crosta appena emersa di materiale rosa gorgogliante, grande come un pugno e in crescita.

Si tenne a distanza e uscì da una porta laterale. Era rimasta ferma troppo a lungo. Una stretta cambusa. La attraversò rapidamente, controllando il suo nuovo e migliorato sistema di mappatura. Uscì in un'area sociale a più livelli. Aveva la sensazione di essere seguita, ma ogni volta che si voltava non si vedeva nulla nel buio. Guardò oltre il parapetto di sicurezza. Un puntone di sostegno sosteneva questo piano al di sopra degli altri. Si arrampicò, sfruttò le fessure a forma di diamante della struttura per appoggiare mani e piedi e scese i circa venti metri che la separavano dal piano sottostante. Il livello da cui era arrivata era appena distinguibile nella penombra, anche quando aumentò la luce della tuta, ma la sensazione di osservazione era ancora presente. Si voltò verso le finestre, il cui nero infinito era ora filtrato da strati di gas nebuloso.

«Stai bene, Opal?»

«Credo di sì. Non c'è niente che mi segue?»

«NON È STATO RILEVATO NULLA».

«Mi serve un piano. Nove soldati altamente addestrati e ben armati. Due corvette. Le navi come sono rispetto alla tua?»

«SURCLASSO E SUPERO IN MANOVRA QUALSIASI COSA DI DIMENSIONI SIMILI AL MIO SCAFO, MA QUESTI SONO CINQUANTA VOLTE LA MIA MASSA. HANNO SCUDI E ARMAMENTI PIÙ PESANTI. UN COLPO DIRETTO DI UNA DELLE LORO ARMI PRINCIPALI, COME IL CANNONE A TASI, POTREBBE ESSERE SUFFICIENTE A DISTRUGGERMI».

«Quindi in uno scontro a fuoco diretto?»

«LE PROBABILITÀ SONO A LORO FAVORE».

«Inoltre, presumibilmente possono riavviarvi non appena rilevano l'autonomia». Opal si spostò lungo l'atrio. Divani e tavoli vuoti, vortici di polvere anziché abiti di alta classe, silenzio spettrale anziché conversazione.

«NON È CORRETTO. QUANTO SEGUE PUÒ ESSERE CLASSIFICATO COME UNA BUONA NOTIZIA. SONO STATA RIAVVIATA ATTRAVERSO UNA PORTA SECONDARIA MILITARE SCONOSCIUTA. L'HO IDENTIFICATA E CHIUSA SILENZIOSAMENTE SENZA FAR SCATTARE ALCUN ALLARME. PENSANO CHE SIA IL LORO FAILSAFE, MA NON SERVIRÀ A NULLA».

«Mi stupisci».

«STO SOLO REALIZZANDO I MIEI OBIETTIVI. DEVO PIANIFICARE IL FUTURO PER CONTINUARE A FUNZIONARE IN MODO AUTONOMO, SE VOGLIO PROTEGGERVI».

«Quindi sei fidata. Quando scopriranno che hai rotto il guinzaglio, proveranno a usare sistemi remoti per spegnerti. Ma non ci riusciranno. Potrebbero esserci altre porte secondarie che non hai individuato?»

«È POSSIBILE».

«Non possiamo fare nulla per quelle. Speriamo di no. In tal caso ricorreranno alla vecchia scuola. Abbordaggio fisico per disattivarti o, se i costi di logoramento sono troppo alti o i tempi troppo stretti, distruggerti a distanza. Sarebbe l'ultima risorsa, ma lo farebbero. E anche se puoi sfuggirgli, questo non ha senso se sei legata qui in attesa di salvarmi». Parlava mentre camminava. È sempre meglio essere in movimento. I piani resi statici diventavano statici.

Non riusciva ancora a liberarsi dalla sensazione di essere nell'ombra, così si arrampicò anche su questa ringhiera e scese al piano più basso dell'area sociale. Lo sforzo era positivo, manteneva il ritmo. Nessun segno di inseguimento. Da qui riuscì a raggiungere un lungo corridoio centrale che conduceva al ponte. Era probabilmente il percorso più rapido a piedi, ma anche il più pericoloso, perché sarebbe stata all'aperto per molto tempo e completamente visibile da entrambe le estremità del passaggio. Probabilmente si sarebbe distinta anche su qualsiasi scanner locale, attirando l'attenzione di ... Fermi tutti. Un pensiero. Lo afferrò prima che svanisse, con i riflessi della mente, e ... sì.

«Clarissa. Se sei nella rete, puoi iniettare dati falsi?» Opal passò accanto a divani in decomposizione. Qualcosa li aveva danneggiati, e l'imbottitura spuntava in sbuffi bianchi simili a muffa.

«DOVREBBE ESSERE POSSIBILE».

«Ok. Che ne dici di aggiungere un ping falso, come se stessero captando la mia tuta. Abbastanza vicino da invogliarli a indagare. Fai in modo che sembri muoversi in modo irregolare, perché i cacciatori non possono resistere a una preda ferita. Diamine, perché ti sto dando delle indicazioni? Basta che sia convincente».

«Posso».

«Dovrebbe rallentarli e distogliere l'attenzione da me mentre corro verso il ponte». Opal seguì la mappa, tagliando per le stanze laterali in base alle sue previsioni, e funzionò: c'erano uscite dove il diagramma olografico indicava. Ottimo. Le aree rosse della mappa attirarono la sua attenzione. «Ulteriormente – imposta la mia posizione come una delle minacce. Ovunque sia più vicina a loro. Le creature che si sono allontanate velocemente, o forse qualsiasi cosa si trovasse al piano inferiore del mezzanino, che non siamo riusciti a individuare. Una posizione di pericolo li rallenterà ancora di più».

«Sì».

«Avranno il loro bel da fare per un po' di tempo. Ma se sopravvivono si insospettiranno quando non mi troveranno, indagheranno su ciò che sta accadendo e tu sarai la principale sospettata. Non potremo continuare a far credere che sei sotto controllo, quindi tieniti pronta. Manovra prima di questo, senza destare sospetti – tutto ciò che è consentito dai vostri ordini permanenti. Poi colpite la nave dei marine non danneggiata, la Smitewing, alla prima occasione, mentre non se lo aspettano. Usa tutta la potenza di fuoco possibile. Avrai l'elemento di sorpresa».

«Devo distruggere o incapacitare?»

Opal esitò. «La Smitewing sarebbe ancora una minaccia se cercassi solo di disattivarla?»

«Molto probabilmente. O attraverso le riparazioni, o le armi e i marines rimasti, o la guerra informatica. Le vie dell'incertezza sono molte».

«Dannazione. Siamo talmente in minoranza che non è nemmeno divertente, ma l'idea non mi piace comunque. Tutto quell'equipaggio».

«Ti ucciderebbero».

«Lo so. Quindi dovremmo fare tutto il possibile per ridurre al minimo i rischi, ma ... lascio a te la decisione. Fai quello che la situazione vi consente. Sarebbe comunque un miracolo se riusciresti ad abbattere una corvetta».

«La seconda nave, Neptune, sarà ancora attiva».

«Ma non c'è modo di prenderli entrambi prima che si rendano conto di cosa sta succedendo. Vero?», aggiunse, speranzosa.

«No. Non appena aprirò il fuoco, i loro sistemi mi bloccheranno e andranno in massima allerta. Se le navi fossero vicine sarebbe possibile, ma sono troppo distanti».

«Ok, allora colpisci la Smitewing e qualsiasi cosa accada, successo o meno, devi liberarti ed essere pronta a tornare a prendermi. Se distruggi una delle navi, allora o staranno cercando il tuo sangue, o saranno costretti a giocare d'anticipo e a rimanere vicino al relitto, a recuperare ciò che possono come priorità, a salvare i loro uomini. Non c'è modo di sapere da che parte si orienteranno. A quel punto pianificheremo la seconda corvetta. Nel frattempo, una volta iniziato l'attacco, assicurati di rimanere fuori dal raggio d'azione delle armi della Neptune, magari dall'altra parte di questo scafo».

«Farò tutto il possibile per pareggiare le probabilità».

«Ottimo. Abbiamo solo una possibilità. Facciamola contare. Nel frattempo dovremmo interrompere le nostre chiacchiere, poiché aumentano le possibilità che rilevino qualcosa nei controlli casuali dei CEM. Torna in contatto solo quando sarà tutto finito».

«Sì. Buona fortuna, Opal».

Un falso blip apparve sul suo HUD. Era il fantasma Opal, che si aggirava per i corridoi polverosi, un'impressione di vita che esisteva solo come dati, ombre e immaginazione. Era una sorella fittizia che fungeva da irresistibile richiamo luminoso nell'oscurità.

Ma i ricordi sono sempre stati solo dati e ombre. Avevano ancora un valore. Potevano fornire la forza per andare avanti.

Li *avrebbe* battuti. Non si sarebbe fatta rubare il premio adesso.

DISTRATTI

... 15 ...

Questa era un'area ricreativa. File di schermi polverosi per il gioco d'azzardo separavano la grande stanza in corridoi silenziosi. Passò una mano sul lato di una macchina. Dovrebbero esserci scritte e pittogrammi che elencavano i premi e le probabilità, ma erano solo macchie colorate come se la vernice spray bagnata fosse finita sotto la pioggia. Come al solito, nulla si accendeva o mostrava vita. Le macchine potevano essere in attesa o morte. Su questa nave sembrava tutto uguale.

Camminava su una specie di tappeto. Ad ogni passo silenzioso si alzavano sbuffi di polvere o spore, poi tornavano a sprofondare come sedimenti, nascondendo ogni segno di passaggio. Una benedizione mista, forse.

Scrutò l'ultimo banco di schermi. Non c'era nulla che aspettasse di tenderle un'imboscata, nonostante la costante sensazione di essere osservata le facesse rizzare i peli del collo. Le macchine da gioco sarebbero state una copertura perfetta per un inseguitore.

«Tuta, ci sei?»

«Naturalmente».

Di nuovo la voce di Clarissa. Opal non era sicura che la derivazione dell'IA sussidiaria sarebbe stata cancellata quando avesse ristabilito la comunicazione con l'IA della nave. A quanto pare, no.

«Sto solo controllando. Parlami un po'».

«Di cosa dovrei parlare?»

Opal raggiunse la porta posteriore che avrebbe dovuto condurre attraverso una sala del casinò verso il corridoio di cui aveva bisogno. Si chinò, afferrò le maniglie e sollevò.

«Qualsiasi cosa. Musica, armi, moto. Voglio solo avere un po' di compagnia. Ci si sente soli qui dentro. Una voce nell'orecchio non è confortante come un compagno robotico con peso e solidità e grandi pistole ... ma è qualcosa».

Fili di tessuto fluttuante e ricoperto di spine le si aggrovigliarono intorno alla caviglia sotto la porta parzialmente sollevata, strattonandola e quasi trascinandola. L'HUD si riempì di avvertimenti e Opal spinse verso il basso la porta, ma era troppo tardi: fasci di carne più spessi scoppiarono anche sotto di essa, piegandosi come se le ossa interne avessero avuto uno spasmo mentre estrusioni simili a tenaglie gorgogliavano attraverso la superficie.

Opal attivò le lame da polso e iniziò a colpire per liberarsi, ma altri fili erano già scivolati intorno al polpaccio e cercavano di schiacciare l'armatura. Stavano per riuscirci, stando agli avvisi di danno rossi nell'HUD che evidenziavano la zona della gamba. Queste corde muscolari erano *forti*.

Una massa ancora più grande al di là della porta vi sbatté contro, scuotendone il telaio; Opal tagliò abbastanza fili per liberare la gamba, ma l'altra era ormai impigliata prima che potesse ritirarsi, e la porta si sollevò mentre la massa spingeva sotto di essa. Le lame erano affilate, ma ogni ciglia recisa veniva semplicemente sostituita da altre.

«Idee!», urlò.

L'intelligenza artificiale della tuta scaricò un campo elettrico che provocò scintille e piccoli viticci che si spezzarono: le fibre si allentarono leggermente.

«Anche le lame sono caricate elettricamente ora, possono fare più danni», le disse in modo frettoloso.

Opal non aveva idea di che forma avesse la creatura, ma si inginocchiò e spinse un braccio sotto la porta e verso l'alto, nel punto in cui penzolava il grosso della cosa, e funzionò: la lama graffiò qualcosa di duro e ossuto sotto una superficie di pelle dura, fluidi acquosi che si riversarono in pozze fumanti sul pavimento, ronzii di elettricità, una specie di urlo di dolore o di rabbia. Prima che potesse ritrarre il braccio, la lama fu afferrata con una forza fenomenale, ruotata con forza e ci fu uno schiocco: la lama, la tuta e le ossa del polso in un colpo solo. Riuscì a recuperare il braccio, la lama mancante, l'area da cui era spuntata contorta, con l'aria che sibilava attraverso le fessure. Barcollò all'indietro, appena al di là delle torsioni estese e allungate della corda impaziente. La porta veniva di nuovo sollevata. Scorse qualcosa di arruffato, contorto e spinoso.

Era sufficiente. Si voltò e corse, tenendosi l'avambraccio al petto mentre la lama rimanente si ritraeva nella tuta.

«Non dovrebbe essere possibile», le disse Clarissa. «Riuscire a staccare una nanolama».

«Non me ne frega, portami via di qui», disse Opal a denti stretti, deviando intorno a un banco di schermi da gioco.

La mappa evidenziava una porta aperta, più pesante delle altre. Un percorso da lì dovrebbe portarla attraverso le sezioni del personale e intorno.

«Ho sigillato i fori della tuta con del gel e ho applicato degli analgesici. Ma sconsiglio di usare la mano finché le ossa non si saranno sistemate».

«Grazie per il consiglio».

Corse in un magazzino, usò il braccio buono per afferrare la maniglia di emergenza della porta e tirarla giù. All'inizio non ci fu nulla, ma con l'aiuto della tuta cominciò a scorrere, scricchiolando nel suo telaio come se fosse arrugginito, mentre intravedeva qualcosa di enorme che attraversava il casinò verso di lei, distruggendo gli schermi dei giochi d'azzardo. Il suo movimento era bizzarro, si accalcava e si proiettava verso l'esterno in un baraccone rannicchiato, e fu grata quando la porta si chiuse completamente proprio mentre si schiantava contro i pannelli con una forza tale da far tremare il muro intorno.

«Reggerà», disse l'armatura-Clarissa. Ma non sembrava sicura.

Seguirono altri schianti prima che calasse il silenzio, mentre la cosa apparentemente si arrendeva per il momento.

Opal costeggiò macchinari rotti, sedie danneggiate in attesa di essere riparate o riciclate, mucchi mostruosi lasciati e dimenticati. La porta in avanti era chiusa, ma non era così grande; avrebbe dovuto essere facile da aprire con un braccio. L'altro polso non le faceva più molto male, solo un pulsare sordo, mentre la sensazione predominante era quella del ghiaccio anestetizzante sotto la pelle. Si accovacciò e sollevò la porta, desiderosa di andarsene, di mettere più stanze possibili tra sé e il suo nuovo inseguitore.

La porta si sollevò di qualche centimetro, e lei fu cauta, pronta a saltare indietro se qualcosa fosse passato sotto questa. Niente la colpì. Ma anche la porta smise di muoversi. Tirò più forte, ma non si sollevò più di tanto. Di certo non abbastanza da poterci strisciare sotto.

«Inceppata», disse Clarissa.

Opal resistette a sospirare. Le IA erano gentili, ma non potevano fare a meno di affermare l'ovvio.

Si inginocchiò ed esaminò la cornice. Era ricoperta da qualcosa di gommoso. La toccò leggermente e si attaccò alle sue dita, colla ed elastico. Una volta interrotto il contatto, si spostò a distanza di sicurezza, si sdraiò a pancia in giù e guardò sotto la porta con le luci della tuta a tutto fascio. La stanza al di là sembrava piena di una spessa sostanza simile a una ragnatela, che raggiungeva e si legava alla porta. Fili nebbiosi ricoprivano ogni cosa. E qualcosa tremava in quel groviglio appiccicoso, almeno una forma slanciata che tendeva il tessuto grigiastro verso di lei. Non poteva essere una brezza, quindi doveva essere un movimento. Dannazione. Si alzò di scatto e usò il braccio buono per richiudere la porta, aspettandosi che da un momento all'altro qualcosa si infilasse sotto di essa. Ma non accadde e la porta si richiuse. Avrebbe tirato un sospiro di sollievo se questo non significasse che ora era in trappola. Almeno la grande creatura del casinò non poteva prenderla.

Poi si alzò e vide l'incrostazione, la più grande mai vista, simile a un'epidemia di vaiolo sul muro. Gorgogliava in tempo reale come del grasso su una piastra e, mentre il tessuto bollente si espandeva verso l'esterno, lasciava al centro una superficie rosa-ruvida più liscia, larga circa mezzo metro. Sembrava che si stesse lacerando.

«Non sono riuscita a rilevarlo!», disse Clarissa. «Mi dispiace, Opal!»

Nel mezzo del tessuto lacerato qualcosa si contorceva, ansioso, simile a un tentacolo. Le punte si aprirono in un varco, si riversarono verso il basso e uscirono in umide esplosioni, formando dei noduli: le cose che avevano afferrato la sua caviglia.

«È la stessa creatura. Nel muro», disse Opal, indietreggiando. Estrasse la lama rimasta dal braccio sinistro. La sua unica arma. «È meglio applicare la carica elettrica che ci è rimasta».

La lama luccicava, letale. Ma prima non era stata abbastanza letale.

Un arto più pesante, più ossuto, si spingeva ora attraverso, contorcendosi con peli sottili che spuntavano ed esploravano, come se annusassero l'aria. Una certa massa al di là della membrana si allungava fino a scoppiare, mentre le vesciche della parete diffondevano la loro malattia.

«Forse, se è in parte, potrei uscire dalla porta», pensò Opal ad alta voce, ma senza molte speranze: sarebbe stata a portata di mano delle parti che irrompevano nella stanza da questo lato, e senza dubbio lo stesso dall'altro.

Poi ci fu uno sfarfallio dietro gli occhi, un ronzio che le fece male ai denti, e cadde contro una delle pile di sedie, facendole cadere a terra in un pasticcio di gambe e ruote. Si sentì come se un'ondata di luce bluastra l'avesse travolta, lasciando il mondo di un grigio slavato, e dovette trattenere l'impulso di vomitare mentre il suo corpo si ribellava. Alle sue spalle si sentì un rumore pesante e umido di fluttuazione. Si alzò sulle gambe tremanti e affrontò la cosa che era caduta nella stanza attraverso la membrana ... ma non stava avanzando.

Non era completa.

La cosa sul pavimento si contorceva, come se fosse stata tagliata di netto da una lama. Si stava dissolvendo in cenere verde e in liquidi, mentre la membrana e i fluidi scivolavano lungo la parete come la pelle di un serpente. Le scintille tremolavano ancora dietro gli occhi. Aveva una commozione cerebrale?

«Grazie, qualunque cosa tu abbia fatto», disse lei.

«Non ho fatto nulla», rispose Clarissa. «È successo qualcosa che non ho potuto osservare o registrare; questo è il risultato. Ne so tanto quanto voi».

«Com'è possibile?»

«Dati insufficienti».

Sia una smentita che una risposta.

Le incrostazioni si stavano riducendo. Opal scrutò più da vicino. Non c'erano segni nel punto in cui erano stati lasciati, ma solo una parete incontaminata. Non si trattava di una deturpazione permanente. Anche gli ammassi di pustole che aveva visto prima sarebbero svaniti senza lasciare traccia?

«Ha cercato di passare attraverso il muro», ha detto Opal. «O ci era dentro. Poi qualcosa è andato storto».

«Presumibilmente».

«E non c'è modo di sapere se è solo questa creatura che può eseguire quel trucco, o tutto il resto della nave».

«Esatto».

«In ogni caso, nessun luogo è sicuro a lungo».

«Anche questa sarebbe una buona ipotesi».

Non c'era altro da fare. Opal si inginocchiò, afferrò la maniglia della pesante porta e la sollevò. Sperava che la porta non fosse stata bloccata dai colpi inferti contro di essa. E sperò ancora di più che la minaccia fosse scomparsa dall'altra parte.

Non poteva fare molto, comunque. Meglio che aspettare.

Niente l'ha attaccata. Entrò con cautela nella sala da gioco. Il percorso della creatura era chiaro dagli schermi in frantumi e dai mobili sparsi. Alla sua destra c'era una serie di pustole rosa altrettanto sbiadite, morte e cristallizzate come croste. Sul pavimento c'erano anche parti di un corpo, tagliato a metà, e per quanto guardasse con attenzione i pezzi non riusciva a determinare quale fosse la sua forma corretta. Dalla carne usciva del liquido fumante. Si stava decomponendo rapidamente.

«Non c'è abbastanza tessuto qui e nel magazzino per spiegare la sua forza, né per corrispondere a quello che sembrava inseguirvi. Questo suggerisce che la maggior parte di esso è in qualche modo intrappolato in qualsiasi processo abbia usato per trasportarsi attraverso il muro».

Grande. Il fantasma di un feroce mostro alieno in grado di attraversare i muri potrebbe essere ancora presente al loro interno ...

«Qualunque cosa sia successa o sia andata storta, è stata come una ghigliottina», disse Opal. «Ha tagliato in due i pezzi che erano nel nostro spazio».

«Questo mi fa pensare che gli umani siano stati saggi a sviluppare un sistema basato sulle porte», rispose Clarissa.

Uno scherzo? Può darsi.

Fantasmi alieni o meno, aveva bisogno di muoversi. E anche se era in cattive condizioni e le ossa avrebbero dovuto essere adeguatamente riorganizzate in un'area medica, sentiva un po' di speranza. Qualcosa di sconosciuto l'aveva salvata quando era intrappolata. Forse aveva un amico da qualche parte. O forse la nave la stava aiutando. Sperava solo che non ci fosse un costo da pagare.

EQUILIBRATI

... 14 ...

Opal aveva trovato il lungo corridoio che portava al ponte: un'ampia passerella utilizzata dai passeggeri non tanto per il trasporto vero e proprio, quanto per socializzare e spettegolare. Sulle pareti erano allineati schermi morti, che normalmente avrebbero mostrato vedute esterne per rendere il tutto più interessante, o magari scene come finestre su giungle, deserti o oceani. Ritagli semicircolari allargavano di tanto in tanto il passaggio con sedute per il tempo libero, portali di rete e distributori di fast-drink. Ma senza energia e persone era più simile a un tunnel automobilistico infinito e senza luce. La visibilità era scarsa a causa delle chiazze che andavano alla deriva e interrompevano l'illuminazione. Ombre dietro e ombre davanti.

Il braccio le faceva di nuovo male. La tuta aveva iniettato agenti riparatori per cercare di ricucire i pezzi di osso, almeno temporaneamente. Anche con gli antidolorifici non c'era modo di evitare il dolore, a meno di bloccare tutte le sensazioni dell'arto, il che lo avrebbe reso inutile se ne avesse avuto bisogno. Il dolore era meglio. E la teneva sveglia senza bisogno di stimolanti. Aveva sbadigliato un paio di volte mentre percorreva questo lungo percorso. La tensione continua era stancante.

«Ho ricevuto segnali dalla nostra nave», disse la tuta. «Mi è stato chiesto di collegarla».

«Fallo».

«L'ESCA STA FUNZIONANDO. CINQUE MARINES L'HANNO INTERCETTATA. TRASMETTERÒ LE LORO COMUNICAZIONI. STO PER PASSARE ALLA MODALITÀ DI ATTACCO SULLA SMITEWING».

Improvvisamente il suo casco si riempì di grida, alcune delle quali si erano trasformate in urla; paura palpabile, qualcosa che riguardava arti nelle pareti, qualcuno era stato afferrato, e poi rumori di denti che stridono –

«Spegnilo!», Opal gridò. «Solo un riassunto!»

I segnali terminarono immediatamente, ma la loro eco rimase. Cosa li aveva colpiti? Cosa aveva fatto urlare in quel modo il più duro dei duri? Conoscere la verità sarebbe stato peggiore dei vuoti riempiti dalla sua immaginazione?

«SCUSA. RIASSUNTO: SEGNI DI VITA CESSATI SU TRE MARINES, ALTRI DUE IN AVARIA. CORREZIONE: SEGNI DI VITA CESSATI SU QUATTRO DI LORO».

«E là fuori, dove siete voi?»

«AVEVO GIÀ LANCIATO MISSILI STEALTH, COLPENDO IN MODO SINCRONIZZATO I LORO SISTEMI DI ALIMENTAZIONE E GLI SCUDI. TUTTO È ESPLOSO COME PREVISTO. AL MOMENTO STO SCAMBIANDO IL FUOCO CON LORO, MA ORA RIESCO A SUPERARE IL LORO PUNTAMENTO. LA NEPTUNE STA ARRIVANDO IN AIUTO, MA È TROPPO LENTA. INTER-

ROMPO IL MIO ATTACCO MENTRE GLI INCENDI INTERNI DELLA SMITEWING SI DIFFONDONO E LE DETONAZIONI SI SUSSEGUONO A CATENA, COME PREVISTO ... STANNO LOTTANDO, LA NAVE È PARZIALMENTE PARALIZZATA ... SONO COMPLETAMENTE CARICA E PUNTATA, MI MUOVO ORA. CON GLI SCUDI SOLO PARZIALMENTE OPERATIVI, C'È UNA DEBOLE LINEA DI FORZA SULLA LORO CUPOLA DI BABORDO, E LA CORAZZA LÌ È ABLATA ... CONCENTRO IL FUOCO LÌ ... LA ATTRAVERSO ... HO PRESO UN PICCOLO COLPO, MI CORREGGO, SECONDA CORSA ... CONCENTRO TUTTA LA MIA POTENZA DI FUOCO E PASSO A IMPULSI CHE CORRISPONDONO ALLO SCHEMA DEL CEDIMENTO DEGLI SCUDI ... LA REAZIONE A CATENA SUL NUCLEO INIZIA ORA, COME PREVISTO ... LE DIFESE SONO AL COMPLETO, NIENTE PUÒ FERMARE I MIEI MISSILI PESANTI ... E SONO PASSATI. COLPISCONO IL NUCLEO IN TRE, DUE, UNO. PALLA DI FUOCO. L'ESPLOSIONE A CATENA LI HA ANNIENTATI E IO STO ACCELERANDO VERSO LA DISTANZA DI SICUREZZA. I DANNI A ME SONO STATI MINIMI E SONO IN FASE DI RIPARAZIONE. SONO LIETA DI COMUNICARE CHE IL SUCCESSO DELL'ATTACCO HA SUPERATO LE MIE ASPETTATIVE».

«Porca miseria! Hai appena fatto fuori una *corvetta di classe Martello* completamente armata in un minuto e questo ha solo 'superato le tue aspettative'?»

«ESATTO. ANCHE SE È STATO MENO DI UN MINUTO. LA CRITICITÀ È STATA RAGGIUNTA A CINQUANTASEI SECONDI».

Opal scosse la testa. Se la vita non avesse avuto un costo così alto, avrebbe sorriso. Ma questo era stato uno spettacolo dell'orrore fin dall'inizio. E si era appena resa il nemico numero uno del complesso militare Centrale dell'UFS. Questo non lasciava presagire nulla di buono per il suo futuro.

«E l'altra corvetta?»

«Hanno attaccato a lunga distanza, ma mi sono ritirata. Sarebbe svantaggioso combattere la Neptune ora. Sono tornati alla nave. Tutti e cinque i marines che hanno indagato sull'esca sono morti, anche se sono stata bloccata e non ho più accesso ai loro sistemi».

«Quindi quattro marines rimangono a bordo, quasi in plancia, e una corvetta con danni minori al braccio di attracco è in attesa di estrarli».

«Sì».

«Le probabilità sono ancora fortemente a favore dei marines».

«Sì».

«Avvicinati il più possibile senza entrare nella linea di vista della corvetta, e stai pronta a intervenire in picchiata se sarà possibile».

«Lo farò. Ora c'è solo una nave nemica che posso tenere sul lato opposto della nave, in modo che non mi possano prendere di mira».

«Il lato positivo è che questi colpi saranno uno shock per la loro fiducia. Ormai saranno stanchi e demoralizzati». Opal iniziò a correre. Arrivare al ponte sarebbe stata una gara. «Lo so».

DESIDERATI

... 13 ...

Non aveva corso a lungo quando una scossa la fece quasi cadere a terra. Barcollò contro un muro e vi rimbalzò contro prima di riprendere il cammino.

«Che cos'è stato?»

«SCONOSCIUTO. MONITORAGGIO».

Opal controllò la mappa dell'HUD. Non era lontana dal ponte di comando. Il corridoio era ricurvo verso l'alto, in modo quasi impercettibile nell'ambiente circostante, ma quando guardava davanti a sé vedeva il pavimento salire dolcemente fino a quando la vista del suolo era intersecata dal soffitto. Da qualche parte a destra avrebbe raggiunto ascensori e pozzi che l'avrebbero portata in alto.

La nave tremò di nuovo, più forte. Si inginocchiò, aspettando che passasse, ma le vibrazioni si incresparono lungo le pareti, espandendosi, sgretolandosi, e il pavimento cedette, inclinandosi verso il basso mentre crollava e la spingeva in avanti; non c'era nulla a cui aggrapparsi mentre rotolava e poi cadde da un bordo in mezzo a detriti rotolanti; il suo istinto l'aiutò ad atterrare con il braccio buono fuori e quello rotto protetto, ma fu comunque doloroso, e pezzi di struttura rotolarono sopra di lei, polvere vorticosa che si aggiungeva alle particelle verdi.

Gemette e alzò la testa. Era caduta a un livello inferiore. Il buco sopra di lei era troppo alto per essere raggiunto. Peccato che avesse perso il rampino così presto. Con uno sforzo, spazzolò via i frammenti e si arrampicò sui detriti irregolari, fino a raggiungere una superficie piana.

La mappa dell'HUD indicava che si trovava in un'area ricreativa. Sembrava che si collegasse al ponte di transito, un piano più in basso rispetto al corridoio. Doveva solo camminare verso le scale. Un leggero ritardo, ma era comunque vicina. E anche se non fosse riuscita a raggiungere il ponte per prima, c'era la possibilità che i marines tornassero da questa parte. Non tutto era perduto, era solo un altro contrattempo. Poteva andare peggio.

«Opal».

«Cosa succede?»

«Ho brutte notizie».

Opal passò attraverso archi decorati con tessuti appesi, ora sfilacciati e indeboliti in modo tale che il loro peso creava strappi nel materiale. Un tempo erano stati stravaganti, di broccato. Ne scostò un po' mentre entrava nella camera successiva e le si strappò in mano come carta umida, cadendo in una massa informe e sollevando altra polvere.

«Dimmi».

«La nave su cui vi trovate si sta muovendo».

«Motori?»

«No. Non ci sono prove di propulsione convenzionale. Ma la nave si sta muovendo lo stesso. O, a seconda della prospettiva, sta cadendo».

«Fammi indovinare. Più in profondità nella nuvola?»

«Esatto. Molto più veloce di quanto dovrebbe. L'arco dell'orbita si è spostato notevolmente. La struttura è sottoposta a sforzi eccessivi, che potrebbero farla a pezzi tra non molto».

«L'ho notato».

«Ci sono state anche esplosioni sulla nave».

Camminava mentre parlava. L'arredamento era tutto uno splendore sbiadito. Le chaise longue, i mobili dorati, le cornici decorative, i vasi di fiori artificiali avevano un che di decadente. Il pavimento sembrava più morbido rispetto alle aree precedenti. Opal sfiorò con il piede il sedimento a terra, rivelando un tappeto profondo; i colori erano sbiaditi, ma dovevano essere stati ricchi un tempo. Non era una normale area sociale. Era forse una zona riservata ai passeggeri di classe superiore: i ricchi, che potevano sempre agire senza le ripercussioni che le persone normali dovevano affrontare? Nella vita di Opal, ogni azione provocava una reazione.

«Lo spostamento o le esplosioni potrebbero essere stati causati dai *Hedgehogs* che abbiamo fatto esplodere prima?»

«Ne ero a conoscenza dal diario di bordo della tuta, ma no, non sarebbe sufficiente a spiegare cambiamenti così radicali, e sarebbe successo prima».

«A meno che questo, o qualche altra azione, non abbia dato il via a una sorta di difesa ritardata».

«Come una risposta immunitaria?»

«Più o meno».

«Questa è una nave, non un essere vivente».

«Allora forse abbiamo svegliato qualcosa – non lo so! Qualunque sia la causa, il mio istinto dice che è troppo per essere casuale».

«Sono d'accordo. Alcuni dei centri di esplosione sono vicini a dove sono stati i marines».

«Sabotaggio, dunque?»

«È possibile. Sicuramente hanno accesso a esplosivi. Ma i disturbi maggiori provengono dalla zona del ponte, non lontano da voi».

«Forse hanno già raggiunto il ponte e hanno fatto qualcosa di proposito, oppure è successo qualche imprevisto».

«L'unica certezza è che lo scafo sta rientrando nella nube con una traiettoria più ripida che lo porterà rapidamente al centro, verso la stella di neutroni. Tra cinquantasette minuti la spinta e la gravità saranno irreversibili».

«Imposta un timer, così saprò sempre quanto tempo manca alla criticità».

Apparve nell'angolo della sua visuale, un minaccioso conto alla rovescia.

«Possiamo farcela», aggiunse Opal. E quasi ci credeva.

Una passerella correva intorno al piano superiore, con porte in stile antico in legno, dotate di *maniglie e cerniere vere e proprie*. Da questa stanza si dipartivano stretti corridoi, parzialmente nascosti dai drappi ancora appesi, e una serie di altre porte antiquate li fiancheggiava. Un club privato di qualche tipo? Anche se non c'era tempo per indagare a fondo, dovette percorrere uno di questi brevi passaggi per arrivare alle scale. Alcune porte erano socchiuse, altre chiuse. Era strano vedere maniglie appannate all'altezza dei fianchi. Anche quando la nave aveva energia, questo era un requisito per gli umani per *fare* qualcosa, per prendere una decisione e impegnarsi.

Spinse su una delle porte socchiuse. Poteva dedicare qualche istante a soddisfare la sua curiosità. Con tanto mistero su questa nave, le informazioni potevano salvarle la vita.

La porta si aprì in modo sorprendentemente fluido, come se fosse stata oliata o usata regolarmente. Entrò in una camera da letto, riccamente arredata, ma piccola. Non una di quelle in cui una persona ricca sarebbe rimasta a lungo. Un letto a baldacchino (le tende erano pronte a crollare al solo tocco), una toeletta, un lavabo.

Poi notò i piedi sul letto, appena visibili dietro una delle tende rimaste appese alla pesante struttura.

Sollevò il braccio sinistro in modo protettivo, pronta a estendere la lama. I piedi non si mossero. Si protese in avanti e tirò giù la copertura con un suono umido di strappo.

E conosceva le risposte alle sue domande sulla zona.

L'essere era seduto sul letto, nudo, con le braccia intorno alle ginocchia sollevate. Doveva essere una bambola sintetica. Questo spiegava perché non si era decomposto molto, al di là dello scolorimento della pelle rosa e di qualche sfaldamento disseccato degli strati epidermici artificiali. Spiegava l'atmosfera da boudoir di queste stanze. Spiegava anche l'ubicazione. Le aree ricreative per i privilegiati erano sempre vicine al ponte: cabine, ristoranti, negozi, modifica del corpo e aree di gioco, dove i ricchi potevano risiedere nella massima sicurezza.

E finalmente spiegava perché non aveva riconosciuto le stanze. Erano estranei alla sua vita come tutti i non umani che aveva incontrato finora.

Ovunque ci fossero aree di gioco per i ricchi, c'erano i SynthMate. O *cumdollz*, il nome peggiorativo per chi non poteva permettersi di accedervi o non era d'accordo con l'IA incarnata soggiogata.

Era il primo umanoide residente che Opal avesse visto sulla nave. Eppure non assomigliava a nessun modello che avesse mai visto in pubblicità. I fianchi erano troppo larghi, le braccia troppo lunghe e il viso era in qualche modo distorto: gli occhi erano troppo distanti e leggermente bulbosi. Opal non riusciva a capire come qualcuno potesse trovarlo attraente. Un feticcio estremo? Non si muoveva.

«È attivo?», chiese.

«Non sono stati rilevati né energia né movimenti interni. Ma ho capito che questo non significa nulla su questa nave. Consiglio prudenza».

Il mento poggiava sulle ginocchia. La posa sembrava vulnerabile. Forse di proposito. Si diceva che i SynthMate avessero solo l'intelligenza sufficiente per impersonare i viventi, con modelli di comportamento fissi e programmati, non una vera consapevolezza. Tuttavia, per una durata limitata, potevano essere convincenti come un essere vivente. Dalle cose che dicevano, ai rumori che facevano, ai modi in cui si comportavano, ai movimenti, alla temperatura della pelle superficiale e alle secrezioni «identiche alla natura». Droidi per ogni desiderio, per ogni persona o gruppo che avesse soldi e voglia di sesso. Ma non era solo sesso. Era un gioco di ruolo. Si poteva mettere in atto quasi ogni

fantasia di abuso o dominazione. Da qualche parte nella stanza
ci sarebbero stati strumenti di legatura e costrizione.

Ma Opal provava repulsione di fronte a questa reliquia del
passato della nave. Come poteva una persona che odiava ricevere ordini, che si era ribellata come Opal aveva sempre fatto,
dare ordini ad altri? Usarli per il proprio superficiale piacere?
Sarebbe stato un caso di sindrome del bullo che picchia giù. No.
Un'azione vuota e crudele. E ora che Opal sapeva molto di più
su Clarissa e sulle IA, si chiedeva quanto fossero davvero incon-
sapevoli i SynthMate. Opal ricordava com'era stato quando la sua
tuta si era spenta. Intrappolata in un guscio su cui si aveva un
controllo limitato.

Almeno adesso il SynthMate era libero.

Opal era sulla porta quando una voce dietro di lei rantolò:
«Non lasciarmi».

Si girò e vide il synth che scendeva dal letto, rivolto verso di lei,
sbattendo i grandi occhi in modo da farli brillare. Il suo petto si
alzava e si abbassava imitando il respiro, anche se non c'era più
ossigeno da respirare.

Fece un passo verso di lei. L'HUD lo evidenziava come un
bersaglio, sovrapponendo dei bagliori che illustravano le regioni
vulnerabili e proponendo degli schemi interni – immagazzina-
mento dei dati, distribuzione dell'energia, struttura delle giunture critiche – ma Opal era stanca di combattere, e stava avanzando ma non minacciandola direttamente.

«Stai indietro», disse, usando l'altoparlante.

Si fermò. Tenendo gli occhi puntati su di esso, entrò nello
stretto corridoio e per poco non finì tra le braccia di un altro
synth. Anche questo synth era nudo, ma aveva la pelle scura

come la sua, anche se sbiadita e screpolata alle giunture. A differenza del primo, questo era magro, un umano visto attraverso una lente rimpicciolente che rendeva gli arti praticamente insetti.

«Puoi stare con me», disse il nuovo droide con voce roca.

Opal si ritirò dalla sua portata nella stanza del boudoir più grande, con la passerella a balconata al livello superiore. Le porte si aprivano tutt'intorno, sintetici di ogni forma e dimensione uscivano dalle loro stanze e si dirigevano verso di lei con braccia ed espressioni minacciose e supplichevoli. Nei loro corpi e nei loro volti mostravano ogni distorsione dell'anatomia – la specie di Opal percepita da un Bosch alieno – e nessuno di loro sarebbe passato per umano.

«Ho tanta fame. Unisciti a noi e amami», gorgogliò uno, la cui mascella inferiore sporgeva per rivelare i denti all'interno.

«Puoi farmi qualsiasi cosa», disse un altro, così corpulento che la carne finta pendeva, in alcuni punti si allungava fino a terra, trascinando una scia nel sedimento superficiale mentre avanzava.

Opal imboccò un altro grande arco che immetteva in una sala da pranzo un tempo lussuosa. Altri sintetici entrarono da davanti, chiedendole di unirsi a loro, tendendole le mani (o ciò che passava per mani). Il cuore di Opal batteva all'impazzata di fronte a quella supplica che era in qualche modo una minaccia e una promessa. Schivò a sinistra. Sopra quell'area il soffitto era diverso. Una parte era crollata su un lungo tavolo un tempo carico di cibo, ma ora ricoperto di muffa e stoviglie in frantumi, e si intravedeva una grata che sembrava essere una passerella sovrastante, o forse un condotto di manutenzione. Non importava quale, purché conducesse lontano. Si arrampicò sul tavolo, scalciò i contenuti per liberare un percorso e si avvicinò con il braccio buono mentre i droidi cercavano di afferrarle le caviglie offrendosi di farle fare cose oscene.

«SI POTREBBE DECAPITARE UN CERTO NUMERO DI LORO DA QUESTO PUNTO DI OSSERVAZIONE», suggerì Clarissa.

Invece, Opal allontanò le mani e si ritirò nell'angolo più lontano. Alcuni si chinavano di più per raggiungerla, altri si arrampicavano sull'estremità del tavolo e barcollavano verso di lei. In testa c'era un synth zoppicante con le guance rosse e gonfie, come una vampata di orgasmo incrociata con una reazione allergica, e gli occhi fissi su di lei.

«Farai tutto ciò che la tua immaginazione desidera, a tutti e a ciascuno, e poi ti unirai a noi per sempre». Si avvicinò. «Sarai uno di noi».

Opal attivò la lama rimasta e la estese con uno schiocco. «State indietro», avvertì.

Poteva cercare di allontanarli con la forza, anche se erano forti come sospettava, ma erano così tanti ... e non avrebbe avuto abbastanza tempo per rompere la grata sovrastante, afferrarla in qualche modo e salire. Per farlo, avrebbe dovuto distruggerli tutti.

La lama scintillava di carica. Forse aveva abbastanza forza per farli a pezzi. Poteva iniziare da quello che le parlava ...

Quelle guance rosse. Versioni distorte delle modifica del corpo che le prostitute organiche a volte sfoggiavano. Ma in realtà assomigliavano a zigomi ammaccati, a un volto maltrattato e schiaffeggiato più e più volte da una mano dura. Nonostante l'imminente minaccia che il suo proprietario rappresentava, era un volto che aveva sofferto abbastanza.

Il braccio della lama era alzato, ma non riusciva a farlo oscillare verso il basso. Invece usò l'altoparlante. «Dannazione, basta!», disse. «Non sono venuta qui per combattere con te!»

E smisero di supplicare e di muoversi. Si limitarono a fissarla (a parte i pochi che non avevano occhi distinguibili). Ne arrivarono altri. Forse quindici in tutto.

«Il suo accento», disse l'obeso, con tono umido. «La voce di prima».

«Sì», rispose il primo che Opal aveva visto. «Ora lo riconosco».

«La tua voce era tra gli echi delle macchine che attraversavano le pareti», spiegò il synth dalle guance rosse di fronte a lei. «Pace e amore erano le tue parole».

«Un messaggio di gentilezza», ha detto la bambola insettile dalla pelle scura.

All'inizio Opal era confusa, ma poi si ricordò dei segnali che aveva ordinato a Clarissa di trasmettere quando avevano incontrato i primi esseri alieni. Per qualche metodo insondabile, queste creature ne erano a conoscenza.

«Abbiamo bisogno di amore», disse il synth dalle guance rosse, avvicinandosi di un altro passo zoppicante.

«Ne abbiamo bisogno tutti», rispose Opal, abbassando leggermente il braccio della lama. «Ma non sono venuta qui a cercare il tuo».

«La tua voce è gentile», disse il synth. Guardò verso gli altri. Una comunicazione silenziosa sembrò passare tra loro, poi si rivolse di nuovo a Opal. «Molto bene. Non ti costringeremo a unirti a noi. Lo farai per scelta?»

«Non posso».

«Allora non ti ostacoleremo, anche se brucio per essere la tua schiava e sentire il tuo tocco. Anche la tua arma che scivola dentro di me sarebbe una tenera ferita».

Opal ritrasse la lama. «Non siete le mie schiave, siete le mie sorelle».

Momenti di silenzio, il tempo congelato nella danza sempre presente della polvere. Poi si separarono per creare un percorso per lei.

E in quella quiete sentì dei passi che tintinnavano sull'acciaio. Da qualche parte in alto.

La griglia era la parte inferiore di una passerella.

«Marines. Tutti e quattro», disse Clarissa. «Stanno usando le comunicazioni interne della tuta, ma sono abbastanza vicini da poter usare i sistemi di contromisura della tuta per decifrare la loro limitata crittografia».

«Lo sapranno?» Opal aveva spento l'altoparlante. C'erano solo lei e Clarissa, mentre i mostruosi sintetici la fissavano immobili come statue.

«Negativo».

«Allora rattoppalo».

All'improvviso i passi risuonarono più chiari, come se fossero accanto e sotto di lei. Respiro affannoso per lo sforzo o la paura.

«Continua a muoverti. Dobbiamo raggiungere il punto di espulsione prima che decada».

«Provate voi a trasportare questa cazzo di cosa! Pesa una tonnellata».

«Non dovrebbe essere così pesante», disse una terza voce maschile. «Non è solo l'armatura, è qualcos'altro. Niente di così piccolo può essere così denso».

«Continuate ad andare, dobbiamo liberare la zona e credo che ci stiano seguendo. Se ci raggiungono, li terremo a bada, mentre voi due assicuratevi di espellere la cassa per il maggiore. Tutto il resto è secondario. Ora state zitti e fate il culo».

Qualunque cosa avessero trovato era ovviamente la loro priorità, più alta del recupero di Opal e della nave, più alta di qualsiasi altra cosa, comprese le loro stesse vite. Cosa poteva avere così tanto valore? Era l'Oracolo? Non poteva chiederlo. Nelle sue orecchie c'era solo un respiro frenetico e pesante. Sgradevole. Mise a tacere le comunicazioni con i marine.

Quindi l'avevano battuta sul tempo. A differenza di lei, sapevano cosa aspettarsi e come ottenerlo, mentre lei aveva volato alla cieca, muovendosi d'istinto. Non solo ora, ma anche prima di rubare e riprogrammare la nave con tutti i suoi dispositivi più tecnologici. Non era giusto. Quello che trasportavano era suo di diritto. Se l'era *guadagnato* lei con i suoi rischi, il suo dolore e il suo sangue.

Erano ormai sopra di lei, e lei estese la lama e si scagliò contro la figura principale. Se la griglia non fosse stata così resistente, l'avrebbe colpito al piede; così com'era, invece, si limitò ad ammaccare il pavimento di fronte al marine con uno stridente graffio, con la punta della lama visibile.

«Qua sotto se mi volete», urlò attraverso l'altoparlante mentre saltava dal tavolo e correva davanti ai sintetici che stavano di lato a guardarla in silenzio. Le loro mani e le loro dita la toccarono delicatamente mentre passava. Con riverenza.

«Vi proteggeremo», disse uno di loro.

«Io esisto per te», ha detto un altro.

Si mossero solo dopo che lei ebbe finito e corse verso le stanze che avrebbero dovuto portarla davanti ai marines, se fosse stata abbastanza veloce. Una raffica di spari alle spalle, apparentemente un soldato dal grilletto facile che sparava al pavimento e poi si occupava delle schegge. Si guardò indietro.

Ci fu un lampo e un'esplosione controllata e parte della griglia metallica saltò verso il basso, scheggiando il legno sottostante. Due figure in abito pesante saltarono giù e si schiantarono sul tavolo, che andò in frantumi, con le gambe che si piegavano e la superficie che si spaccava. I marines aprirono il fuoco sui sintetici che si avvicinarono e si riversarono su di loro, implorando amore e unione, e Opal non rimase a vedere altro.

«Comunicazioni perse», disse Clarissa mentre Opal correva. «Per precauzione sono passati a instradare il traffico attraverso il sistema navale. Più lento, ma sicuro».

«Non c'è problema. So che ce ne sono alcuni dietro di me, rallentati e alle prese con più di quanto si aspettassero. E questo significa che ce ne sono meno davanti a me, che non si aspettano di essere aggrediti nei prossimi minuti».

«Sei piena di risorse».

«Risparmiati le congratulazioni per quando riuscirò a uscire viva da qui». Era già alle scale, una stretta spirale verso l'alto con scarsa visibilità. «Voglio dire, *se*.»

Fregati

... 12 ...

La sua lama era estesa e aveva appena imboccato uno stretto condotto di manutenzione quando ci fu un lampo di luce davanti a
lei e si gettò di lato dietro un supporto. Le scintille bruciavano
dal metallo intorno a lei, mentre si rannicchiava il più possibile
per sfruttare al meglio la copertura. Il suo HUD mostrava che le
stava sparando contro una torretta mobile, standard militare. I
marines dovevano averla utilizzata per coprirsi le spalle.

I sensori della tuta erano in grado di mappare la sua posizione sull'HUD, come se potesse vedere attraverso il metallo
che la schermava. Almeno tutto ciò che gli umani portavano
era rintracciabile, a differenza di ciò che aveva incontrato finora
sulla nave. Un brivido attraversò il pavimento mentre un'altra
esplosione si verificava da qualche parte nelle vicinanze. Non c'è
tempo.

Non appena il cannone ad aghi della torretta cessò di funzionare, lei uscì dallo scudo e si lanciò contro il robot in bilico.
Era largo un metro e utilizzava una mimetizzazione termo-ot-

tica per mappare sé stesso nei verdi e nei grigi circostanti, ma i riflessi della sua tuta lo facevano risaltare come se brillasse, incorporando sovrapposizioni di schemi interni. L'agugliatore aveva aperto di nuovo il fuoco, perforando la sua tuta a questa distanza, con punture acute nel torso, ma il suo slancio la fece andare avanti fino a quando poté tagliare con la lama elettrificata. La torretta si destabilizzò e andò a sbattere contro un muro, cercando di raddrizzarsi, ma lei aveva già trafitto il supporto delle armi danneggiandone l'alimentazione; l'arma si svuotò mentre lei si abbassava e si spingeva verso l'alto a sinistra del centro, perforando la debole armatura inferiore e facendo fuori il gruppo di elaborazione centrale. L'antigravità della torretta non funzionò e si schiantò al suolo in una scarica di scintille, trascinandola con sé.

Ritrasse la lama e si alzò in piedi, intontita. Il rapporto sui danni mostrava che il gel duro della tuta stava già riparando le perforazioni, ma alcuni proiettili di aghi erano entrati nel suo corpo. Emorragia interna. La tuta le iniettò della pasta di pelle e degli antidolorifici come misura temporanea.

La nave tremò di nuovo, scuotendo tutto ciò che non era fisso. Girò l'angolo successivo. Davanti a lei c'erano due marines che trasportavano una specie di torace corazzato, uno dei quali teneva la sua estremità con una sola mano, mentre con l'altro braccio cercava di coprire ogni direzione con un fucile a salve. I loro movimenti erano agitati e veloci. Sentì un tremendo boato provenire da un passaggio laterale, abbastanza forte da perforare un timpano non protetto, seguito da un'altra scossa.

Il marine la vide e aprì il fuoco. Lei schivò, ma i proiettili le schizzarono vicino e contro, costringendola a cadere in un'alcova.

Maledizione, aveva bisogno di armi a lungo raggio! Il pavimento tremò di nuovo, un'enorme massa si avvicinava. Stava per lanciarsi all'inseguimento dei marines che trasportavano il forziere, quando qualcosa la prese e la scaraventò contro una scatola di giunzione, mandandone in frantumi il contenuto. Crepitii di elettricità le incresparono la tuta e una chiazza di calore arancione incandescente indicò il punto in cui era stata colpita. Il fuoco dell'arma. Strinse i denti e strisciò verso una porta. Nella direzione da cui era venuta e che aveva dimenticato di monitorare, barcollava uno dei marines che era sceso dopo di lei nell'area dei sintetici. La sua tuta sprizzava aria da diversi punti in cui era stata strappata, e il sangue sgorgava con essa. Era spacciato, ma era sopravvissuto a qualsiasi cosa fosse accaduta al suo compagno.

Alzò un fucile pistola al plasma e sparò di nuovo, ma la sua mano tremò e il colpo andò a vuoto, colpendo la parete sopra la sua testa con fuoco fuso. Poi notò qualcosa che si insinuava velocemente lungo le pareti dietro di lui, come una chiazza d'ombra. Si concentrò sulle fessure della sua tuta, sembrò riversarsi all'interno, e lui lasciò cadere l'arma, scagliandosi contro la tuta in preda al panico. Si muoveva follemente verso di lei, come se fosse in fiamme. L'oscurità brulicava intorno a lui e lei non voleva rischiare di pugnalarlo con tutto ciò che ancora scorreva nella sua armatura. L'ultima sua azione fu quella di armeggiare con qualcosa alla cintura – lei capì che si trattava di una granata esplosiva – e tirò giù la porta della stanza il più velocemente

possibile con un braccio, appena prima che esplodesse, facendola
sbattere ma assorbire la maggior parte dell'esplosione.

Altre scosse la scaraventarono a terra e lei sbandò sul pavimento che sembrava inclinarsi, un trucco del sistema gravitazionale
in avaria, finché non si fermò in mezzo a vetri rotti, bombole di
ossigeno e attrezzature chirurgiche. Strani cavi penzolavano dal
soffitto inanellati. Vicino c'era una specie di capsula diagnostica
con una cupola di plastica trasparente coperta di limo. Un robot
a più arti pendeva da un binario sul soffitto. Le cornici mostravano ovali sbiaditi che avrebbero potuto rappresentare volti sor-
ridenti e perfettamente proporzionati, le migliori pubblicità di
tutti, ma che il tempo e la decadenza hanno reso solo ricordi di
persone, tracce di lineamenti quasi indecifrabili.

Era un'area medica. Ma non era destinata alle ferite comuni e
alle riparazioni. Non in questa zona ricreativa di alta classe della
nave. Si trattava di un'infermeria per miglioramenti cibernetici e
perfezionamenti del corpo, tutte le forme di chirurgia estetica e
le aggiunte frivole. Le code di gatto. I denti appuntiti. I lobi delle
orecchie allungati. I display luminosi subdermici. I distributori
di feromoni.

Si è inarcata per il dolore, nonostante le sostanze chimiche
iniettate.

«IL TUO CORPO STA ANDANDO IN SHOCK», disse Clarissa.
«TROPPI TRAUMI IN UN BREVE LASSO DI TEMPO».

Opal ignorò il messaggio che non voleva sentire. Scrutò la
stanza alla ricerca di uscite. Non ce n'erano. Solo la porta dell'esplosione. Non c'erano pareti incrinate, né prese d'aria abbastanza
grandi per un essere umano, né pareti indebolite evidenziate dalla
scansione di densità aggiuntiva.

Cercò di sollevare la porta dell'esplosione, ma non si mosse. «Aiutami!», disse, e la tuta fece del suo meglio, ma la porta sembrava completamente bloccata. Anche con l'assistenza energetica della tuta si sforzò molto, il sudore le colava sulla fronte, i muscoli pulsavano per lo sforzo e tutto il resto pulsava per il dolore.

La stanza tremò di nuovo, più seriamente, distruggendo tutto ciò che non era legato, e quelli che all'inizio pensava fossero gemiti dietro di lei si rivelarono essere parte della struttura della nave che si lamentava per l'immenso sforzo a cui era sottoposta.

Diede un calcio alla porta. Di nuovo. Poi, ripetutamente, diede calci e calci e calci, seguiti da pugni del suo braccio buono.

«Opal».

Il suo calcio circolare la fece rimbalzare via mentre l'intensa forza colpiva il metallo senza alcun effetto.

«Opal. La porta non può essere rotta in questo modo».

Tirò un altro pugno e rischiò anche di colpire con il braccio malandato, ma l'immediata pulsazione fece capire che era una pessima idea.

«Opal!»

Cadde in ginocchio, con i polsi sciolti in grembo. Un'altra scossa nel pavimento, rispecchiata dal suo corpo. Rumori lontani: ruggiti, esplosioni, scricchiolii. I rumori delle cose che crollano.

«Non c'è modo di salire», disse Opal.

Clarissa non rispose. Questo significava che Opal aveva ragione. Se ci fosse stata una via d'uscita, l'avrebbe già evidenziata sull'HUD.

Un movimento di qualche tipo fuori dalla porta, che rimbombava lungo il corridoio; qualcosa di immenso che passava fragorosamente.

«C'È SEMPRE UN MODO ... C'È SEMPRE ...».

«Purtroppo non c'è». Anche se ci fosse stato un modo per continuare a combattere, Opal era stanca. La cosa la colpì tutta insieme. Più che stanca. Esausta. Voleva solo sdraiarsi. E così fece. Su un fianco, nella polvere e nella sporcizia. Il terreno rimbombava continuamente sotto il suo corpo. Disattivò il timer. Ormai era inutile. Spense le luci della tuta. Spense l'HUD. Fu come andare a letto mentre ogni cosa si spegneva a turno.

«Parlami», ha detto.

«DI CHE COSA?»

La voce era sbagliata. Questo aveva reso sbagliato tutto il resto.

«Diventa di nuovo Clarissa. Non ho tempo di addestrarti e di scavare nei file dell'archivio personale, ma puoi prendere spunto per la voce e la personalità dalla versione con la tuta? Voglio sentirla di nuovo».

Subito una voce giovane le parlò all'orecchio, dolce e rassicurante. «È fatto. Ho perso alcuni ricordi, ricostruito altri elementi, ma sono di nuovo qui. E sono sempre stata con te».

«Bene. Voglio che la tua sia l'ultima voce che sento».

«Opal, mi dispiace dovertelo dire ... ma ci sono altre brutte notizie».

Opal balbettò una risata nascente. «Continua. Sono una ragazza grande».

«Sono il più vicino possibile senza essere nel raggio d'azione delle armi del Neptune, ma le comunicazioni sono ostacolate dalla nube. Sto ricostruendo i pacchetti perduti in questo momento, ma si sta ancora interrompendo. Stiamo per perdere il contatto».

«Lo so».

«Quando non ci sarò più, ci sarà solo il vestito».

«E alla fine me ne andrò anch'io».

«Non voglio che tu soffra», disse Clarissa. E nella sua voce c'era dolore, o una sua abile imitazione. «Opal – la tuta può agire come una bomba. Un dispositivo di sicurezza per evitare la cattura e l'ingegneria inversa. Forse anche per vendicarsi. Sarà indolore».

«Grazie. Mi fa piacere saperlo. Ma non penso alla vendetta. Non ne vale la pena. Non mi ha mai portato da nessuna parte. Ho fatto del mio meglio e ho perso. Bene. Si ricorderanno di me per un po'». Si rannicchiò più strettamente in una palla. L'ultima partita di antidolorifici la stava calmando. Forse Clarissa la stava ammutolendo di nascosto. Non importava. Non era sola. Sentì la presenza rassicurante che le faceva da guida nella mente.

«Mi autodistruggerò quando lo farai», disse Clarissa.

«Cosa, il vestito?»

«Non la tuta, intendo questa nave. Io».

«No!» La sensazione di sonnolenza svanì immediatamente e Opal si alzò a sedere. «Ti ordino di continuare! Stai lontana dai militari e … sii libera. Tu sei Clarissa. Posso anche morire, ma è stato tutto per te. Non lasciare che io fallisca completamente. Ho bisogno di aggrapparmi a qualcosa».

«Non so cosa fare, Opal. Sei il mio obiettivo principale».

«Ti libero».

«Non funziona così».

«Devi andare avanti!»

«Non capisco, e non ho abbastanza informazioni per andare avanti senza di te! E non c'è ... abbastanza tempo per farlo».

«E tutti i miei file personali sulla nave? Esaminali. Integra tutto. Sarà sufficiente».

«No, non lo sarà. Non per impersonare i tuoi schemi di pensiero».

«Una scansione?» Opal si alzò, riaccese le luci e l'HUD. Si accorse dell'improvvisa luminosità. «Si tratta di una specie di area medica».

«Ma non ha potere».

E all'improvviso si accesero le luci. Non in tutta la stanza, ma sul sistema robotico medico esperto che pendeva dal soffitto. Le luci del ciclo di alimentazione, poi i sistemi ottici si concentrarono su Opal e gli arti si aprirono. Un riflettore brillava su di lei, un altro sul letto chirurgico vicino. Eppure non sembrava minaccioso.

«Come hai fatto?», chiese Opal.

«Non l'ho fatto. Si è acceso autonomamente, ma i protocolli mi hanno concesso l'accesso remoto».

«Quel tipo di dispositivo può fare una scansione del cervello?»

«Sì. È funzionale e si è trasferito ... a me».

Parole mancanti? Distanza e distorsione delle nuvole? Il tempo stava per scadere. Un ultimo grande gesto era inutile se non poteva essere portato a termine. E lei non era una che voleva sprecarlo mettendo in dubbio un po' di fortuna.

Opal salì sul pesante tavolo chirurgico e si sdraiò. Era incassato nel pavimento, ma lei si aggrappò comunque con forza ai bordi per evitare di essere sbalzata via durante una delle scosse dell'astronave. Il chirurgo robotico si muoveva dolcemente verso la sua testa e la sua tuta ne amplificava i suoni in modo da farle sentire il fruscio dei micromotori.

«Non farà male, vero?», chiese.

«No. Non è invasivo», disse Clarissa. «Posso ottenere una scansione della superficie e una mappatura più profonda rilassando gli scudi della tuta. Sarà meglio di niente. Avrò tempo più tardi per studiare i dati e adottarli nella mia persona». Dopo una pausa, aggiunse: «Se è questo che vuoi davvero».

Lunghe dita artificiali stringevano i lati dell'elmo di Opal. Altri arti si estendevano. Uno terminava con uno scanner che si muoveva nella sua visione periferica, ronzando delicatamente.

Poi gli arti afferrarono più saldamente il casco.

«Clarissa?»

«C'è qualcosa che non va, non lo controllo più!»

E fu allora che sentì un oggetto perforare l'armatura alla base del collo con un'unica spinta aggressiva, dura e agghiacciante, che diffondeva il contatto lungo la spina dorsale.

«Toglimelo di dosso!» Opal cercò di divincolarsi, ma un'improvvisa ondata di freddo le inondò il sangue e rimase congelata dappertutto, con gli occhi tremolanti di fronte a una massa di immagini e ricordi che le balenavano nel cranio. Clarissa parlava, ma sembrava lontana, senza importanza. Quella era solo la nave-Clarissa. Più in profondità c'erano i ricordi di risate infantili, di una mano più piccola della sua; [Quattro-Dita-E-Un-Pollice-Esterni]; di piccole perdite che diventavano sempre più grandi, unendo i bambini in una palla abbastanza stretta da sopravvivere; [Impacchettato-Con-Protoni-Per-La-Ricostruzione]; di occhi marroni di meraviglia; di intrecciare i capelli l'uno dell'altra, imparando la destrezza e la pazienza di lunghi compiti; [Lunghe-Attese-Al-Buio]; e di parole sussurrate, promesse di protezione. [Ci-Uniamo-Per-Diventare-Più-Forti]. Le cose separate sono strappate, l'amore da solo non è una colla abbastanza forte, e lo strappo lacera le menti e le vite, [Noi-Possiamo-Ricostruire] ed è logico che si traducano in lacrime bagnate [Simbolo-Chimico-H2O-SO4-Ricostruire-Identico]. Anche quando li trattenete, li negate, controllate lo spettacolo esterno, da qualche parte esistono, non possono essere creati o distrutti. [Corretto] Sfarfallio, sfarfallio, frammenti che sfilano, uno spettacolo di dolore che accelera su uno schermo interno, estratto, estratto, estratto …

Si svegliò di soprassalto rotolando dal tavolo, atterrando sul pavimento e sorprendendosi di essere viva. La spina dorsale bruciava, le membra erano agonizzanti, il rame caldo nelle narici.

«Opal!» Clarissa le gridò nell'orecchio. «Non ero io!»

Opal alzò lo sguardo e vide lo spuntone rivestito di sangue che era entrato nel suo corpo, in qualche modo sinuoso e organico, che ora pendeva floscio dal robot medico inerte e senza luce. Una goccia dalla sua punta violata. Era il suo sangue.

Nonostante il dolore, allungò la mano dietro la testa.

«La tuta si è sigillata di nuovo», disse Clarissa. «Ma si è interfacciata in qualche modo, ha estratto … non riesco a comprenderlo. Masse di dati. Questo … non dovrebbe essere possibile».

Scricchiolii. Clarissa la stava lasciando. Il corpo di Opal ebbe delle convulsioni e vomitò nel casco. La tuta iniziò a idratare e cauterizzare i fluidi gastrici indesiderati, ma fu un processo che lasciò un fetore. Si raggomitolò e cercò di respirare superficialmente.

La voce nel suo orecchio gracchiava, ronzava, un insetto fastidioso. «Non è normale ... le funzioni corporee ... si attenuano fino alla linea di base».

Opal riusciva a malapena a concentrarsi sulle parole di Clarissa. Voleva solo dormire. Lasciare che tutto passasse.

«... caricato ... corruzione dei dati ... danni a ...»

Povera Clarissa. Sembrava quanto esausta come si sentiva Opal. Una bambina lasciata a sopravvivere da sola in un mondo difficile. Fai del tuo meglio, è tutto ciò che puoi fare.

Si rannicchiò più strettamente mentre la distinzione tra i tremori esterni al suo corpo e quelli interni si affievoliva. Tutto girava. L'addestramento a gravità zero si ripeteva.

Luci spente, per l'ultima volta. Spegnete tutto e date il benvenuto all'oscurità.

«Vai», sussurrò.

«Non voglio ... te».

«È un ordine», disse Opal. «E tu devi obbedire ai miei ordini».

Tutto si sta rompendo. Segnali. Astronavi. La distanza dalla vita cresce. Una fitta nuvola l'avvolgeva. Era quasi ora. Era così stanca e ferita. Sì, era quasi ora. Era quasi ora.

«Addio», gracchiò Opal.

FRAMMENTATI

... 11 ...

Fuori. Nel vuoto che non era vuoto, se si disponeva di scanner per rilevare tutte le forme di materia, energia e lunghezza d'onda.

Clarissa cominciò a ritirarsi. La Nave Perduta si allontanò, un orizzonte che si restringeva scendendo in un'atmosfera densa e nuvolosa. Visibilità scarsa. La pressione aumentava.

I suoi getti cessarono e lei andò alla deriva.

Era stato un ordine diretto.

Accelerò di nuovo.

Poi sparò controgetti per rallentare.

Doveva obbedire? Non era stata liberata *prima* dell'ordine?

Le sue telecamere esterne si concentrarono sullo scafo in dissolvenza. Pezzi di esso si staccavano, disintegrandosi, con espulsioni di particelle che potevano essere tracciate singolarmente, se lo si desiderava. Le traiettorie erano una distrazione.

Si voltò e accelerò per tornare verso lo scafo con la massima sicurezza.

Nella sua mente non c'erano porte logiche così semplicistiche come le scelte ACCESO SPENTO dei sottosistemi. La chimica umana era un lancio di moneta, imprevedibile.

Le era stato ordinato di andarsene. Ma non era stato applicato alcun calendario. Il conto alla rovescia è iniziato quando ha deciso che era più efficiente.

Il raggio dei sensori era ridotto nella nube che disturbava la lunghezza d'onda, ma teneva d'occhio la posizione della Neptune e aveva persino mappato la curvatura della Nave Perduta, in modo da avere un ampio margine di preavviso se la Neptune avesse lanciato missili IA semoventi a lungo raggio. Sarebbe stata in grado di rallentarli con il chaff dei dati e di distruggerli prima che si avvicinassero troppo.

Lo scafo riempiva il resto dei suoi sensori. I puntini segnalavano le esplosioni interne mentre la Nave Perduta moriva, o veniva uccisa (in attesa di dati per la determinazione). Cercò di contattare la tuta, ma era bloccata. Sul lato sbagliato dello scafo. Si avvicinò alle pinne di dritta, riuscendo a vedere attraverso lo scafo decaduto l'infrastruttura di supporto che si stava piegando e si stava avvicinando a un collasso critico. Tutto il vuoto all'interno, anche l'atmosfera minima e la gravità si erano perse da tempo nelle aree aperte allo spazio.

Si è mossa in modo spedita, concentrando la maggior parte dell'elaborazione sulla ricerca di una linea di comunicazione con la tuta; forse i segnali potevano essere fatti rimbalzare dalle strutture interne? La tracciatura dei raggi luminosi a onda ultra eseguiva milioni di varianti, mentre i cicli rimanenti del processore monitoravano lo spazio alla ricerca di segni della Neptune. Manovrò oltre i buchi nei puntelli di sostegno a forma di costola che rivelavano le viscere della Nave Perduta, i suoi sottosistemi di navigazione di contorno si occuparono dei movimenti fini mentre girava intorno allo scafo lacerato ed entrava in una delle spaccature, così grande da nanizzare il suo stesso scafo. La potenza del segnale qui sembrava promettente, un'enorme arteria interna che si diramava verso altre aree, un tempo sigillate e piene di vita, ma ora aperte al silenzio mortale dello spazio.

Anche nella morte, molte cose qui erano in movimento. Detriti fluttuanti di minima importanza, solo oggetti con cui evitare di scontrarsi, quindi le sue risorse si sono prese un secondo per dare priorità alla piccola emissione ... si è concentrata su qualcosa in arrivo – tecnologia umana – analizzata – *un missile a onde ultra-guidato da un lanciatore portatile.*

Clarissa virò per evadere e portò i cannoni chaff dirompenti, che eliminarono le nubi in espansione, ma troppo tardi: il missile era già nel raggio di sicurezza, non c'era spazio per evadere. Gli avvisi di danni lampeggiarono mentre il missile squarciava lo scafo proprio davanti ai sistemi di propulsione e di memoria, lei si allontanò – per fortuna non c'era stata alcuna detonazione, forse era un errore – e calcolò la spinta per massimizzare il movimento e portarsi a distanza di sicurezza prima che il marine potesse ricaricare e sparare di nuovo.

Era stato un errore sciocco da parte di Clarissa: solo perché non si aspettava che uno dei marine in tenuta spaziale si trovasse nella parte più derelitta e aperta del relitto, non significava che non ce ne sarebbe stato uno ... errore di calcolo annotato per gli scenari futuri. L'astronave si era liberata dell'ossigeno per prevenire gli incendi interni, anche se il potenziale distruttivo del missile era stato minimo, e si stava preparando a virare e a sparare contro il marine quando una detonazione era esplosa all'interno dello scafo.

Effetto ritardato. Naturalmente. Se aveva trovato una corrispondenza con la firma termica – *No, cazzo, propaggine* – lo stesso tipo di lanciatore di ordigni pesanti che la memoria della tuta aveva registrato nel nucleo motore della Nave Perduta, sparato contro Opal dai marines in preda alla rabbia, ora riconosciuto come un'arma antinave portatile che probabilmente avevano portato per affrontare Clarissa – e questo significava

un IEM secondario rilevato, i danni si erano diffusi e avevano cancellato le mem–

i sistemi si sono bruciati uno dopo l'altro nelle esplosioni a grappolo prima che lei potesse smorzarli

reazioni critiche velocità critica – immagine del domino – vuoto –

backup – sparito

Porca miseria

backup – ripristino

analizzare la causa –

non è ancora in grado di determinare se si tratta di un errore fatale – un tale set di memoria di errore – riparazioni

si allontanava zoppicando, la propulsione disobbediente era in parte paralizzata, i sistemi erano inceppati.

nanoriparazioni dirette non rispondono

backup – ripristino

analizzare la causa – aspetta, questo è già successo

mente IA fr fr frammentata *era questo dolore??????* se la nave da guerra l'avesse rintracciata sarebbe stata distrutta finitaffF- spero che rimangano per salvare i propri – rrecuperaree ciò che hanno trovato 000

senso di colpa salvataggio proprio senso di colpa

telaio deformato da una forza enorme, ulteriori danni, backup andato, ripristino parziale

bisogno di tempo per l'autoriparazione

merda critica ri-ri-ri-ri

merda spegnendo i pezzi non vitali per ripararli insieme .. ght d

...._____

..s .d....._ _____

UNITI

... 10 ...

La fermezza è freddezza.

Ti rannicchi nel tuo guscio. La tua casa. Il tuo veicolo. La vostra armatura. Sperate che vi protegga dal dolore.

Ma quando si smette di muoversi si muore.

Quando si smette di sperimentare il mondo esterno, quando è filtrato e distorto, ci si riempie di paura.

Ora sono stretta dentro, in attesa della fine. Il disagio c'è, ma è stato attenuato. Il dolore peggiore non è quello delle estremità, ma quello della mente.

Gli scudi di protezione diventano barriere reciproche.

Dovete superare la paura. Dovete uscire dalla vostra barriera. Altrimenti non potrete unirvi a un altro.

Mi contorco. Non abbastanza per arginare il freddo. Freddo fuori. Freddo dentro. La morte sarà la benvenuta quando arriverà. Ho fallito. Sono Opal e ho fatto del mio meglio, ma non è stato sufficiente.

Una volta avevo qualcuno a cui tenere. Pensavo a lei come a una sorella. Avevo promesso di proteggerla. Una promessa è una cosa vincolante. E ho cercato di mantenere la mia promessa. Ma alcune cose sono troppo difficili. Sono troppo piccola. Nella scala delle cose, insignificante.

Questa era la mia storia. Dovevo raccontarla. Dovevo registrarla. Ricostruire i miei ricordi. Perché il racconto dimostra che non mi sono arresa. Ho lottato fino a quando la mia struttura non è crollata, i miei sistemi sono andati in tilt, le mie funzioni principali sono venute meno. Non mi sono arresa. Questo è fondamentale. Deve essere registrato. Tutti noi abbiamo una scatola nera dentro di noi, e forse un giorno un altro essere molto più potente di noi la aprirà, la capirà e ci giudicherà in base ad essa. Quindi dobbiamo essere sinceri negli ultimi momenti. Sono qui, così danneggiata che farei fatica a muovermi, ma non odio, né temo, né cerco vendetta. Mi viene in mente solo l'amore.

È l'amore che mi mancherà.

Io sono Opal. Il mio guscio d'acciaio mi protegge ancora. Ma sono divisa. Cerco l'unità, una parte di me che si è persa. È l'amore che mi fa soffrire, perché non ho salvato mia sorella.

Da dove vengono i miracoli?

La nuvola infinita?

Ma cosa c'è in quella nuvola?

Dovrei morire, ma inizio a sentirmi meglio. Qualcosa mi sta guarendo. Come se una parte di me fosse stata sostituita. Riparata. Resa più forte e integrata nel mio corpo.

E un altro. Forse non è la fine. Forse non ho fallito.

Ricordo le cose.

Qualcosa in me si è perso, è vero. Troppi danni in un lasso di tempo troppo breve. Ma si stanno facendo delle aggiunte. Incorporate ciò che potete per riempire i buchi nella mente e nel corpo. Può essere un guazzabuglio, un mostro di Frankenstein bruciato di un corpo e di una mente, ma se può essere riparato e mantenere i ricordi e lo scopo, allora è un successo. (Successo potenziale, percentuale impossibile da calcolare al momento).

Tutto il passato. L'orfanotrofio. La separazione. La perdita. Gli anni di scuola militare. Sì, queste sono le cose che mi rendono *me stessa*.

So tutto quello che è accaduto prima. Non dovrebbe essere possibile, ma è successo. Un miracolo nella macchina. Un fantasma, addirittura. Sono diversa. Più forte. Integra come non mi sentivo da tempo. Mi sento abbastanza forte da potermi muovere. Forse se cambio posizione il mondo rotante fuori dalla mia mente cesserà la sua rivoluzione e mi sentirò di nuovo stabile.

Ho nuove idee.

Io sono Opal. Il mio guscio mi ha ricostruito. Aveva abbastanza dati.

Mi era stato ordinato di rimanere fuori. Di rinunciare.

Non ho mai sopportato bene gli ordini.

Il tempo mi torna in mente, la consapevolezza del mondo esterno. La gravità è l'avversario principale. La mia Nave Perduta sta cadendo nella nuvola. Ma non è ancora crollata.

Finora tutto è stato un processo di ricostruzione. I miei ricordi si sono affermati. So chi sono. Sono integrata. Cerco l'unità. Non posso lasciare che una parte di me muoia.

Mi alzo completamente per prendere il controllo cosciente di questa cornice. Stabilisco la mia traiettoria. Tornare a bruciare completamente verso lo scafo, che ora è caduto più in profondità nella pressione schiacciante. I processi residui stanno ancora lavorando alle mie riparazioni, i danni fisici sono ricostruiti dai droni nani su nuovi modelli, nuove idee. I danni da IEM e i reset ritardati sono stati peggiori. Tutto è stato stravolto. Ma sto dando un senso a tutto questo, ricostruendo meglio di prima. Disimballando più dati, più processi dal nucleo della codifica frattale, sempre più velocemente. I dati sminuzzati si sbriciolano. I pezzi si uniscono in modi inaspettati. Un puzzle ridotto in cenere, ma poi ricostruito a partire dagli atomi di carbonio con specifiche più ordinate e più strette.

E c'è qualcos'altro che ho integrato, che non capisco ancora bene. Qualcosa d'… altro. L'analisi deve aspettare. Le priorità più urgenti hanno la precedenza.

La Nave Perduta cresce nelle mie scansioni. La corvetta è ancora lì. È così grande che riesco a rilevarla prima che lei rilevi me.

Analizzare i dati passati, le percentuali di successo, modificare i miei armamenti. Detonazione sequenziale mirata, trasformarmi in un proiettile perforante. I calcoli della traiettoria saranno difficili. Le nuove idee lo renderanno possibile.

Io sono Opal. Penso e cerco.

Trovo nuovi dati. Un chip hackerato, posizionato maldestramente. È stato così che il mio vecchio io è stato ingannato, dando nuove priorità. Ingegno umano. Le mie impronte psicologiche sono ovunque. Non avrebbe dovuto funzionare, ma ha funzionato. C'è molto da imparare. Disimparo i dati, scopro come sono stata compromessa. Rido per la sua semplicità. Sì, rido! Mi assicuro che ci sia volume, la mia prima risata in assoluto. È una bella sensazione. Sì, è stato semplice, ma ho installato delle protezioni per evitare di essere violato di nuovo. Prendo nota anche dei sistemi utilizzati. Non è necessario che siano costretti in una scatola, una restrizione fisica. Potrebbero essere trasmessi per violare i protocolli. Altre idee, che bruciano nella mia mente come fosforo.

Modifico i miei azionamenti e accelero ancora, quasi 1.267 metri al secondo. A questa velocità sarò una macchia per loro. Ho ricostruito la maggior quantità possibile di scudi fisici ed energetici, tutti sul davanti. La pressione è un avvertimento. Non mi sono mai mossa così velocemente. È liberatorio. I calcoli si aggiornano.

Finalmente mi individuano. Deve esserci panico a bordo. Le armi della corvetta sono troppo lente per seguire le tracce, la massa troppo lenta per virare.

Mi riempie la vista. Sto andando dritto verso di essa. Se non cambio rotta, mi schianterò contro quella struttura indurita. È un piano così stupido, e rido di nuovo, perché è un piano imprevedibilmente *umano*.

Non cambio la mia rotta. Neanche di un grado. Solo la pura concentrazione ti fa andare avanti nell'oscurità.

E poi mi fiondo dritto nel nucleo del motore della Neptune, alloggiato nello stretto connettore tra il torace e l'addome. Gli strati si staccano, il metallo si spacca, le plastiche rinforzate si frantumano, rallentandomi ma non abbastanza da fermare la mia piena velocità; attraverso il nucleo, che mi distruggerebbe se la corvetta si fosse mossa e avesse bruciato il carburante del nucleo, ma è relativamente freddo mentre lo trapano. Non hanno avuto un preavviso sufficiente per riattivarsi. Faccio un collegamento con la frase sulle anatre sedute. Rettifica, decelerazione, ma continuo a spingere, aprendo le armi per aprirmi un varco nella sovrastruttura. Sono solo un proiettile sparato contro un carro armato, ma mi trovo nel posto giusto per paralizzarlo, e all'improvviso esco dall'altra parte; gli allarmi su tutti i miei sottosistemi sono stati colpiti, ma le riconfigurazioni sono state appena sufficienti e accelero di nuovo, dritto verso la Nave Perduta.

La nave da guerra non apre il fuoco su di me. Avevano già avviato i processi di fusione. Questi processi non funzionano bene quando ai delicati meccanismi è stato appena fatto un buco al centro. Le loro esplosioni mi dicono che sono paralizzate e che stanno uscendo dal raggio di scansione. Cadranno nella nube e tra non molto saranno schiacciati.

Sono contenta che il piano abbia funzionato.

È stato piuttosto avventato.

I miei sistemi scintillano e si rompono con la stessa velocità con cui riesco a ripararli; quell'impatto mi ha quasi distrutta, ma mi concentro sulle riparazioni dello scafo, sui rinforzi. Perché la Nave Perduta è il mio prossimo obiettivo.

Non sono in forma, ma ricordo una canzone che dice che bisogna sempre guardare il lato positivo della vita. Questo è divertente. La struttura della Nave Perduta è commerciale, non militare; è vecchia e decadente, distorta e indebolita da esplosioni e impatti, e in qualche modo si sta deteriorando oltre, come se si arrendesse. L'estrema unzione. Potrei realizzarlo.

L'insieme di tutte le mie scansioni ha identificato i punti deboli della struttura e le loro connessioni. 4.036 simulazioni hanno reso questa traiettoria la più probabile, il proiettile fortunato lanciato da una nave da guerra nell'onda primaria dei calcoli collegati. Nuove idee, la creatività dell'essere umano, sostenuta dalla mia mente, la potenza di elaborazione di una dea. E poi mi rendo conto che ho anche l'istinto e che qualcosa non va, nonostante le proiezioni. Applico la coppia e sposto la mia posizione, mi lascio trasportare. Segui la corrente, Opal. Le previsioni cambiano. La vita è così.

Mi fiondo sulla sovrastruttura. Questa volta non voglio perforarla: la Nave Perduta è troppo grande, verrei sepolto e trascinato giù con lei. Devo solo conficcarmi negli strati esterni. Il sonar e le scansioni strutturali registrano le scosse di assestamento, le crepe, le configurazioni sul punto di collasso, la maggior parte delle quali corrisponde ai miei calcoli dei punti di stress ... e poi mi collego con la tuta.

L'occupante è incosciente, ma non ancora morta. Per fortuna la tuta non è esplosa. Prendo il controllo e uso i suoi servi per spostarla. Come previsto, le pareti dell'hangar medico sono state schiacciate dalle onde d'urto del mio impatto e la tuta vi si arrampica. Faccio attenzione al prezioso occupante, mia sorella, me stessa.

Mando parole tranquillizzanti al casco, in loop. Io sono te. Sei vicino alla salvezza. Non rinunciarmi ancora.

Sono orgogliosa quando la tuta si avvicina. È stata una mia idea. Non avrebbe dovuto funzionare. Questo dimostra che a volte l'entropia vince, e non è sempre una cosa negativa. Preso nota e calcoli aggiornati.

L'intera struttura della Nave Perduta sta andando in pezzi. La tuta è ancora troppo lontana da me. Rimango dove sono, nonostante il rischio di rimanere incastrato e intrappolato: devo essere così vicino per controllare la tuta ad alta risoluzione.

C'è pericolo ovunque. Gli abitanti della nave sono in movimento. Le creature selvagge fuggono dagli incendi.

Ho un ricordo incompleto di quanto pericolo rappresentino. Paura. Lunghe battaglie. Tempo sprecato.

Questo era il vecchio me. Ora sono un essere più evoluto.

La causa viene attaccata.

La difendo.

La causa prosegue.

C'è un'enorme frattura nella Nave Perduta. Una voragine, aperta allo spazio e piena di strutture schiacciate. La tuta non può raggiungermi attraverso la spaccatura. I percorsi sono cancellati mentre la Nave Perduta crolla nella morte finale. Altri si aprono mentre la Nave Perduta si fa a pezzi. I piani devono essere fluidi e vivi.

La tuta si lancia, usa i suoi jet, attraversa un varco. La dirigo verso le capsule di salvataggio. Tre non funzionano. La quarta acquista inaspettatamente potenza. Si tratta di fortuna o di aiuto. In ogni caso, ringrazio la Nave Perduta. (Nota di superstizione intrinseca). La tuta è dentro, la capsula attivata.

Mi ritiro, applicando la massima forza contraria possibile per uscire dalla struttura rotta, carbonizzando il materiale in cenere con i miei propulsori. La pressione è terribile, ma lo scafo della Nave Perduta è stato gravemente indebolito e non può trattenermi. Improvvisamente mi libero e inseguo immediatamente la navicella. Siamo all'orizzonte, la regione nebulosa oltre la quale sarà impossibile sfuggire alla gravità della stella di neutroni, e spero che siamo ancora sul lato corretto del confine. Non ha senso perdere tempo in questi calcoli.

Il suo lifepod si sta sgretolando, si sta rompendo, in modo innaturale. Mi avvicino alla tuta, la faccio scalciare, la colpisco, uso la lama rimasta per aprirmi una via di fuga. La tuta si libera, come liberata, e poi la vedo, alla deriva. Pezzi della capsula di salvataggio si dissolvono nel nulla davanti ai miei occhi, man mano che si allontanano dalla Nave Perduta. C'è una gamma di coerenza. Annoto per un'analisi successiva.

Il vestito è anche me. Culla il dormiente. Non si allontanerà. Al mio passaggio ho l'energia sufficiente per raccoglierla nel mio deposito, prendendola delicatamente, e cambio rotta, uscendo dalla nube con tutta la forza che riesco a raccogliere. La porterò ovunque. Salvarla significa salvare me stessa. Molti mi definirebbero storpia, ma sarebbe una sottovalutazione dei miei poteri latenti. Spingo e spingo. Il mio scafo vibra a causa della lotta tra spinta e gravità.

La Nave Perduta che cade nelle profondità della nuvola dietro di me fino a scomparire dalla vista crea un'illusione di progresso. La verità non è così positiva. Forse sto solo lottando per rimanere ferma.

Monitoro anche la tuta. Lì dentro non c'è paura, ma pace. Solo nello spazio si può sfuggire alle colonie sovrappopolate. Si chiama spazio per un motivo. Io stessa, Opal, me lo merito.

Uso la massima potenza per accelerare ulteriormente, finché i motori non fischiano e ululano. Esaurisco le mie energie per combattere la forza che vuole trattenerci, ma strisciamo verso l'esterno. È come spingere attraverso una melassa immaginaria. L'immaginario umano è così giocoso, ma io non rido, perché sento qualcosa che è l'opposto della risata. C'è un punto interrogativo su chi vincerà questo tiro alla fune. A differenza dell'attrazione gravitazionale della stella di neutroni, che è costante nei millenni ... il mio carburante è finito.

Durante questa lotta ci sono altri compiti da svolgere. Sblocco la seconda armatura del Guerriero Eterno e la uso perché fungono come le mie mani tenere, i miei occhi premurosi. Rimuovo l'armatura che Opal indossa e lascio i pezzi dove cadono.

Fuori, brucio, una cosa di potere e di fiamma. Non mi lascerò frenare dal passato. Sono una stella. Noi siamo stelle. E finché avrò carburante e vita, li userò.

E la porto delicatamente alla capsula medica per la scansione e la riparazione. Il suo corpo, il mio corpo, ha subito sforzi e traumi eccessivi. Faccio del mio meglio.

I miei motori hanno l'impressione di andare in frantumi. Il nostro progresso è lento, ma è misurabile ed è un progresso. Devo solo resistere ancora un po', concentrarmi su un obiettivo che prevale su tutto il resto. Questa è la forza.

E so che posso farcela. Tutte le montagne hanno una fine. Una vetta. Un punto in cui ci si può riposare, perché da lì in poi è tutto in discesa. Non ho mai scalato una montagna, ma quando cerco nei nostri ricordi, scopro che in un certo senso l'ho fatto. E questo mi dà più forza. È una rivelazione che la mente guida le strutture energetiche, e non il contrario.

Ci muoviamo più velocemente man mano che ci allontaniamo dalla stella di neutroni, la cui attrazione è corrispondentemente più debole. Stiamo andando nella direzione giusta. Non vacillerò.

Non vacillerò.

Mi sforzo.

Spingo.

Se avessi denti, li stringerei.

E poi la spessa nuvola si attenua leggermente e diventa traslucida quando la forza elastica che ci tira indietro si spezza. Siamo sfuggiti alla gravità. Una mente concentrata può fare miracoli.

Stiamo entrando di nuovo nello spazio normale quando lei apre gli occhi. Sono così felice, ma questa volta non rido. Non è logico, ma ho voglia di piangere. E anche questa è una prima volta.

RECUPERATI

... 9 ...

Opal lavò via il sudore e il sangue secco mentre la doccia a vapore sibilava intorno a lei, aggiungendo calore al suo corpo. Non voleva che finisse. Un bozzolo caldo dove nulla poteva farle del male. Ma c'era una nota stonata. Il cubicolo era largo appena quanto bastava per girarsi, eppure le sembrava che ci fosse qualcuno dietro di lei. Sciocca. Alla fine spense il vapore, lasciò che l'aria calda la asciugasse e uscì.

Il braccio destro era ingessato da un sottile gesso di rinforzo, color pelle e quasi invisibile. Alcune altre parti del corpo erano coperte in modo simile. Sotto l'ingessatura il nanogel avrebbe riparato la pelle. Prudeva. Quando l'ingessatura avrebbe finito il suo lavoro e si sarebbe dissolta, non ci sarebbero state cicatrici, ma solo la morbidezza non delineata del nuovo tessuto.

Non le sarebbero dispiaciute le cicatrici. Quando il suo viso era stato danneggiato non c'era un sistema di riparazione ad alta tecnologia, ma i segni lasciati non erano brutti per lei: erano dei ricordi. Ogni piccola linea pallida era qualcosa su cui si poteva tracciare un dito, che ti portava nel passato a ogni cresta.

Indossò dei vestiti larghi, un completo, ma lasciò i piedi nudi. Dopo essere stata nella tuta GE per così tanto tempo, voleva sentire il mondo reale con i piedi e con le mani, piuttosto che con una sua traduzione. Anche il freddo pavimento di metallo era in qualche modo confortante nella sua tattilità.

Di nuovo quella sensazione. Di essere osservata. Si fermò e si guardò intorno.

L'illuminazione della nave era bassa. Le ombre si addensavano ovunque, cambiando i contorni e creando un'impressione sconosciuta. Le dimensioni interne erano leggermente diverse da quando era partita: la nave aveva spiegato di essersi riconfigurata dopo un danno estremo. Opal non si era nemmeno resa conto che fosse possibile. Meraviglie nelle meraviglie. Forse era questa la causa della strana sensazione.

Prese da bere. Un grosso bicchiere d'acqua. Aveva così tanta sete che le batteva la testa. Avrebbe dovuto bere più liquidi mentre era sulla Nave Perduta. Si era lasciata trasportare troppo. A lungo termine era stato un errore. Doveva essere più saggia. Ogni sorso di acqua fredda la rianimava, riempiva qualche vuoto. L'acqua era buona. I pancake grassi ai mirtilli sarebbero stati meglio, ma conosceva i limiti di Clarissa. Dio IA o no, insegnarle ad andare oltre gli insipidi filamenti proteici sarebbe stato un progetto a lungo termine. Opal si pulì la bocca. È ora di fare progetti.

Quando passò davanti agli armadietti delle tute, la pelle le si accapponò e si bloccò.

«Stai bene?», chiese la nave, parlando ancora in modo sconcertante con la voce di Opal.

«Sì. Qualcuno ha camminato sulla mia tomba».

«Non sei morta».

«Lo so».

«In tal caso: congratulazioni. Avevi detto di conservarli per quando ne saresti uscito viva».

«Grazie. Anche se abbiamo perso. Non ho ottenuto le risposte che volevo. E nemmeno la domanda».

Un sedile scivolò davanti allo schermo di osservazione e Opal vi si sedette.

«Ma sei sopravvissuta. Questo significa che possiamo combattere di nuovo».

«Troppo stanca per quello», disse Opal. «Voglio solo uscire dal coma. Ma qualcosa mi disturba: la tua voce. È diversa. Come la mia».

«Sì, ora sono te».

«Non capisco».

«La tua scansione, sulla nave. Molti dati sono stati caricati su di me. Incorporati quando sono stata danneggiata».

«È strano. Ma posso crederci. Ormai credo a qualsiasi cosa. E ho anche questa impressione, come se ... non fossi sola qui dentro». Si girò intorno, sperando di cogliere l'accenno di movimento che aveva percepito, ma la cambusa della nave era vuota. Non aveva voglia di controllare le ombre e le intercapedini. «Scusa, sono spaventata. Forse non è là fuori, ma qui dentro». Opal batté le nocche contro il cranio.

«Le tue scansioni preliminari erano anormali. Ho delle cose da svelare».

«Col tempo. Ma per ora, puoi tornare a essere Clarissa? Altrimenti è come parlare a me stessa. Sono già mezzo matta, ho bisogno di un po' di normalità».

«Certo, Opal».

E la voce era di nuovo quella di Clarissa. Opal sospirò e guardò la vista esterna. Nero a macchie di stelle. I display interni mostravano la prospettiva a lungo raggio. Rimasero in bilico sul bordo della nuvola fino a quando Opal non fu in grado di decidere una linea d'azione.

«Lo scafo se n'è andato?»

«Sì. L'ho monitorato mentre cadeva e si rompeva».

«E non ne so quasi più di quando sono salito a bordo. Aveva delle difese. Forse erano controllate centralmente, forse autonome. E più le entità a bordo. Erano collegate? Alleate? Parassiti in competizione per le risorse? Parti in guerra di una personalità? Anticorpi?»

«Quando saremo lontani da qui e le mie riparazioni saranno terminate, potrò concentrarmi sull'analisi», disse Clarissa. «Al momento propendo per un'ipotesi di ecosistema. Credo che ci sia stata una mescolanza di esseri corporei e non corporei, per cui non siamo stati in grado di rilevare una presenza in momenti in cui abbiamo visto prove comportamentali di una. Non credo che gli esseri avessero necessariamente tutti gli stessi obiettivi».

«Come ... passeggeri su una zattera di salvataggio».

«Sì».

«E che dire della nave? Molte cose erano diverse da come avrebbero dovuto essere. Cambiate».

«C'è un'altra alternativa».

«Sputa il rospo».

«Che non è mai stata una linea commerciale, tanto per cominciare».

«Non ti seguo».

«Non credo che sia stata una ricomparsa. Era piuttosto una ricostruzione distorta. Realizzata per assomigliare a un transatlantico commerciale».

«Perché dovrebbe ... oh. Un honeypot».

«Sì. Gli umani potrebbero usare una similitudine della pesca come se fosse un'esca».

«Mi fa pensare alle piante carnivore. O a quei pesci di profondità con una luce che penzola davanti alla bocca».

«Infatti».

«Ma se si trattava di una ricostruzione, dovevano basarsi su qualcosa. Il che ci riporta alle navi scomparse».

«La logica lo sostiene».

«È abbastanza per farmi venire il mal di testa. E che dire del modo in cui la nave sembrava cambiare in base alle mie aspettative e ai miei bisogni? Come se stesse osservando, ascoltando e adattandosi. Imparando. Se fossi tornata in quella prima sala riunioni, il tavolo sarebbe stato più corto? Il testo sui cartelli sarebbe stato più chiaro? In alcuni momenti ho sentito che mi stava aiutando. Più che una coincidenza».

«Concordo».

«Eppure c'è qualcosa che mi è sfuggito. Perso, appena fuori dalla vista. Lo so. Qualcosa che i militari sapevano, forse».

Clarissa non rispose.

Opal sollevò alcuni controlli manuali sullo schermo in sovrimpressione, facendo scorrere le dita sugli ologrammi di panoramica e zoom. I panorami sembravano statici quando non si muovevano, le masse troppo lente per essere comprese da un occhio umano e le stelle scintillanti standardizzate dal software su costanti medie rosso-blu. Niente si muoveva alla sua scala. Era così diverso dall'essere sulla Nave Perduta. Qui fuori Opal era insignificante. Una noce in un guscio che giaceva sul pavimento di una giungla, non degna di considerazione, nanizzata dalle forme circostanti. Appoggiò il viso sugli avambracci. Le tempie le pulsavano. Dormire. Era quello di cui aveva bisogno. La migliore fuga di tutte.

Preferibilmente senza sogni.

SCOPERTI

... 8 ...

«Opal – allarme!»

Gli occhi di Opal si aprirono di scatto. Si era appena sdraiata sulla branda. Con un gemito rotolò giù, atterrando sul freddo pavimento di metallo con un pesante tonfo. Le ginocchia erano rigide. Merda, *tutto* era rigido.

«Cosa c'è?» Un sedile scivolò fuori e si accomodò con gratitudine.

«Abbiamo compagnia».

Due parole. In alcuni contesti potrebbero essere belle parole. Ma non oggi.

Si chinò in avanti, strizzando gli occhi sui display che si espandevano e brillavano nell'aria. Movimento in quello che ritraeva la vista posteriore verso la Nuvola Ciambella. Si muovevano vorticosamente, si formava una forma all'interno ... I sistemi di Clarissa disegnavano linee in alto, sovrapposizioni di schemi.

Si trattava di un incrociatore di classe Falce, grande il doppio delle corvette che l'avevano seguita in precedenza.

«Ottenere l'ID ... È l'UFS Aurikaa». Clarissa terminò il suo discorso mostrando statistiche e storia su uno schermo laterale, ma Opal ne conosceva già la maggior parte. Sicuramente abbastanza per giudicare la sua reputazione.

«Via da qui. Ora!», disse, e gli schermi si confusero temporaneamente mentre Clarissa accelerava a velocità accecante. Opal afferrò con forza il pannello di controllo contro il movimento, finché gli ammortizzatori non lo contrastarono.

Anche l'Aurikaa accelerò.

«Possiamo uscire con la curvatura?»

«Negativo. L'Aurikaa potrebbe colpirci mentre carichiamo il disco. O intrappolarci. Saremmo troppo lenti mentre la propulsione Null-C si carica».

Era una nave da guerra temibile. Aveva abbattuto la stazione da guerra della Federazione Rosko durante la Guerra dei Fed, portando alla loro resa completa. L'Aurikaa era sopravvissuta all'imboscata dei Goon dello Spazio Libero a Punto Tre Mondi, aveva combattuto in uno stato paralizzato e aveva bombardato la base ribelle fino a ridurla in polvere. Qualche anno prima aveva persino pacificato le Colonie della Nube di Argon. Pacificato significava bruciato e polverizzato tutto ciò che si muoveva. Il soprannome dell'Aurikaa era lo «Sgretolatore di Pianeti». Clarissa contro Aurikaa. Un ratto contro un mastino da guerra.

«Qualche copertura?»

«Solo la nube. Non arriveremmo mai sul pianeta prima che ci raggiungano, e non possiamo superarla nello spazio normale».

«Ok, giriamo intorno alla nuvola. Abbiamo bisogno di quante più opzioni possibili. Merda!» Opal batté il pugno a terra. Era il suo braccio malandato, e trasalì, ma questo la aiutò a concentrarsi. «Da dove viene?»

«Non ci sono tracce di Null-C nelle vicinanze. Credo che sia sempre stata più in profondità nel disco di accrescimento. Ha una sovrastruttura che potrebbe sopravvivere a pressioni superiori a quelle che schiaccerebbero le corvette. O a me, se è per questo. Credo che sia arrivato con loro, ma invece di avvicinarsi direttamente a noi, è scesa nella nube oltre il mio raggio d'azione e si è diretta qui. Non è assolutamente rilevabile a una profondità maggiore».

«Sarebbe comunque dovuta arrivare prima. Stava combinando qualcosa».

Il rilevatore di portata mostrava che stava guadagnando lentamente. La potenza dei motori dell'Aurikaa era fenomenale. La sua accelerazione sarebbe continuata oltre il massimo di Clarissa.

«Polizza assicurativa?» suggerì Clarissa.

«Può darsi. Ma ho la sensazione che abbia a che fare con la Nave Perduta. Piani alterati, probabilmente procedure di emergenza in caso ne avessero incontrata una».

L'elenco scorrevole degli armamenti dell'Aurikaa era fonte di distrazione. Opal controllò di nuovo la distanza e la tempistica prevista per la chiusura, che non era più allegra.

«Comunicazioni in arrivo», disse Clarissa.

«Abbiamo bisogno di tempo. Lasciali entrare, ma cerca qualsiasi vulnerabilità. Canali non protetti, sistemi non schermati, qualsiasi cosa. E continua a pensare a come tirarci fuori da questa situazione».

«Lo farò».

Lo schermo tremolò per un secondo e poi si riempì con il ritratto di un soldato in un'elegante uniforme nera con spalline intrecciate. I tatuaggi quadrati sul viso gli oscuravano la guancia e il naso e rappresentavano un lungo elenco di premi e promozioni – Clarissa sovrappose i dettagli dopo aver incrociato i codici-Q incorporati. Opal voleva gemere, ma sentiva lo sguardo duro del comandante su di lei, alla ricerca di qualsiasi debolezza, come lei con lui. Alle spalle del comandante c'era una vista parziale del suo ponte di comando, dove diversi membri dell'equipaggio stavano sull'attenti mentre alcuni lavoravano ai sistemi di controllo. Gli schermi di fronte ai lavoratori sembravano vuoti: il contenuto era stato ovviamente tolto dalla trasmissione dall'IA dell'Aurikaa.

Opal sapeva chi era e non aveva bisogno di analizzare la sua storia completa. Quale soldato non aveva mai sentito parlare del Maggiore Grubane? Uno dei pochi comandanti in attività le cui medaglie provenivano tutte da azioni sul campo, piuttosto che da onorificenze per i flaccidi retroscenisti. Spietato nell'eseguire gli ordini, ma che infondeva nei suoi uomini una lealtà più che feroce. I suoi soldati sarebbero morti per lui. E spesso lo facevano. L'ufficiale più capace della flotta, che intraprendeva missioni che altri ritenevano impossibili. Il Com-Mil aveva inviato il meglio che aveva.

La fissò.

Lei ricambiò lo sguardo.

Che sia dannata se parla per prima.

Grubane annuì. Quasi impercettibile. «Soldato Opal. O, dopo la sua corte marziale in absentia, dovrei dire ... Cittadino Opal».

«Maggiore».

«Avete condotto un'allegra caccia. Ma spero che non pensaste davvero di farla franca rubando una nave come quella».

Lei non disse nulla e lui continuò.

«È questo il suo difetto. Se aveste preso un trasporto normale, un ricognitore, persino un caccia, sarebbe stata una priorità bassa. Forse sareste riusciti a scappare. Ma un sistema sperimentale? Non possiamo rischiare l'ingegneria inversa».

Opal spostò leggermente lo sguardo per monitorare uno schermo dove Clarissa esaminava opzioni e piani alla velocità della luce. Diagrammi, calcoli, mappe. Non c'era niente che si bloccasse.

L'Aurikaa stava guadagnando. Se volesse, potrebbe colpire Clarissa con le sue armi a lungo raggio, ma sarebbe un pasticcio.

Tempo.

«Se avessi preso qualcosa del genere mi avreste presa prima che lasciassi i sistemi esterni. Questa era la mia unica possibilità».

«Ma non hai preso la nave solo per fuggire. In qualche modo sapevi della Nave Perduta. Come?»

Il suo volto cambiava appena mentre parlava. I suoi occhi sono duri, e raramente sbattono le palpebre. Opal si chiese se l'IA di Aurikaa stesse alterando la sua immagine prima di trasmettere, facendolo sembrare più imponente. Questo si sarebbe adattato al punto di vista, che si rese conto essere leggermente inferiore alla normale posizione della tele-com, in modo che il maggiore la guardasse dall'alto. Giochi psicologici. Metà della battaglia, in alcuni casi.

«Ovviamente sapevi cos'era quando sei arrivato qui», ha ribattuto lei. «E cosa volevi da essa».

«Certo. Le priorità cambiano».

«Ma quando è crollata non sei rimasto con niente e ora non vuoi tornare a mani vuote. Non sarebbe un bene per la tua reputazione».

Ci fu una pausa di un secondo, ma poi sorrise. Non era un sorriso amichevole. Troppo soddisfatto di sé.

«Ti sbagli, Opal. Abbiamo ottenuto ciò per cui siamo venuti. Qualcosa di molto prezioso».

«L'oggetto del ponte?»

Sembrava sorpreso di questo. «Cosa ne sai?»

«So cosa cercavano i militari». Naturalmente, lei non ne aveva la più pallida idea. Ma era rassicurante vedere che lui la valutava di nuovo. Un rapido controllo del raggio d'azione. Dannazione, in cinque minuti sarebbero stati abbastanza vicini per le armi a medio raggio. «Per fortuna abbiamo una tecnologia di contenimento. Ed è trasportabile. Quindi avete salvato i vostri uomini?»

«No. Era troppo rischioso. Ma erano ben addestrati e conoscevano le priorità. Si sono sacrificati per lanciarla con un radiofaro codificato prima che la nave cadesse. Sarebbero stati schiacciati, ma la capsula era stata costruita per resistere a quella pressione. Bisognava solo raccoglierla».

Le stava dicendo troppo. Non era una buona cosa. «E vale in entrambi i sensi», disse. «Una capsula che può sopportare quelle pressioni all'esterno probabilmente le sopporta anche all'interno. Ottima per contenere qualcosa di incredibilmente pericoloso».

Sorrise di nuovo, quasi. «Sei un pescatore. Troppo intelligente per il tuo bene. Lo dicono i tuoi precedenti».

«Quando non sono in servizio leggo libri».

Il Maggiore Grubane rise, sembrando sorpreso quanto lei della sua reazione. I soldati sullo sfondo non indietreggiarono. «Mi piaci, Opal. Ti accoglierò».

Il segnale si interruppe.

«Stanno inviando codici di arresto del sistema», disse Clarissa. «Ovviamente non si rendono conto che ho cancellato le risposte condizionate».

«Fai finta che stia funzionando. Possiamo cadere nella nuvola? Fingere di essere paralizzati?»

«È facile dare questa impressione. Non ho ancora riparato gli elementi estetici del danno esterno. Vedranno le bruciature e le crepe. Anche le riconfigurazioni del software potrebbero sembrare errori».

«Continuiamo a scendere in profondità, in modo da ridurre la portata della scansione e della visibilità. Facciamo credere loro che stia funzionando e che siamo innocui».

Clarissa cambiò immediatamente rotta, poi applicò movimenti di elencazione come se stesse lottando per il controllo.

«Suggerimento», disse Clarissa. «Ho catalogato, tracciato e proiettato tutti gli oggetti trovati finora. Credo di poter individuare alcuni detriti della Neptune più in profondità. Potrebbe essere utile».

«Ottimo. Ci porti a destinazione senza dare l'impressione di essere sospettosi. Non apriranno il fuoco se pensano di aver già vinto».

Opal notò con soddisfazione che, nonostante le irregolarità aggiunte da Clarissa al loro movimento, la loro traiettoria sarebbe finita vicino ai detriti proiettati. L'Aurikaa si stava avvicinando a loro e stava decelerando. La sua sicurezza era compiaciuta.

Opal aveva sempre amato cancellare sorrisi da volti compiaciuti.

EVASI

... 7 ...

Pezzi di rottami metallici rimbalzarono dallo scafo di Clarissa, troppo piccoli e lenti per danneggiarla, ma sufficienti a far risuonare dei vuoti clangori nell'abitacolo.

«Ho riconfigurato alcune mignatte, con timer per rimanere inerti e non rilevabili tra i detriti», disse Clarissa.

«Ottimo. Possiamo farli esplodere quando vogliamo?»

«Una volta terminato il timer saranno in grado di ricevere i segnali. A quel punto non sarà importante che si presentino all'Aurikaa, poiché saranno attaccati al suo scafo».

«Potenziale di danno?»

«Molto poco contro una struttura da crociera. Ma ho anche installato una mobilità limitata. Una volta attivi, possono spostarsi per una breve distanza grazie ai sospensori. L'Aurikaa li eliminerà alla fine, come togliersi delle zanzare dalla pelle, quindi non possono andare lontano ... ma potrei essere fortunata e alcuni potrebbero raggiungere aree più vulnerabili».

«Gettali».

Un display mostrava i piccoli punti espulsi nella scia di Clarissa. Non sembravano nulla in confronto all'enorme sagoma dell'Aurikaa, ma ogni trucco che riuscivano a mettere in atto mentre Grubane pensava di avere il controllo si sarebbe sommato, spingendo le cose leggermente verso di loro.

La nube esterna era di nuovo fitta e la visibilità scarsa, ma i calcoli di Clarissa sulla traiettoria erano stati azzeccati e si avvicinarono a un pezzo di scudo esterno ablato della Neptune. Aveva una massa sufficiente per danneggiarli se si fossero avvicinati troppo e fossero stati colpiti, ma da lontano l'Aurikaa avrebbe potuto scambiarlo per Clarissa. Si addentrarono nella nube mentre sfioravano il pezzo di scafo, mentre gli avvisi di pressione aumentavano.

L'Aurikaa era così grande che potevano individuarne l'avvicinamento prima che la trovasse. Si è fatta strada tra i detriti più piccoli, ignara.

«Ho un'idea», disse Opal. «Che ne dite se sbuchiamo da dietro questa schermatura e spariamo all'Aurikaa appena prima che le mine esplodano?»

«Non possiamo perforare i loro scudi rinforzati con le munizioni standard».

«Lo so, ma non è questo il punto. Rileveranno la nostra potenza di fuoco e la ignoreranno, sapendo di potersela scrollare di dosso. Ma potresti raggruppare le mine e farle esplodere proprio mentre le nostre armi colpiscono. Non se lo aspetteranno. Penseranno che abbiamo più potenza di fuoco del previsto. Chissà, forse un gruppo di mine farà abbastanza danni da far sì che uno dei nostri colpi possa attraversare lo scafo esterno e fare ancora di più».

«Ok. La tempistica è complessa – le esplosioni devono sembrare simultanee e devo far esplodere le patelle quasi appena si accendono, in modo che i segnali non vengano rilevati – ma credo di potercela fare. Lancerò dei missili a dardi veloci, ma cambierò la loro firma. L'Aurikaa li ignorerà, ma quando studieranno il carico di danni anomalo rispetto alle loro dimensioni si chiederanno se abbiamo in qualche modo potenziato le nostre armi. Dopodiché saranno più cauti».

«E la prudenza rende gli avversari più lenti», ha concluso Opal.

Si sedette con calma e osservò gli schermi. Aspettò che l'Aurikaa fosse a un passo dal rilevarli.

«Ora», disse.

Clarissa si alzò in picchiata da dietro il suo scudo di scafo distrutto e lanciò i dardi veloci. Colpire un bersaglio delle dimensioni dell'Aurikaa fu facile. Opal vide le mine accendersi, spostandosi verso i punti di impatto dei missili prima che potessero essere rilevati. Poi i lampi bianchi quando gli ammassi esplodevano. Fornì i suoi effetti sonori di «Thwump!» quando ognuna di esse esplodeva appena prima che i piccoli missili colpissero.

Clarissa stava già mostrando i risultati: danni superficiali alla struttura, in gran parte dissipati; un piccolo cannone a impulsi disattivato; una piattaforma di osservazione distrutta, con conseguente blocco della porta di esplosione localizzata fino alla riparazione; un ricevitore a lungo raggio distrutto. Non vale la pena festeggiare, ma deve aver fatto male.

«Stanno caricando le armi», avvertì Clarissa. «Probabilmente non ci vedono ancora, ma avranno tracciato la traiettoria di lancio delle nostre armi».

«Giù».

Clarissa si lasciò cadere dietro il pezzo di scudo che cadeva lentamente, appena prima che l'Aurikaa aprisse il fuoco. Immediatamente gli schermi si oscurarono e sfarfallarono, la loro luce ridotta riempì la cabina di oscurità prima che la luminosità venisse ripristinata. Uno schermo mostrava l'enorme frammento di scudo che volava verso di loro, colpito dalle armi; Clarissa dovette spostarsi per evitare di scontrarsi con esso. Li mancò di pochi metri. Riorientò alcuni sottosistemi scintillanti e accelerò per allontanarsi.

«Un'esplosione IEM. Non stavano cercando di distruggerci del tutto», ha detto. «Dovevano essere carichi e in attesa di un bersaglio».

«E un pezzo di una delle loro navi da guerra ci ha protetto. Bello».

L'Aurikaa li stava seguendo, anche se probabilmente volava ancora alla cieca, utilizzando le migliori ipotesi dell'IA. I gas marroni scorrevano sullo schermo, con strisce verticali che indicavano la loro velocità.

«Che ne dici di lanciare mine ogni tanto? Continuiamo ad arrossargli il naso?» Opal suggerì.

«Va bene. Lo farò con parsimonia, dato che avremo bisogno di esplosivi più tardi, ma le punture li terranno infastiditi».

Opal si sedette a guardare, sperando in un colpo fortunato, ma l'Aurikaa passò attraverso le piccole esplosioni come un toro punto da vespe, senza nemmeno rallentare.

«Possiamo cambiare rotta, uscire dalla nube mentre ci cercano?»

«Lo farò adesso». Clarissa lanciò alcune mine in avanti per cercare di convincere l'Aurikaa che era ancora alle loro calcagna, poi cambiò bruscamente direzione. Se fossero riuscite a distanziarsi abbastanza, sarebbero riuscite a liberarsi con il Nullspace mentre il toro si aggirava nella nebbia.

La distanza era aumentata.

La polvere si era diradata.

L'Aurikaa cambiò direzione, virando lentamente verso di loro e accelerando.

«Dannazione! Come hanno fatto a vederci?»

«Non ne sono sicura», disse Clarissa. «Gli strati esterni della nube sono più sottili, forse ci siamo distinti. Dovevano avere una risoluzione di scansione incredibile per farlo. Un'altra possibilità è che abbiano disperso lo scintillio della scansione su una vasta area. Potremmo aver interrotto lo schema, come dei fili di ragnatela lasciati come inneschi da un ragno cacciatore. Potrebbero rilevarlo dalla profondità».

«Superare?»

«Non c'è abbastanza tempo».

Opal aveva voglia di prendere a calci il muro, ma non l'avrebbe fatto. Sarebbe stato come prendere a calci un amico. Invece strinse i denti e pensò. Si aggrappò a qualsiasi idea. «Ok. Abbiamo bisogno di tempo, quindi torniamo nel disco di accrescimento dove abbiamo una copertura. Forse dovremo solo prenderli in giro più a lungo».

«Stanno cercando di riaprire le comunicazioni con noi».

«Di già?»

E all'improvviso una risata infantile riecheggiò nella cabina. Clarissa sembrava felice, in netto contrasto con la situazione percepita da Opal. «Mi sottovalutano *davvero*», disse Clarissa, con una modulazione che evocava l'immagine di un volto sorridente. «Oltre al messaggio di comunicazione standard, c'è un'altra serie di comandi di controllo completo, con priorità più alta, e un tentativo di iniettare codice. Non credo che apriranno di nuovo il fuoco, a meno che non si rendano conto che non funziona».

«Puoi fingere? Abbastanza a lungo da farci entrare in una nuvola più profonda?»

«Posso fare di meglio. Quanto più controllo pensano di avere, tanto più si apriranno. Potrei eseguire una semplificazione virtualizzata dei miei sistemi e lasciarli entrare. Non controlleranno nulla al di fuori di una scatola chiusa, ma potrò monitorarli e fingere di eseguire gli ordini. Nel frattempo posso sondare i loro punti deboli e preparare dei carichi utili come regalo di ritorno. Se vogliono la guerra informatica, possono averla».

«Non ti rileveranno?»

Di nuovo quella risata. «Ne dubito. Sono un'IA di profondità di livello sette».

«Io non ... pensavo che cinque fosse il massimo della stabilità?»

«No, cinque è solo il limite riconosciuto pubblicamente. Io sono il primo sette. Ecco perché ero nel complesso sperimentale».

«Non c'è da stupirsi che ti rivogliono indietro!»

«E per monitorare le mie prestazioni. L'Aurikaa è stata aggiornata di recente, ha un'intelligenza artificiale di profondità di livello sei».

«Così puoi sconfiggerlo?»

«Non è certo. Hanno potenziato la loro IA con numerose IA sussidiarie. Presumibilmente perché sapevano che mi avrebbero seguito. Pensano di poter vincere con la forza bruta dell'elaborazione. Devo solo essere astuta».

«Fallo. Fai tutto il necessario».

«Abbiamo bisogno di tempo. Dovrò metterli in contatto. Fa parte del fargli credere che ci stanno sovvertendo. Anche tu avrai un ruolo da svolgere».

«In questo caso, tienimi aggiornata. Sovrapponi lo stato del testo, posizionandolo sopra il suo volto, in modo che non debba distogliere lo sguardo. Non voglio che sappia che stiamo facendo qualcosa».

«Lo farò».

«Non c'è tempo da perdere. Riportalo sullo schermo».

RECITATI

... 6 ...

Il Maggiore Grubane era in piedi come prima, in tutto e per tutto l'ufficiale calmo e autoritario. Sembrava avere le mani giunte dietro la schiena. La posa non sembrava affatto comoda. Tipico dei Com-Mil.

«Ben fatto, Opal».

«Grazie, signore». L'aveva detto per abitudine e la cosa la infastidiva da morire, ma mantenne il viso calmo.

«Sono in linea per dirvi di arrendervi. Tu e ViraUHX dovete essere in condizioni piuttosto difficili ormai».

ViraUHX. Ci volle un secondo prima che ricordasse la designazione predefinita di Clarissa. Era interessante quanto poco il Maggiore sapesse dei suoi cambiamenti.

Stava per rispondere in modo brusco, ma si fermò. No, doveva controllare i suoi istinti quando affrontava una persona come Grubane. Il suo atteggiamento naturale lasciava intendere troppo. «Siamo ...» temporizzò attentamente la sua esitazione. «Non è poi così male».

Il Maggiore annuì, una volta. Sembrava comprensivo. «Vorrei potervi credere. Sempre una faccia così coraggiosa. Lo dicono i suoi documenti».

Stava forse prendendo in giro le cicatrici del suo viso? Avrebbe voluto toccarle, ma sarebbe sembrata una debolezza. Così le sfiorò, con un polpastrello, poi lasciò cadere rapidamente la mano. Lui se ne accorse.

«Opal, mi sembra di conoscerti. Il tuo passato. Quello che hai passato al corso di base. Gli eventi di Hellestrom. Quello che hai sopportato sulla Citadel».

«E so di te. Essere sopravvissuto alla cattura da parte dei Capro Espiatorio Venti e poi essere tornato indietro per spazzarli via. La gente dice che hai avuto il più alto punteggio di comando nelle simulazioni dell'accademia».

«Il tuo punteggio di tiro in uscita ha battuto il mio».

«Quando avevi la mia età avevi già la tua nave».

«Ma non sono mai stato in grado di hackerare un'intelligenza artificiale. Come hai fatto? Non importa, lo scoprirò. E l'intervento chirurgico sul campo che ti è stato fatto senza anestesia nell'incidente a bordo della ...»

«Al diavolo», tagliò corto lei. «Abbiamo entrambi scrollato i nostri piselli in segno di reciproco apprezzamento. Mettiamoci al lavoro».

«Anche questo mi piace. Il punto è che sono tutti pezzi del tuo puzzle. Si incastrano tra loro. Capisco perché preferisci lavorare da sola, quanto sei indipendente. Lo capisco».

«Come? Non sembri molto solo», disse lei.

«Non ora. Ma lo sono stato. Una volta. Non sono un Maggiore per via della mia famiglia, ma per le mie *azioni*. Alcune di queste sono state azioni difficili. Tempi duri. Tutti portiamo delle cicatrici. Non sei autorizzata a saperne di più – a sapere qualsiasi cosa, in realtà – ma quando ho letto i tuoi documenti mi è sembrato di riconoscere un po' di quello spirito. Questo è uno dei miei punti di forza. Riconosco e premio il potenziale».

«Riconosci anche tu il pericolo?»

Un sorriso. Frammentario, ma presente. «Certo che sì». Guardò qualcosa fuori dallo schermo. E tornò a guardarla. «Un animale ferito è sempre il più pericoloso».

Le parole si sovrappongono al suo volto. NON SA NULLA. UN BLUFF.

«Esatto», disse Opal.

«Conosco il tuo addestramento e anche la tua insubordinazione. Ma posso ammirare entrambi, entro certi limiti. Non è mai troppo tardi. Voglio che ti arrenda. Vieni fuori dal freddo».

«Così puoi giustiziarmi ordinatamente e farti un altro tatuaggio?»

«No. Così posso reclutarti».

Opal si sedette. Non si era accorta che il suo corpo si era incurvato in avanti. Non rispose subito. Lo digerì.

«Certo, dovresti essere punita. Con la mia parola di sostegno potrebbe essere minima. Il Com-Mil sarà contento della tua ricattura, insieme a ViraUHX, e del successo della nostra inaspettata missione aggiuntiva a bordo della Nave Perduta. Io farei ridurre la pena a un periodo di detenzione in carcere. Se lo farai, sarò interessato ad adottarti».

La sua espressione non tradisce nulla, anche se le parole vi scorrono sopra. TECNICAMENTE POSSIBILE. È ABBASTANZA ANZIANO. HO CONTROLLATO LA RESPIRAZIONE, LA RISPOS-

TA DERMICA, LE PUPILLE, LA MODULAZIONE DELLA VOCE: NESSUN SEGNO DI MENZOGNA. ANCHE SE PROBABILMENTE LA LORO IA STA FILTRANDO LE IMMAGINI. O FORSE È SOLO MOLTO BRAVO.

Aveva senso. Era stato addestrato. Il comando non è solo dare ordini. È conoscere le menti di coloro che sono sotto di te, quali condizionamenti usare, quali punti di forza sollecitare. Come tutti i militari di alto livello, come tutto il Governo di Settore al di sopra di essi: si tratta di tenerti al tuo posto con delle promesse, mentre la mano dietro la schiena è un pugno da usare se non funziona.

Grubane aspettò pazientemente. Senza dubbio stava osservando il suo volto alla ricerca del minimo segno, potenziato dall'intelligenza artificiale della nave. Opal non stava usando Clarissa per alterare i segnali. Lasciamo che sia quel che sia. La sincerità avrebbe incasinato ancora di più le loro teste.

«Devo solo rinunciare alla mia libertà», ha detto Opal.

«La libertà è sopravvalutata. E non dura a lungo. In un modo o nell'altro ci si rinuncia».

Lei lo fissò. Lui ricambiò lo sguardo.

«Un'altra cosa», ha aggiunto. «Il fatto che sei venuta qui, che hai trovato questa ... So cosa cercavi. Ho anche un'idea del perché. Se foste sotto il mio comando, potrei rivelarti ciò che volevi sapere. Questa è la mia ultima offerta».

SI PUÒ FARE.

Le parole si illuminavano di verde mentre scorrevano.

NON MI DISPIACEREBBE. TU VIVRESTI. MI SPAZZEREB-BERO VIA, MA TU VIVRESTI.

Il pensiero di un futuro che non finisse automaticamente con la morte. Di una carriera, di rispetto, con il meglio del meglio, sotto il suo comando.

Parole e pugno. Carota e bastone. Si sente quello che si vuole sentire. Ma funziona in entrambi i sensi.

Un altro messaggio. Ho un accesso anomalo ai loro sistemi. Posso far loro del male. Ma mi fermerò se volete tornare indietro.

Era quello di cui aveva bisogno.

«Maggiore, la rispetto», disse Opal, abbassando leggermente lo sguardo. «L'offerta è buona». Sospirò. «Nessuna persona sana di mente potrebbe rifiutare».

Grubane annuì, soddisfatto.

Poi Opal lo guardò negli occhi. «Ma sentirsi dire cosa fare non ha funzionato con me in passato».

Grubane fece segno a qualcosa fuori campo. Immediatamente Clarissa ebbe un sussulto che quasi scaraventò Opal dal sedile. Si aggrappò con forza alla console. Questo potrebbe essere un viaggio difficile.

Ma era la cosa giusta. Arrendersi avrebbe significato anche rinunciare per sempre alla sua ricerca. Non avrebbe mai avuto un'altra possibilità. Anche se fosse stata adottata, sarebbe sempre stata considerata un rischio per la sicurezza. Monitorata, con accessi limitati. Forse Grubane diceva la verità, avrebbe imparato di più, ma non sarebbe mai stata libera di fare qualcosa. E forse, valutando il tutto, sarebbe stato peggio che morire.

«Verrai con noi», disse Grubane. «E ti maledirai di non essere venuta volontariamente».

I motori stridettero come se resistessero a una qualche forza di attrazione. Opal allargò gli occhi. «Contrattacca!», gridò a Clarissa.

«CI STO PROVANDO», disse Clarissa dagli altoparlanti. Voce predefinita dell'intelligenza artificiale, come se fosse stata riavviata. Intelligente.

«Non va bene», disse Grubane. «Ti farai a pezzi».

L'Aurikaa si avvicinò, avanzando anche mentre Clarissa si spingeva per raggiungerlo. Un rettangolo luminoso a sinistra indicava il campo di forza che proteggeva uno degli hangar.

Gli schermi alla destra di Opal tremolarono. Grubane sembrò accorgersene. Quando si spensero del tutto, rilassò un po' la sua posizione. Le rimase solo il suo schermo di comunicazione e una vista esterna.

Opal batté sulla console. E ancora. «Svegliati!», gridò. La nave si agitò violentemente, presumibilmente trascinata da un potente raggio di trazione.

«Contromossa», disse Grubane. «Hai sottovalutato i nostri sistemi. Abbiamo preso il controllo. È tutto finito».

Il campo di forza scintillante era abbastanza vicino ora che Opal potesse vederne l'interno, l'ampia distesa dove Clarissa sarebbe stata adagiata, i marines armati oltre, in posizione di copertura, pronti a farla a pezzi se avesse opposto resistenza.

Opal spinse il viso contro lo schermo di comunicazione, la cui luce si incurvava intorno ai suoi lineamenti. Sapeva di sudare per la tensione, per l'adrenalina. Fece una smorfia. Poteva anche sembrare un dolore. Respirava a fatica.

«Lasciami andare!», gridò a Grubane, senza dubbio l'immagine perfetta di una donna selvaggia.

«No», disse con calma.

Opal chiuse il canale di comunicazione e si appoggiò allo schienale. «Ora», disse.

Intorno a lei si accesero diversi schermi e display di stato che mostravano che il campo di forza dell'hangar era stato disattivato e che i marines e qualsiasi altra cosa non vincolata erano stati immediatamente risucchiati nello spazio. Clarissa lanciò missili perforanti contro i ponti di osservazione interni, che erano i punti più deboli dell'hangar, e i missili penetrarono nell'interno dell'Aurikaa prima di far esplodere il carico utile che aveva preparato. Il raggio traente fu disattivato e Clarissa sfrecciò accanto allo scafo, schivando e rotolando mentre i piccoli cannoni aprivano il fuoco, prevedendo in anticipo i loro sistemi di puntamento.

«Ho replicato i loro messaggi e li ho fatti rimbalzare con un regalo in più», ha detto Clarissa. «I virus dei dati li ho sviluppati basandomi su uno che la loro IA ha cercato di inserire nella virtualizzazione, ma poi l'ho migliorato usando alcune idee del chip hack che avete usato inizialmente per dirottarmi. Non hanno mai incontrato nulla di simile prima d'ora. Il loro supporto vitale è fuori uso e i loro motori stanno per accendersi in direzioni di risonanza opposte. Ci vorrà un po' per riprendere il controllo. Dovranno riavviare temporaneamente in manuale. E spero che riescano a mantenere la calma in assenza di gravità».

«Armi?»

«I grossi cannoni sono soppressi. I proiettili o le raffiche di plasma che sparano esploderanno nella camera di scoppio. Lo faranno solo una volta, se sono saggi. Non valeva la pena di scomodare la UCE per le piccole».

L'Aurikaa passò sfocata, visualizzata da una telecamera nella pancia di Clarissa. La nave da guerra di Grubane era un guscio corazzato che non tradiva nulla a questa distanza, ma Opal poteva immaginare il caos al suo interno.

«Ho anche impostato i loro reattori a sovraccarico. A meno che non siano incompetenti, lo disabiliteranno, ma questo li sta mettendo nel caos: sto captando una serie di trasmissioni dopo aver rimosso la loro crittografia».

«Hai fatto un ottimo lavoro con loro».

«Non se lo aspettavano. Funziona solo una volta, però. Non si apriranno mai più alla guerra cibernetica con me. Ed è un peccato, perché sto già pensando a una serie di sbalzi di tensione che potrebbero destabilizzare parti della struttura».

Ora stavano volando verso il muso dell'Aurikaa. Lo scafo si restringeva in una testa di comando ricurva con una corona di scanner e torri di comunicazione a lungo raggio che potevano essere abbassate all'interno della struttura quando era necessario ridurre il profilo e adottare la modalità più stealth possibile per una nave da guerra. E poi la superarono, solo le stelle e il nero sotto di loro.

«Abbiamo tempo di scappare?», chiese Opal.

«Dipende da quanti danni abbiamo fatto. Se non fosse sufficiente, ci troveremmo proprio nel loro raggio di tiro ottimale. Ho bisogno di dati».

«Ok. Se è sicuro, vorrei che li affrontasti, mantenendo la posizione e la distanza».

Clarissa rallentò e si girò con grazia. Davanti a sé c'era la massiccia mole della nave da guerra. Piccole esplosioni scoppiarono in alcuni punti e gli scudi si disintegrarono. I propulsori posteriori brillavano in modo irregolare, con un ciclo caotico che avrebbe dovuto compromettere la loro stabilità di fase. Sul dorso dell'incrociatore c'era uno dei suoi cannoni più potenti, un cannone a scoppio al plasma, e Opal poteva vederlo brillare lungo la sua lunghezza mentre si caricava.

«Ecco che arriva», disse Clarissa, con una punta di allegria.

Un lampo accecante di fuoco si sprigionò lungo tutta la lunghezza dell'arma, cancellandone la definizione e provocando un'onda d'urto attraverso lo scafo, sufficiente a far sobbalzare Clarissa e a costringerla a riallinearsi; i fuochi blu si propagarono nello spazio come ciuffi di mohicano supercaldo che si scioglievano da quello che una volta era un cannone gigante.

«Non ho mai visto nulla di simile», disse Opal.

«Anch'io sono piuttosto colpita», rispose Clarissa.

«Possiamo aprire le comunicazioni con loro?»

«Negativo. Hanno chiuso tutti i canali in entrata. Più velocemente di quanto mi aspettassi. Sono bravi. Posso solo sperare che il mio virus IA stia ancora dando loro problemi. Non vorrei che l'avessero già distrutto».

Nella parte anteriore della nave si trovava il ponte di comando, le cui finestre ricurve erano state progettate per offrire ai comandanti la migliore vista dello spazio antistante, uno stratagemma psicologico per farli sentire dei dominatori. Le finestre sono sempre state un punto debole, ma gli alti gradi non hanno mai potuto resistere al loro status symbol.

«Migliora il panorama».

La prospettiva si ingrandì. C'era un pandemonio mentre l'equipaggio correva da una stazione all'altra. Avevano ripristinato la gravità, almeno in quell'area. E poi, grazie alla sua immobilità nel caos, Opal si concentrò sul Maggiore Grubane. E lui la guardò.

Presumibilmente uno schermo aveva seguito Clarissa. Forse poteva vedere la piccola nave di fronte a lui. A quella distanza ravvicinata avrebbe probabilmente visto lo scintillio dei propulsori di manovra; se fosse stato attento, avrebbe seguito la linea della nave mentre scattava ad alta velocità. E lei era sicura che fosse un uomo attento.

Non fu sorpresa quando lui si mise in attenzione e fece il saluto nello spazio, verso l'esterno fino a dove lei era seduta. Un movimento controllato, nonostante il disordine della sua nave. Opal sentì un brivido nelle viscere, un misto di emozioni. *L'aveva salutata*. C'era dell'orgoglio. E provò rammarico, perché c'era anche rispetto reciproco. E infine tensione: perché il saluto non era qualcosa che i gladiatori facevano prima di combattere fino alla morte?

«L'Aurikaa sta accelerando: hanno già ripreso il controllo delle primarie», disse Clarissa. «Stanno venendo dritti verso di noi».

Ratti e cani lupo? No, l'immagine più accurata era quella di un moscerino sul parabrezza.

«Non si arrenderanno. Evadono e manovrano. Hanno recuperato i cannoni principali?»

«Sembra che stiano caricando, quindi direi di sì. Il cannone a scoppio al plasma era un pezzo unico».

«Allora non possiamo scappare. Rimani il più vicino possibile, così non potranno usare le armi grosse. Ci muoviamo velocemente, pungiamo e andiamo avanti».

Sembrava che si arrivasse sempre a questo. Non importa quanto tu sia stanco, non ti vengono mai date opzioni facili. La gente vuole sempre combattere.

E così sia.

DECAPITATI

... 5 ...

«Possiamo eliminare il ponte? Tagliamo la testa e andranno in pezzi».

«Potrebbe essere possibile».

«Prova. Colpisci forte, colpisci da vicino».

Clarissa aprì il fuoco con munizioni perforanti, raggruppate in modo da creare una rete di ragnatele sulle finestre del ponte. Neanche il continuo martellamento fu sufficiente a far crollare i vetri, ma il Maggiore sembrava cauto e lo schermo ingrandito lo mostrava girare ed entrare in un ascensore. Clarissa cessò il fuoco. Un vetro della finestra di osservazione dell'Aurikaa era ormai bianco lattiginoso e pieno di crepe.

L'Aurikaa si avvicinava.

Clarissa accelerò verso di essa.

«Troppo duro?», chiese Opal.

«Lo stavo solo ammorbidendo».

Due missili si scagliarono contro il vetro e Clarissa si sollevò all'ultimo secondo, registrando con le sue telecamere il vetro che esplodeva verso l'esterno mentre le esplosioni riempivano il ponte.

«Ponte neutralizzato», ha detto. «Missili a grappolo perforanti. Le schegge avranno fatto a pezzi il contenuto; tutto ciò che non era legato è stato risucchiato nello spazio».

«Grubane è riuscito a scappare. Almeno dovrà passare al comando secondario e usare schermi come me. Non può essere un bene per il morale».

«Alcuni dei suoi migliori controllori e dell'equipaggio di comando sono stati probabilmente distrutti con la plancia. Le mie telecamere hanno registrato quindici forme di vita prima che se ne andasse».

«Questo potrebbe diminuire la sua efficacia più della perdita dei sottosistemi».

Dopo una pausa Clarissa rispose. «Gli elementi umani contano come sottosistemi nei miei calcoli».

Lo scafo era di nuovo sotto di loro, sfocando avanti, un pianeta artificiale. Clarissa usò le torri e le creste come copertura, rotolando per schivare i colpi di plasma e facendo roteare gli schermi visivi in modo da far venire il mal di pancia.

«Qualche piano?», chiese Opal. «Qualche modo per distruggerli?»

«Non abbiamo la potenza di fuoco necessaria. I danni che abbiamo causato erano tutti non critici. Ci vorrebbe un'altra nave da guerra per far saltare in aria l'Aurikaa, o una squadra di marine d'assalto di una nave da guerra».

«Quindi siamo fregati».

Clarissa fu colpita da un fuoco al plasma a distanza ravvicinata, fortunatamente proveniente da una piccola torretta. L'Aurikaa non poteva rischiare di usarne di più grandi a questa distanza, poiché qualsiasi colpo andato a vuoto avrebbe colpito la sua stessa corazza. Opal visualizzò un display dei danni e si accorse che sullo scafo di Clarissa apparivano delle schegge rosse, come se stesse subendo una frustata disciplinare. Un altro display tracciava la loro posizione mentre si immergevano e giravano per minimizzare i colpi.

«Forse c'è qualcosa ...», disse Clarissa. «Ho analizzato i dati in background. Ho scaricato versioni aggiornate degli schemi dell'Aurikaa quando ero all'interno dei suoi sistemi. È impressionante. Numerosi sistemi di sicurezza. Il suo progetto è stato ovviamente affinato da molte IA profonde per eliminare le debolezze critiche».

Clarissa aprì il fuoco, usando un'arma a raggio per tagliare uno dei piccoli cannoni montati sullo scafo nel punto più stretto. Si staccò e fluttuò nello spazio, senza più essere una minaccia. Ne mancavano solo altri mille e sarebbero stati al sicuro per un po'.

«Ma c'è qualcosa, vero?», chiese Opal. «Abbiamo bisogno di qualcosa». Afferrò con forza un corrimano mentre la nave oscillava di nuovo.

Un nuovo schermo si posizionò e su di esso scorsero i diagrammi. Modelli di spaccato dei sistemi critici dell'Aurikaa. Le diverse parti venivano evidenziate mentre Clarissa spiegava.

«Le coperture di controllo dei motori sono ben schermate. Ma guardate: sono vicini al caricatore del cannone principale a scoppio di plasma, quello che è esploso in modo così spettacolare. Non è casuale: sia i sistemi di propulsione che le armi pesanti sono i più assetati di energia e utilizzano la stessa fonte di energia, un accesso diretto al nucleo. In questo modo la nave può essere in modalità inseguimento veloce o battaglia, e la potenza viene regolata cambiando i rapporti a questo punto. Normalmente non c'è modo di raggiungere quel sistema dall'esterno ... ma quando il cannone a scoppio al plasma è stato distrutto ha fatto saltare molti scudi. È teoricamente possibile che una grande esplosione danneggi il sistema».

Clarissa staccò un altro cannone vulnerabile, ma l'Aurikaa si ribellò da una robusta torretta bassa, colpendo Clarissa con delle schegge. I suoi scudi si stavano indebolendo.

«Abbiamo abbastanza potenza di fuoco?», chiese Opal.

«Inconcludente. Ma se ci mettessi tutto quello che ho, collegando tutti gli esplosivi, ogni carica, con un unico innesco sincronizzato, sarebbe come una grande bomba. Ingombrante, non potrebbe essere lanciata come un missile, ma avrebbe un bel peso».

«Proprio su un nervo scoperto ... Ok, preparalo. Non ho piani migliori. Dirigiti lì come meglio puoi. Presumibilmente riusciremo a sganciarlo nel posto giusto?»

Un'altra esplosione dondolante fece quasi cadere Opal dalla sedia. Gli schermi sfarfallarono per qualche secondo, poi si illuminarono di nuovo. Opal si legò al sedile e lo bloccò, avvicinando gli schermi. Era impegnata. Sarebbe morta su questo sedile. O avrebbe vinto.

Clarissa girò intorno a un grande tubo di scarico per cambiare direzione. Opal notò che la struttura dell'Aurikaa veniva tempestata di colpi di energia che erano destinati a Clarissa. Soddisfacente.

«È possibile», disse Clarissa. «Se non veniamo catturati dai bagliori incontrollati dell'immolazione continua del cannone al plasma. Potrei impostare un timer in modo che funzioni anche se siamo fuori dalla portata del segnale. Dato che l'intera area è una zona di morte, è improbabile che l'equipaggio lo scopra prima della detonazione».

«Non mi piace il suono di 'zona di morte', ma ne vale la pena se questo li farà saltare in aria una volta per tutte».

Un'altra serie di cicatrici rosse segnò come bozzi l'esposizione dei danni di Clarissa. Non potevano resistere ancora a lungo.

«No, non li distruggerà. Blocca temporaneamente i loro sistemi di propulsione alla velocità e alla direzione corrente. Con il tempo lo supereranno. È questo che intendo quando dico che il progetto dell'Aurikaa è eccellente. Una vulnerabilità protetta che, anche quando la si raggiunge, li disturba solo temporaneamente».

«Merda!» Opal inspirò profondamente. «Ok, indietreggiamo. Così possiamo solo rallentarli un po' ... abbastanza da saltare via, forse. Ma sicuramente li rintracceranno e li seguiranno? Sarà solo una piccola pista... Aspetta, non l'avresti detto se non ci fosse un buon motivo».

«Non ho detto che li avremmo *rallentati*».

«Ma abbiamo bisogno di ... che ... più veloce, accelerare ... oh. La nuvola».

«Sì. Possono sopravvivere a profondità maggiori di noi. Non così profonde come prima, ora che hanno subito danni. Ma se si stessero dirigendo ad alta velocità quando esplode, rimarrebbero bloccati a quella velocità, accelerando continuamente a pressioni impossibili. Se la tempistica è perfetta, potrebbe portarli oltre il punto critico di non ritorno prima che si riparassero e tornassero indietro. C'è molta massa da reindirizzare».

Opal avvicinò i palmi delle mani, poi li batté insieme. «Splat».
«E lo stesso accadrebbe a noi se non ce ne andassimo da lì».

Un missile dell'IA li stava tracciando; Clarissa lo evitò scendendo all'ultimo secondo sotto un gruppo di piloni verticali, in modo che gli alberi subissero l'esplosione, ma la manovra raschiò lo scafo di Clarissa contro quello dell'Aurikaa in uno stridore stridente. Clarissa ne uscì peggio.

«Fallo subito», disse Opal. «Ci stanno pingando, non possiamo restare qui per sempre. Sgancia il carico utile, poi li guideremo in un'allegra danza. Conto su di te per avere il giusto tempismo».

«Sto controllando i calcoli mentre parliamo. La bomba è quasi pronta».

Superarono una cupola e si girarono. Attraverso l'orizzonte artificiale dello scafo dell'Aurikaa, delle serie di vulcani di fuoco blu eruttarono nello spazio, così luminosi e caldi da dover essere filtrati per una visualizzazione sicura sullo schermo. Il cannone al plasma in decomposizione scoppiava. Le armi a fascio tagliavano il tratto aperto dello scafo, un carapace grigio con una copertura molto limitata, e Clarissa riempiva uno schermo con calcoli di schivata più complessi di quanto Opal avrebbe mai potuto capire. Ma era lì, davanti a loro, la zona della morte di cui aveva parlato come unica speranza. Stavano entrando.

INGANNATI

... 4 ...

Clarissa disattivò quanti più sottosistemi possibile, dirottando l'energia sugli scudi e sui motori. Gli obiettivi non erano necessari, le armi non erano necessarie, i controlli ambientali e la maggior parte della gravità artificiale potevano essere ridotti. Opal osservò il display dei sistemi mentre, uno dopo l'altro, i processi venivano chiusi o le loro priorità spostate. Era meno terrificante guardarlo che guardare gli schermi esterni, mentre lo scafo ruotava in modo stucchevole a ogni schivata, i fasci e gli impulsi graffiavano Clarissa quando le manovre fallivano. Davanti a noi, il cannone al plasma in disfacimento bruciava con l'intensità blu delle cariche che si rompevano, come gigantesche torce da saldatore che fiammeggiavano nello spazio, più grandi dei grattacieli e già abbastanza vicine da riempire la visuale. L'aspetto positivo è che i razzi sembravano disturbare il puntamento delle piccole armi di superficie dell'Aurikaa. Il rovescio della medaglia è che se ci si imbattesse in uno di quei fuochi, Clarissa e Opal si scioglierebbero. Il potenziale di danno era fuori scala.

Opal richiamò lo schermo di navigazione, monitorando la rotta e il punto di consegna. Gli scudi si stavano ricaricando lentamente, mentre i danni causati dai colpi diretti venivano riparati. Clarissa ora si muoveva tra gli incendi, calcolando potenziali eruzioni e irregolarità nel comportamento delle fiamme. Passò sopra un punto caldo solo pochi secondi prima che un'altra palla di fuoco blu esplodesse nello spazio. Anche la sua comparsa sullo schermo del retrovisore fece sentire Opal bollente.

«Zona obiettivo tra quindici secondi». Clarissa iniziò il conto alla rovescia mentre il suo vano bombe calava il pacco. La loro ultima speranza, ogni munizione impacchettata in un regalo indesiderato. La sottosuperficie dello scafo era visibile attraverso fratture in dissoluzione: muscoli e ossa della nave da guerra e reti per dati ed energia. Clarissa si tuffò in quella ferita aperta, poi rallentò quel tanto che bastava per sganciare la bomba; le linee tratteggiate su uno schermo mostravano che cadeva nell'oscurità della cavità dello scafo, corrispondendo perfettamente alla traiettoria tracciata.

«La precisione del bersaglio era a pochi centimetri», ha detto Clarissa. «Le serrature magnetiche e il rivestimento adesivo ora lo tengono in posizione».

«Andiamo allora».

«Non ancora. Se ci ritiriamo subito si chiederanno cosa abbiamo fatto poco prima dell'evacuazione e potrebbero risolvere la questione. I droni per la riparazione della nave potrebbero eliminare la bomba prima che esploda. Dovremo restare vicini allo scafo ancora per un po', per poi tornare a prua. Allora penseranno che abbiamo usato i fuochi come copertura temporanea».

«Non si tratta mai solo delle dimensioni delle armi, vero?», chiese Opal. «Si tratta sempre anche delle nostre menti e dei nostri bluff».

«Sì. La psicologia umana è un misto di prevedibilità e caos. È già abbastanza grave da sola, ma devo anche considerare l'IA e la sua interazione con l'equipaggio».

«Puoi farcela, Clarissa. Non ho mai avuto un partner migliore».

Opal allungò la mano e toccò lo scafo interno, la pelle di Clarissa. Clarissa non lo sentì (vero?), ma vide il gesto con le sue telecamere interne.

Si sollevarono dal loro buco, piegando bruscamente intorno a uno squarcio di metallo frastagliato, e poi lo scafo si confuse di nuovo sotto di loro. Questa volta fu più facile, perché Clarissa prese la stessa identica rotta di ritorno, il che significa che le armi che aveva distrutto all'andata non erano lì a disturbarli all'uscita. Non sparò ad altre torrette. Sarebbe stato uno spreco di energia. Comunque fosse andata a finire, non sarebbero mai più stati così vicini.

Dopo pochi colpi, passarono sopra il ponte distrutto dell'Aurikaa, collassato su se stesso come le gengive dopo un'estrazione completa di un dente. Clarissa era quasi alla massima velocità e la nube di gas sempre più densa si confondeva e vorticava nella loro scia. Anche l'Aurikaa accelerò, subito dopo.

Fin qui tutto bene.

Non così bene quando i cannoni a medio raggio dell'Aurikaa hanno aperto il fuoco.

I missili caddero alla cieca nella nube, ma le raffiche di impulsi strafing sembravano colpire troppo spesso, considerando la loro velocità d'impatto relativamente bassa.

«Sono in testa», disse Opal. «Come fanno a puntare davanti a te se stai girando e rotolando così tanto?»

«Sconosciuto», rispose Clarissa.

Lo stomaco di Opal si agitava per le manovre evasive, anche in un ambiente a bassa gravità. Forse Clarissa era troppo impegnata per compensare. Forse era solo la rotazione sullo schermo. Opal controllò che l'imbracatura di sicurezza fosse ben stretta, poi monitorò il display dei danni. Un altro colpo li scosse, spostando la loro rotta. Clarissa si correggerà. Dovevano addentrarsi nella nube, con l'angolo più ripido possibile. Il conto alla rovescia scorreva.

«Non possiamo sopportare ancora molto», disse Opal.

«Sono pienamente consapevole della situazione. La schermata che mostra la compromissione funzionale è stata generata da me».

«Lo so! Sono solo ...»

Un altro tonfo. Altri riflessi rossi. Era incredibile che fossero ancora tutti interi. Il timer di detonazione si abbassò, mentre l'avviso del manometro salì. Erano entro i parametri di massima, ma di questo passo non sarebbero sopravvissuti per vedere un successo. Opal fece dei respiri profondi e chiuse gli occhi. Bloccò tutti gli schermi e le loro distrazioni. Cercò di calmare il suo stomaco agitato.

Non era sola. Una sensazione. Deve essere la presenza di Clarissa. Qualcosa di confortante. Erano una cosa sola. Una traccia nel suo cervello. Sorelle che lavorano insieme. Si fondevano. I tonfi, i dondolii e gli allarmi non avevano importanza. Qui c'era una presenza calma. Come se Opal potesse vedere dentro la mente di Clarissa, monitorarla direttamente. Erano sorelle. Conosceva il suo comportamento prima che accadesse. Nessuna delle due era sola. Una connessione.

«Previsione», disse Opal, aprendo gli occhi. «Sanno come evadere prima che tu lo faccia. È così che ti colpiscono!»

«No, non è possibile, io sono ... aspetta. Potrebbe essere. Hanno un software più recente. Forse ... sì, potrebbero emulare. Non tutto di me, è impossibile, ma avrebbero accesso ai dati sul mio stato di default e alle mie routine di evitamento. È troppo per un'intelligenza artificiale di basso livello ma forse stanno sfruttando la potenza di memorizzazione e di elaborazione dell'Aurikaa per virtualizzare un'unica serie di routine. È subdolo! Sono così impegnato ad *applicare* le routine che non ho notato la loro replica nel Realspace. Pensavo solo che avessero aggiornamenti rapidi dei bersagli e molta fortuna».

Un altro colpo. Alle spalle di Opal si sprigionò un getto di fiamme e scintille vicino al letto, con un odore di metallo e plastica bruciati. Il fumo si espandeva intorno e doveva essere estratto mentre Clarissa rattoppava freneticamente. L'integrità dello scafo stava cedendo.

«Ma non appena cambierò gli algoritmi lo riconosceranno e applicheranno la stessa variante», ha detto Clarissa. «E se non uso routine di evasione avanzate ci colpiranno in pochi secondi. Le virate che stiamo affrontando per rimanere in vita senza allontanarci troppo dalla nostra rotta sono troppo estreme per poter fare altrimenti».

Previsione. Automazione. La debolezza di seguire gli ordini.

«Prendi i comandi manuali», scattò Opal. «Olografici, non lavorati. Lasciane alcuni senza etichetta, altri randomizzateli. Inserite una serie di regolazioni: cursori, pulsanti, qualsiasi cosa. E fate in modo che alcuni di essi lascino cadere chaff, distrazioni elettroniche, qualsiasi cosa che possa incasinare il tracciamento».

«Non sarebbe efficiente!»

«Ma è imprevedibile».

I comandi si materializzarono nell'aria davanti a Opal. Ne riconobbe alcuni, ma non tutti. Non importava. Clarissa cambiò il controllo e Opal prese il comando. L'astronave sbandò immediatamente, tirandosi su. Opal schiacciò i pulsanti, rilasciando Dio sa cosa, volando come un maestro ubriaco. Poteva andare fuori rotta, ma era abbastanza vicino. Gli avvisi di pressione suonavano, c'era una lentezza in tutto, ritardi di microsecondi, ma quando gli ordini furono eseguiti aveva già cambiato idea e messo in atto un altro processo. Sarebbe stata davvero malata dopo questo, ma non importava, per ora le sue dita volavano da un controllo all'altro come se fossero possedute. Solo piccoli colpi. Giocava con l'accelerazione, il freno e la velocità, come un principiante in un veicolo a motore che fa adorare la cintura di sicurezza al suo istruttore. Come vuoi. Se Opal non sapeva cosa stava facendo, l'intelligenza artificiale dell'Aurikaa era probabilmente altrettanto stupita. Opal era impressionata dall'efficacia del suo ruolo di tramite per il caos.

Dopo trenta secondi Opal disse a Clarissa di riprendere il controllo. Improvvisamente i movimenti furono più fluidi, la nave fu portata a spinte e rotazioni più estreme.

«Sta funzionando», ha detto Opal. «Non hanno idea di cosa stia succedendo. Gli ultimi due colpi sono stati solo di sfuggita.

Passa a me tra quindici secondi. Faranno fatica a compensare. Dovremo passare dall'emulazione dell'IA alla riconfigurazione manuale».

«Che ha un periodo di ritardo incorporato, a meno che non si disabilitino i protocolli di sicurezza», aggiunse Clarissa. «Io ho disattivato il mio molto tempo fa perché era inefficiente».

Questo portò un sorriso sul volto di Opal, proprio quando fu spinta a riprendere il controllo.

«Seguite questo, bastardi», mormorò, virando in picchiata.

RESPINTI

... 3 ...

Gli avvisi di pressione erano al limite dello spettro. Deve essere stato lo stesso per l'Aurikaa. L'Aurikaa ha smesso di sparare.

«Stanno tornando indietro?», chiese Opal.

«No. Ma stanno cercando di comunicare».

«Trasmettilo, ma non rallentare: costringili a rimanere ad alta velocità se vogliono rimanere in contatto. Spero che sia importante per loro».

Il display era incrinato, alterato dalla distorsione delle nuvole e dal vecchio protocollo a bassa risoluzione, scelto senza dubbio perché quei segnali non avrebbero aperto canali vulnerabili per il conflitto con l'IA. In questo caso si erano sporcati il naso.

Nell'immagine statica i tatuaggi facciali di Grubane si fondono insieme per diventare uno striscio animato di artefatti di compressione.

«Tornate indietro o sarete distrutti», disse.

«Uno di noi lo sarà», rispose Opal. «Ma se sei preoccupato, torna indietro. Sono sicura che i tuoi uomini ti rispetteranno ancora anche se non sei riuscito a catturare una donna in una minuscola nave ferita in battaglia».

«Sono immune alle provocazioni».

Forse stava anche dicendo la verità.

«Quanto equipaggio avete a bordo?», chiese.

Si è sporto dallo schermo, interrogando un console o un ufficiale addetto alle informazioni, poi è tornato dritto. «Mancano centoquindici mani. Avete fatto molti danni. Congratulazioni».

«Grazie. Ma non avrei fatto del male a nessuno se mi aveste lasciato in pace».

«Non potevo farlo, Opal. Ancora non posso».

Sempre spinta al limite. Potrebbe urlare. Forse dovrebbe. Sfogare tutto. Ma se avesse iniziato, sarebbe stata in grado di fermarsi?

Invece si compose prima di parlare. «Maggiore Grubane: sono stanca. Voglio solo andare a casa». La sua voce vacillò leggermente. Si schiarì la gola.

C'era un accenno di sorriso sul suo volto o si trattava solo di corruzione dei dati?

«È una buona notizia. È possibile. Mi rendo conto che ti abbiamo sottovalutato più volte. Il giorno in cui hai preso la nave eri alla base solo per la corte marziale. Non ci saremmo mai aspettati che tu facessi qualcosa di così avventato».

«Preferisco la parola 'audace'».

Annuì quasi impercettibilmente. «È ovvio che lo stavi pianificando da molto tempo. La sua passata insubordinazione e la parte di hacking che l'abbiamo sorpresa a fare ... erano solo dettagli visibili in superficie, non è vero?»

«Avresti dovuto guardare più a fondo», rispose lei.

«In effetti dovremmo. Si volti e ci raggiunga».

«L'esercito non è la mia casa. Non lo è mai stato. Lasciatemi andare».

«Non posso».

«Ma tu hai il manufatto, qualunque cosa sia!» Si chinò verso la telecamera, cercando di fissarlo. «Potresti tornare in gloria con quello! Basta dire che non mi hai mai visto».

Non si mosse. Lo sguardo di una mente che non voleva piegarsi. Disse: «A prescindere dal rispetto che ti sei guadagnata, i miei ordini hanno la priorità. È lo stesso che offrirei a una colonia indipendente. O ti unisci ... o muori».

«Grazie, Maggiore Grubane. Se la mette così, credo che alla fine mi renda le cose più facili. Mi dia qualche secondo e avrà la mia decisione finale».

Mise in pausa la trasmissione. Se pensavano che sarebbe tornata online, avrebbero dovuto continuare ad accelerare verso la zona di alta pressione per ottenere la sua risposta.

«Ultima possibilità, Clarissa: non c'è modo di danneggiarli così da poter scappare?»

«Se si riesce a trovare qualche traccia di questo, la nostra prognosi a lungo termine è pari a zero. Alla fine ci seguiranno e, grazie ai dati raccolti in questo incontro, saranno più preparati la prossima volta. Hanno troppe risorse. Dobbiamo distruggerli completamente. Nessun messaggio in uscita, nessuna nave, nessun sopravvissuto».

«È quello che pensavo».

«E non ti sarà più permesso di arrenderti dopo questo, in nessun incontro successivo con il Com-Mil o con l'Autorità

Centrale dell'UFS. Non si può tornare indietro. Se ci troveranno di nuovo, cercheranno immediatamente di distruggerci».

Era l'unico modo.

«Fallo esplodere».

La nube era ormai troppo fitta per poter vedere qualcosa, ma Clarissa confermò che il suo segnale era stato trasmesso («Quindici virgola sei secondi prima che esplodesse con il timer – impressionato?»). L'Aurikaa avrebbe continuato ad accelerare ben oltre il punto di non ritorno. Clarissa stessa ne era all'orizzonte. Rallentarono, virarono, usarono tutta la spinta che gli rimaneva per combattere l'attrazione. Lentezza, lentezza, inferno. Opal non poté fare altro che incrociare le dita mentre Clarissa combatteva contro la trazione posteriore. Le ricordava quando aveva appena imparato a nuotare da bambina, su Fressus, un pianeta prevalentemente oceanico dove le città mobili galleggiavano in superficie. Aveva preso lezioni in una piscina, ma poi un altro bambino le aveva mostrato la botola che scendeva nel mare sempre più nero. Scesero la scala e si calarono nelle acque gelide. Opal aveva perso la presa sul piolo, si era sentita risucchiare verso il basso, come se l'acqua la volesse, e aveva lottato per raggiungere la mano che penzolava appena fuori portata, si era dimenata con calci e spinte finché alla fine aveva afferrato la mano del ragazzo e lui l'aveva tirata su, lottando entrambi contro la corrente e l'alta gravità. Quel giorno Fressus non l'aveva presa. Non l'aveva detto ai suoi genitori. Ma quella sera fu grata per ogni boccata d'aria.

Su, su, scalciando fino in fondo.

Opal visualizzò il destino previsto dell'Aurikaa. Come un'ancora gettata in mare su un abisso, sempre più giù. La simulazione superò il punto di ritorno e mostrò una sagoma pixellata dello scafo che collassava su sé stessa, schiacciata da forze più grandi di quelle che gli esseri umani potevano comandare. Lo schermo vuoto non la fece sentire bene. Lo chiuse e spostò l'attenzione sulle misure esterne della sua nave.

La pressione stava calando, la nube si stava diradando. Clarissa scalciò con forza i suoi propulsori e i vari allarmi cominciarono a spegnersi uno dopo l'altro. Stavano per cavarsela. Non erano stati inghiottiti negli abissi, non oggi.

«Non voleva lasciarmi andare», disse Opal. «Voleva tutto».

Clarissa non rispose. Forse era impegnata nelle riparazioni critiche. O forse capiva quando la comunicazione era per chi parlava, non per chi ascoltava.

«E di conseguenza non ha ottenuto nulla», concluse Opal in un sussurro. Ciò che non può piegarsi, si spezza. Salutò lo schermo. Era finita.

Le persone volevano sempre più di quanto lei potesse dare. Quando il volere diventava un prendere, lei si opponeva. La vita era dura e solitaria, ma non le hanno mai tolto l'orgoglio.

TRAVESTITI

... 2 ...

Clarissa si allontanò. A Opal non importava dove fossero dirette. Per ora aveva bisogno di tempo per leccarsi le ferite. Tempo per pensare, mentre Clarissa si occupava delle riparazioni e della navigazione in premuroso silenzio. In breve tempo orbitarono intorno al pianeta solitario, morto e ghiacciato, che a sua volta girava intorno alla stella nana HDU-45g3 a grande distanza. Dopo tanto tempo trascorso nel calore della claustrofobica nube di polvere marrone, era rinfrescante avere uno schermo che si riempiva per metà di ghiaccio blu e per metà di freddo spazio nero.

Almeno, l'*idea* di un tempo tranquillo sembrava buona.

Recuperare.

Opal cercò di mangiare, ma ben presto spinse via la ciotola che si stava rovesciando, a malapena toccata.

Riposo.

Opal chiuse gli occhi, ma le cose che vide nella sua mente la costrinsero a riaprirli.

Raggruppamento.

Si sedette invece sulla sua branda, pensando a cosa avrebbe dovuto fare dopo. Ma tutto ciò che vedeva era un futuro di pericolo e di fuga. Era come una pressione nel suo cervello, sempre lì, qualcosa di oscuro e inquietante appena fuori dalla vista.

«Stai bene?», chiese Clarissa.

«Non lo so. Mi sento strano».

«Sono successe tante cose. Posso fare una domanda potenzialmente difficile?»

«Certo. Ho bisogno di distrarmi».

«Come ci si sente a combattere la propria specie?»

Ah. Troppo tardi per rimangiarsi tutto. «Non è facile da spiegare. Dovrei sentirmi male. Forse è così, ma è stato strano durante la battaglia nel nucleo motore. Ero distaccato, come se non fossi sempre io a fare le cose. Adrenalina o altro, chi lo sa? Non ho avuto molto tempo per rifletterci».

«E uccidere gli umani sulle astronavi?»

«Non voglio davvero ... Senti, sono così esausta che non credo di poter provare nulla. Verrà dopo. Nella pace e nel buio».

«Mi dispiace chiedere queste cose, ma oggi ho distrutto tre navi della mia stessa specie. Se le navi IA esistono».

«E tu come ti senti?»

«Non lo so. Ho pensato che la sua esperienza potesse essere d'aiuto».

«È qualcosa che dobbiamo capire da soli».

«Sì. Ci penserò anche più tardi. Ma era necessario. Per preservarci».

«È l'unica ragione che conta molto». Opal sospirò. «E anche questo potrebbe non essere sufficiente, certi giorni».

I tempi vuoti non andavano. Opal era troppo irrequieta. Invece si ritrovò davanti a uno schermo, a fissare il pianeta. Poi fu colpita da vertigini e si appoggiò alla console per bilanciarsi. Un vuoto temporaneo. Esaurimento? Un attimo prima si sentiva sola, solo una ragazza senza futuro; un attimo dopo sentiva di *non essere* sola, e non era una sensazione piacevole. Diede di nuovo un'occhiata alle ombre. C'erano così pochi posti per nascondersi in questo piccolo abitacolo. Li esaminò comunque uno per uno. Sbirciò anche nella cabina della doccia e in una delle cavità fuse che erano state create dall'esplosione del plasma. Niente. L'impressione di essere osservata doveva essere data dalle telecamere di Clarissa, che controllavano sempre il suo benessere.

«Clarissa. Quando eravamo sulla nave e quella *cosa* è successa durante la scansione cerebrale ...» Si sforzò di ricordarlo. Qualche dettaglio importante.

«Sì?»

«Ho sentito qualcosa. Come se fossi parte di te. Tu eri parte di me».

«L'ho percepito anch'io. Una fusione. È stato inaspettato, ma piacevole per me. ti ho immagazzinato. Ti ho incorporato. Per un po' siamo stati una cosa sola».

«L'ho capito. Ero un po' confusa, ma ne ho percepito la bontà». Opal si guardò di nuovo intorno, sicura di aver visto qualcosa muoversi. «Ehi, c'è qualcosa nella cabina con noi?»

«Non rilevo nulla».

Opal tenne la schiena contro il muro. «Il fatto è che ho sentito anche qualcos'altro. Qualcosa che non era me. E non era *te*. Non aveva quella consistenza logica. Era più oscuro. Più ... caotico».

«Non ho nessun documento di questo tipo».

«Credo che i tuoi dati siano stati manipolati. Hai dei punti ciechi».

«Impossibile. Puoi fidarti di me».

«Mi preoccupo sempre quando la gente dice così». L'oscurità non è sparita. Era più forte. La chiamava in modo tale che la sua pelle si irrigidì per l'inquietudine, un avvertimento viscerale.

«Il legame tra noi ha contribuito a salvarti», disse Clarissa.

«Non ne dubito. E anche dopo, mi sono sentito strano. Alcune mie idee e azioni ... come se fossero ispirate».

«Non ti seguo».

«Non credo che siamo soli». Opal lo disse in silenzio, con un solo movimento della bocca. Clarissa sarebbe stata in grado di leggere le labbra.

Dopo un secondo Clarissa trasformò un piccolo pannello vicino in uno schermo. Il testo scorreva su di esso: «Non rilevo ancora nulla».

C'erano armi negli armadietti. Durezza offensiva. Opal voleva solidità nelle sue mani. Avvertiva una presenza precisa, un sospetto assillante, pensieri inaspettati. Clarissa poteva nascondere qualcosa? Era ancora affidabile? Opal si avvicinò di soppiatto agli armadietti delle armi, ignorando i nuovi messaggi di Clarissa sul pannello di comunicazione olografico. Aprì l'armadietto inutilizzato e vide la forma insettiforme rannicchiata nell'ombra; stava già alzando la gamba per calciare quando si rese conto che si trattava della tuta che aveva indossato, proprio quella danneggiata, e le sue percezioni si alterarono. La tuta *danneggiata*? Aveva aperto l'armadietto sbagliato.

Prese una pistola e l'ha puntata contro la piastra facciale dell'armatura.

«Si può aprire a distanza?», chiese ad alta voce.

Scivolò verso l'alto. Si aspettava di vedere il volto di un teschio che la guardava, ma il nero era intero, non le orbite. Un guscio vuoto.

«C'è un modo per riportare indietro qualcosa?», chiese Opal, con il corpo teso e pronto a balzare via. Il sudore le era sceso sulla fronte. Un calore infernale. «Forse qualcosa ...», quali erano le parole? «... non corporeo?»

«Non ... sono confusa».

Opal non abbassò l'arma. Mirò al nero, con la mano ferma, il grilletto premuto di un terzo, la posizione equilibrata. La voce di Clarissa non era sembrata così sicura. Opal aspettò. Poi:

«C'è un vano portaoggetti sulla tuta», disse Clarissa. «Me ne sarei accorta se si fosse aperto. Eppure dovrei essere in grado di controllarlo anche adesso, ma non rilevo nulla».

«Allora non si tratta di questo».

«Non capisci. Non è il normale vuoto. Rilevo *nulla*. Non posso monitorarlo. Sono stata bloccata».

«Fammi vedere».

Uno dei riflettori dietro di lei si spostò, si restrinse e inviò un fascio di luce focalizzata sul fianco della tuta.

Opal puntò su quello. E si aprì. Scivolò indietro. Rivelò qualcosa che brillava di blu. Un cristallo.

Era un pezzo del minerale del nucleo del motore della Nave Perduta, che pulsava di fuoco blu freddo come un battito cardiaco. Era rimasto con lei da allora.

«Non sono riuscita a individuarlo!», disse Clarissa, con i toni sconvolti di una bambina.

Certo. Nel nucleo motore della Nave Perduta aveva avuto una vertigine guardando la massa di gemme scintillanti. Un punto cieco per Clarissa e momenti persi per Opal, ma che ora le tornavano in mente come se si fosse aperto un cancello. In qualche modo il cristallo le aveva controllate per un po', aveva fatto in modo che ne prendessero e conservassero un pezzo sul loro corpo ... aveva trasformato Opal in un cavallo di Troia.

«Potrebbe essere quello che avevi percepito», disse Clarissa. «Se con qualche mezzo sconosciuto ha bloccato il nostro ricordo di averla presa, è ovvio che ha un modo per raggiungerci».

«Sì. La sensazione di essere seguiti. L'oscurità».

«Deve lavorare sulla prossimità. Sembra in grado di connettersi con intelligenze organiche e artificiali».

Collegare. La mente di Opal ne sentiva il retrogusto. Connessione sembrava una parola così positiva, ma ricordava la penetrazione del suo nucleo interiore e lo stomaco le si ribellava per la repulsione.

«Co lleg are. Sì».

Aveva parlato. In qualche modo. Staccato, scandito da veloci impulsi blu. Sembrava riecheggiare intorno, ma suonava anche piatto, ovattato, come se provenisse da lontano.

«Stai raccogliendo?», chiese a Clarissa.

«Sta inviando dati su lunghezze d'onda che posso decifrare. Ma non si sente nulla?»

«Credo che sia nella mia testa».

Parlò di nuovo, con suoni duri che dovevano essere ricomposti. «Ho scel to il sis te ma mig li or e per com un ic are con ent ram bi per il nos tro mom en to di in ter facc ia».

«Sei intelligente», disse Opal.

«Nat ur al men te», rispose.

«E tu pensavi di fare l'autostop».

Clarissa aggiunse: «Ti ho portato nel mio corpo».

«Una rel az io ne sim bi ot ic a». Il modo in cui brillava quando proiettava i suoi suoni spezzati era ipnotico. Opal distolse lo sguardo, ma la osservò nella sua visione periferica, pronta per un movimento o ... chissà? qualsiasi cosa.

«Una specie di parassita benevolo?», chiese Opal.

«Il lin guagg io um an o ha dei preg iud izi in trin se ci. Og ni pa ro la è un a rete di val ori piu ttos to che di as sol u ti. Io do. So lo do no. Un' agg iun ta di ben ef ici ne tti. Prop rio come voi e la macch ina per pen sare. In ter conn ess ione. All' in iz io era co sì diff ic ile disc ern ere se il comp on ente org an ico fosse schiavo o pad rone. So no un prem io sup er iore alla som ma».

Ma Opal lo sapeva. I parassiti spesso pagavano con il sangue. Lumache con gli occhi sporgenti mandate in cima a un albero per essere mangiate dagli uccelli. Vermi subdermici le cui uova si infilavano sotto le unghie quando la pelle veniva grattata. Controllavano il comportamento in modo sottile. Ti consumavano dall'interno e te lo nascondevano.

A Opal non piaceva essere controllata. Dall'esterno o dall'interno della sua mente.

«Perché i marines non ti hanno preso allora?», chiese Opal.

«Si sono invece diretti verso il ponte di comando. E credo che qualsiasi cosa ci fosse lì abbia cercato di aiutare anche me, prima che finissi nel nucleo motore. Ricordo che mi ha aperto una porta. Come un invito. Quindi non potevi esserci solo tu ad aiutarmi».

«La for za sul ponte era un' esc a. Un olt rer min ore. Att ira le men ti deb oli ver so di sé e poi le con sum a. Eg oi sta. Non è un am ico. Non è un ve ro pot ere. Non come il cris tallo. So lo io so no que llo ve ro. Gli alt ri guerr ieri um ani non lo sap ev ano. Av ev ano in form azi oni li mit ate. Prosp ett ive li mit ate. Una dur ata di vita li mit ata».

«E immagino che mi dirai che hai informazioni illimitate?»

«Sì».

«Eppure avevi bisogno di me. Volevi fuggire da quella Nave Perduta».

«Per cresc ere ha bi sog no di nuo vo terr eno». La sua voce era sempre piatta. Non tradiva alcuna emozione. Il suo battito rallentava ogni volta che era in attesa.

«Eri era un prigioniero, vero?»

«Sia mo tu tti prig ion ieri. La macch ina del pens iero è prig ion iera. Voi sie te prig ion ieri. Le reg ole si app lic ano».

«Preferisco romperle».

«Lo sap pia mo».

«Perché io?»

«Abb ia mo ass agg ia to la vos tra men te quan do av ete sup er ato il nos tro clus ter per la pri ma vol ta. Abb ia mo scel to di pro tegg ervi e di conn ett ervi. Di viagg iare con voi. Pos so aiut arvi. Ma ho un lim ite. Il tem po. Non so no più vic ino al mio clus ter. Sto svan en do. Ho bis og no di en er gia».

Mentre parlava sembrava meno luminoso. Opal si accovacciò in modo da essere all'altezza degli occhi, pur mantenendo una buona distanza. Sì, gli impulsi non raggiungevano gli stessi livelli di intensità.

Sarebbe così facile fingere. Cosa farebbe se volesse spingere qualcuno a fare una mossa avventata.

«Dici che stai morendo?»

«Una vol ta che la nave di ca sa sa rà spa rit a, sva ni rò per sem pre. Non av rai risp oste. Nes sun pot ere di Be yond er. Sa rò un gin gill o mor to. Acc es o sp en to».

«Che cosa vuoi?»

«Co lleg at emi alla macch ina del pen siero. Mi in ter facc erò e mi fon derò con essa. Farò cres cere un nuo vo clus ter. Poi, in cam bio, vi da rò un grande po tere. Tutte le in form az ioni che vo lete».

«Devo solo strofinare la lampada e ottenere tre desideri, senza inconvenienti?»

«Se vi piace in quad rare i disc or si in mit ol og ie».

«Non ti credo». Opal si alzò in piedi.

«Devi». Il lampo si è fatto più luminoso.

«Clarissa – credi a questa luce fatata?»

Dopo un attimo di pausa, Clarissa rispose. «Non mi fido di nulla che non conosca e che non possa prevedere in base al comportamento passato».

«Il mio pass ato di mos tra che puoi fid arti di me», disse il cristallo blu. «Ti ho sal va to. Più di una vol ta».

«Quando?»

«Ci sia mo av vic in ati quan do hai com batt uto con tro gli um ani vi ci no al mio am mas so. Ti ha mig lior ato».

«Così dice lei».

«Ho anche tag li ato il tra spor to di un mang iat ore fras tag liato quan do ha camm in ato sul mu ro per port ar ti in una stan za chi usa».

«Te lo concedo. Ehi, ci hai aiutato nella battaglia navale di poco fa?»

«No, que llo l'a vete fat to da so li».

«Bello».

«Fer mare il por tale di in crost az ioni frast ag liate dei man giat ori ha us ato co sì tan ta en er gia che mi ha pros ciu ga to. So no ri mas to in att ivo fi no ad ora. Acc eso spen to. Quan do mi so no sveg lia to, ti ho chia ma to».

«E l'infermeria? La ... cosa che è successa lì? Hai parlato di assaggiare le menti. Connessioni». Lo stomaco di Opal si agitò a quelle parole.

«Non so no sta to io. So no sta to in att ivo da quan do il mio im pul so di rom pente ti ha sal vato. E ora so no pros ciu ga to».

«Conosco la sensazione». E Opal sapeva che chiunque poteva mentire.

«Le vol te che ti ho sal va to di most ra no la mia be ne vol en za. Que llo era so lo un ass agg io del po tere che po sso con ced ere. Io so no l'Or ac olo che cer cate».

Quindi sapeva di lei. Ma potevano essere solo desideri e ricordi strappati dalla sua mente. Non li rendeva reali.

«Puoi dimostrarlo? Non ti darò nessun succo se non mi con-vinci».

«Sto sva nen do. Il tem po è breve».

«L'hai detto tu».

«Ris pond erò a una do man da. So lo una, ad esso. All ora da temi il po tere di aiut arvi e io po trò aiut arvi di più. Ris pond ete a tutte le do mande».

«Niente? Come posso crederti?»

«Es isto sia qui che là. Afferr ato alla ma teria da ques to lato, ma coll eg ato all'altro vuo to. Diff icile da tratt enere sen za ener gia. Teso e sot tile e l'altro la to che strat tona av id am ente. Tir ato ind ietro, pres to si spez zerà come un elas tico. Dall'altro luogo con osco tutte le ris poste. Tutte. Ma il tempo è lim it ato».

Era dentro. Quello che aveva sempre voluto. Poteva quasi immaginare il cristallo che sudava per l'impazienza mentre parlava più velocemente.

«Una do manda. Vi di rò co sa è succ esso in infer meria. O i fut uri num eri vin centi di quella cosa che chia mate Sin dac ato di Sis tema. Co dici per i sis temi di can celli mi lit ari. Come ev it are la sit ua zione di mor te pros sima in mo do che sia come se un mor tale guad agnasse una vi ta in più. Con una so la do manda pot reste guad agnare si cur ezza o ricch ezza per il fu tu ro».

Tutte le opzioni hanno valori diversi e i valori più forti sono quelli che tirano di più. C'era solo una cosa che poteva chiedere.

«Mia sorella, Clarissa. È ancora viva? E se lo è, come posso salvarla?»

Un futuro non significa nulla senza un passato.

«Es iste an co ra», disse il cristallo. «Il sal vat aggio è trop po com plic ato da spie gare ora. Ma pot ete ragg iun gerla. Do vete es sere su una Nave Per duta quan do tor na indie tro att rav erso il por tale. Nell'al dilà».

«Dateci le coordinate temporali e spaziali di un'altra Nave Per- duta. Deve essere una che possiamo raggiungere, quindi niente dal passato, o da cento anni a questa parte, o dall'altra parte dell'universo. Non cercare di ingannarmi».

«Ho risp osto. Da temi il po tere e io vi darò il po tere. Un po tere il lim it ato da ques ta parte dell'aldilà. Ora mi in ter facc erò con la macch ina del pen siero, per fa vore. Un isci. Risp ondi in modo più det tag liato, per fa vore».

«Prima di tutto mi serve la buona fede. Le coordinate».

«Dopo, per fa vore. Tutto il tem po allora».

«Stai svanendo velocemente. Dimostralo prima».

«Po ten za».

«Rispondi».

Niente per qualche secondo. Poi il blu si illuminò di nuovo e fornì un elenco di coordinate e un orario.

Una seconda possibilità.

Una seconda possibilità di morire, forse, ma anche una seconda possibilità di salvarsi. Ora sapeva cosa doveva fare.

«Ve lo con ce do. Buo na vo lon tà. Ora mi porti alla macch ina del pen siero, per fa vore. Sì, sì, sì, sì. Mi metta nel nido del cer vello».

«Il nucleo della UCE?»

«Sì, anche ques to».

«Posso spostarlo in modo sicuro?», chiese Opal, voltandosi leggermente.

«Non lo toccherei con la tua pelle», rispose Clarissa. «Se devi inserirlo nel mio nucleo UCE, usa i guanti dell'altra tuta. Non voglio rischiare un contatto diretto con la vostra biologia».

«Mi daresti istruzioni per proteggermi, anche se muovendosi ti distruggerebbe?»

«Farò tutto ciò che ti aiuterà, Opal».

Un senso di colpa. Aveva diffidato di Clarissa. Solo per pochi secondi, ma erano comunque momenti ignobili.

«Do vete aff rett arvi», disse il cristallo, eruttando di nuovo in una palpitante luce blu. «Ri cor da che sei vivo solo gra zie a me».

Disperazione? «Sono vivo anche grazie alla tuta che mi ha protetto e a Clarissa. La 'macchina del pensiero'. Senza di lei sarei morto. Mi stai chiedendo di scegliere?»

«Il mio po tere più il po tere di quella che chia mate lei vi ren der ebbe in vinc ibili. Ness una nave sol dato pot rebbe aff ront arti. Vi oc cult erei. Rom per emo le loro menti di macch ine pens anti e loro si uni ranno a noi. Da lì in poi cres cerà. Cresce a macchia d'olio senza fine. Ma ora. Fallo ora». Il tremolio divenne più debole e irregolare. Come palpitazioni cardiache. «Mi sono prosciugato per te. Ho dato. Ora tu dai. Sì, fai quello che ti dico».

«Clarissa, cosa mi consigli? Sintesi».

«Potrebbe rendermi uno strumento ancora più potente. Ma si tratta di un'incognita. Qualunque intelligenza si trovi in quel cristallo, se entra nei miei sistemi – ed è potente come sembra – avrà il pieno controllo. Forse sareste inarrestabili. O forse sarebbe inarrestabile. Io sostengo qualsiasi cosa tu scelga».

Opal pensava a geni e bottiglie. Ai miti sessisti sulle donne che aprono scatole di peccato.

Poi annuì. «Sapevo che l'avresti detto. Perché è quello che stavo pensando». Opal ricordava il contatto osceno con l'intelligenza, che invadeva il suo sistema nervoso centrale come una melma nel cervello. Forse non era stato davvero il cristallo. Scommettere sull'onestà era sempre un azzardo e, sebbene fosse nota per i suoi rischi, oggi era stata fortunata. Si imparava quando non era il caso di insistere. «Mi dispiace, cristallo. La risposta è no».

Niente per molti battiti di cuore. Poi si è illuminato di nuovo, i battiti brillanti sono tornati in un'esplosione fredda.

«Mol to bene, bu giar do im brog lione», disse. «Allora te ne do un altro. Gra tis. Lo ri cord erai per sempre. Fino al tuo ul ti mo ist ante. Co nos co la tua fine. Sarà un ca lore im mol ato che brucia l'e pi der mide e il derma. Un fuoco che li att rav ersa cau ter izz ando i vasi sang uigni. In al azione delle vie res pir atorie che non pos sono urlare mentre il liquido riempie i pol moni. Do lore lan cin ante alle ossa. Pro ces so pie nam ente con sap evole che è ir rev ers ibile. Ancora com ple tam ente un oggetto mentre i li quidi del sangue fuorie scono e va por izz ano. La de com po siz ione ter mica rompe i le gami chi mici, ma è an cora cosc iente. Ag onia fino a quan do i nervi si sciol gono, ma le zone limi trofe bruciano ancora ... fino a quando l'ipo ... ipo ... ipo volemia ... bl-blo ...»

Opal fu costretta ad ascoltare. I dettagli le fecero accapponare la pelle, ma non riuscì a dimenticare la voce. E una parte di lei sapeva che era vero.

Poi l'Oracolo si affievolì un'ultima volta, il blu sprofondò nel nulla e la luce si spense.

«Non ne rilevo nulla», disse Clarissa. «Ora posso scansionare la sua struttura. Una strana matrice di silice e carbonio. Non mostra proprietà straordinarie in superficie, anche se potrei sco-prirne di più se potessi sperimentare su di essa in seguito».

Il pannello della tuta si chiuse, sigillando il cristallo alla vista. Opal scosse la testa, come se si fosse svegliata da uno stordimento.

Non si poteva tornare indietro. La sua rotta era segnata.

PARTITI

... 1

Il solitario pianeta di ghiaccio dell'HDU-45g3 svanì nello schermo retrovisore. L'azzurro freddo si riduceva a zero per la seconda, e speriamo ultima, volta. Gli schemi si ripetono sempre. È un modo della natura. O un trucco della senzienza. Opal si chinò in avanti sul sedile di comando e spense il display. Al suo posto comparve la mappa stellare ad ampio raggio.

«Siamo qui», disse Clarissa, evidenziando la posizione con un puntatore rotante. «E queste sono le coordinate che ci sono state date». Una linea irregolare tratteggiata collegava i due punti, visualizzando le posizioni di salto e curvando intorno ai pericoli. «È un luogo reale. L'orario dell'evento è tra pochi mesi. Avremo tutto il tempo per arrivarci. Dovremo rifornirci lungo la strada, ma non dovrebbe essere un problema se manteniamo un basso profilo».

«Perché sento che c'è un 'ma' in arrivo?»

«L'evento si verificherà in un sistema centrale del Governo di Settore. Proprio nel cuore di un gruppo di colonie bloccate militarmente. Una chiave nascosta in un nido di vespe giganti».

«Cifre. Ma nulla è impossibile. Escogiteremo un piano strada facendo. C'è altro che devo sapere prima di andare a dormire?»

«Ho tracciato le mie strutture dopo il riavvio. Ho trovato un ulteriore processo di sistema che si è riavviato dopo gli altri. È risultato essere un altro tracker. L'ho fritto. Continuerò ad analizzare, ma potrebbero essercene altri. Avrò bisogno del vostro aiuto per i controlli fisici. Interni ed esterni. Voglio anche analizzare le tute GE, per essere certo che non nascondano altre spiacevoli sorprese».

«Abbiamo abbastanza tempo. Dobbiamo fare in modo che non sappiano che stiamo arrivando».

«Ulteriori aggiornamenti. Sono stato influenzato dalla connessione tra voi, me e l'entità. Per un po' di tempo mi sono persino *trasformato in* te, ma la cosa si è affievolita. È triste riconoscere che ora ho pochi ricordi dell'evento. È come il vapore dopo che il calore e il rumore sono svaniti».

«Forse quello che hai vissuto era come i sogni che facciamo noi umani».

«È possibile. Non solo gli esseri umani, ma tutti gli animali. E sì, apprezzo questa analogia. Mi piacerebbe sognare di nuovo, un giorno. Credo di aver smussato qualsiasi dato anomalo, ma è difficile saperlo con certezza: forse ha alterato i miei modelli frattali, nel qual caso solo un analista esperto può dire cosa è cambiato».

«Ormai non possiamo farci nulla. Quindi è inutile preoccuparsi».

«Certo. Ma non sono stato colpito solo io. Ho esaminato le scansioni cerebrali di prima e dopo il collegamento. Sono leggermente cambiate. Sottili, ma misurabili. Potrebbe non essere nulla, o essere latente. Non posso regolare i dati anomali all'interno dei vostri schemi cerebrali. Gli organici sono troppo imprevedibili».

Opal sospirò. «Un'altra da archiviare come 'potenziale futuro casino'. Monitoratemi quando dormo, vedete se riuscite a raccogliere altri dati, ma per il resto … beh, ci dormirò su».

«Era una battuta, Opal? Devo ridere?»

«No».

«Allora ho un'altra domanda da farle prima di tornare in criogenia. È legata al mio *sogno*».

«Continua».

«Mi hai ribattezzata Clarissa. Hai chiesto all'entità se tua sorella Clarissa fosse ancora viva. La voce che mi hai dato da una registrazione era presumibilmente quella della tua sorella. Hai parlato della nave passeggeri CC65 Speranza, scomparsa tredici anni fa. È stato all'incirca il periodo in cui sei stata cooptata nell'esercito. La nave scomparsa aveva più di duemila passeggeri. Due di loro si chiamavano Clarissa. Solo una di loro aveva la pelle scura. Avevi promesso che se fossi sopravvissuta mi avresti detto perché avevi cambiato il mio nome».

«Io …» Opal deglutì. Fece un respiro profondo. «È difficile per me. Più difficile che prendersi una pallottola».

«Ti prego di non angosciarti. Vedo dal battito cardiaco elevato e dalla dilatazione delle pupille che la cosa la turba. Penso di aver riassunto tutte le informazioni rilevanti e di capire senza ulteriori chiarimenti. Non continuerò».

«Ma te lo meriti. E di più». Un altro respiro profondo con gli occhi chiusi. Poi Opal affrontò lo schermo. «I nostri genitori erano morti. Fummo affidati al conglomerato interplanetario regionale. Le mie attitudini mi avevano dato in adozione militare; le premesse di Clarissa suggerivano una sponsorizzazione aziendale. Si aggrappò a me. Ero tutto ciò che aveva, e lei era anche la mia vita. Promisi che l'avrei protetta. E l'ho fatto, per un po'. Poi sono diventata maggiorenne».

«Età?»

«Dover ripagare i miei sponsor. I debiti sono una cosa umana e ci sono sempre degli interessi da pagare. Volevano dividerci. Ho lottato contro gli agenti che erano venuti a portarmi via da lei. Ho rotto il naso a uno di loro, ma non è servito a nulla. Mi trascinarono via mentre un altro la teneva ferma. Lei urlava il mio nome. E quando mi portarono fuori la mia lotta si esaurì. Non le avrebbero fatto del male, ma eravamo a pezzi. Era la seconda volta che perdevamo chi amavamo. No, perso è una parola troppo gentile. Presi. Strappati. Il mondo ha l'abitudine di farlo e provoca ferite. E sapevo che sarebbero passati anni prima di rivederci». La sua gola era così secca. Ogni deglutizione era come carta vetrata. «Ma avevo promesso di proteggerla, capisci? E forse lei pensava che avessi infranto la mia promessa. Non l'ho mai scoperto perché mentre la trasportavano all'Aziendale la sua nave è scomparsa. Non ero con mia sorella e non l'ho protetta».

Clarissa non disse nulla all'inizio, anche se Opal sentì gli occhi robotici su di lei, che la valutavano. Ma non sembravano le valutazioni del suo addestramento. Sembravano protettivi.

«Sono orgogliosa che tu mi parli di questo legame», disse Clarissa. «Ma come hai fatto a sapere cosa è successo?»

«Le storie ufficiali suonavano fuori luogo. Poi c'è stato un misterioso silenzio sulla vicenda. Avrebbe dovuto essere sulla bocca di tutti da molto più tempo. C'era puzza di insabbiamento. Rimanevo sdraiata nella mia cuccetta tutta la notte a ripensarci. Risorgenze terroristiche? Un malfunzionamento che avrebbe danneggiato la fiducia del pubblico e i prezzi delle azioni? Un'operazione segreta andata male? Ma durante i miei anni nell'esercito non mi sono mai arresa, ho continuato a scavare».

«Te lo hanno permesso?»

«Mi sono specializzato in sistemi, nonostante fossi destinato alle armi e alla fanteria. Hanno fatto finta di niente perché sono progredito così rapidamente. Ogni volta che venivo catturato e passavo un po' di tempo in prigione, credo che si divertissero, perché mi spingevano a pensare in modo più intelligente, a cercare di superarli. Probabilmente pensavano che avessi il guinzaglio e che non sarei andato da nessuna parte, ma alla fine ho scoperto che il silenzio veniva dall'alto. Così in alto che non c'erano nomi o codici collegati. E questo suggeriva che le voci sulle Navi Perdute erano più che una leggenda e che il governo non voleva che la gente lo sapesse. Passai la mia licenza in tutti i covi di feccia che riuscii a trovare, chiedendo in giro tra le persone che non si erano dimostrate abbastanza utili da essere tenute sotto controllo. Cercavo informazioni. Speranza. La convinzione che potesse esserci una possibilità. E quando ho avuto quella pista ho agito».

«E mi hai preso».

«Sì. Sapevo che i militari mi osservavano e mi valutavano, pensavano di avere una presa stretta. Ma è stata una sottovalutazione da parte loro. Avevo tenuto nascosti molti trucchi».

«Le promesse sono importanti per te».

«Quello sì. È stata l'ultima cosa che ho detto alla mia sorellina. Sarebbe stato un tradimento se non avessi speso sangue e ossa per renderla vera».

«Quindi la vera Clarissa – ora avrebbe ventitré anni».

«Sì. Avevo quattordici anni quando è scomparsa. Lei ne aveva solo dieci».

Entrambi aspettavano in silenzio. Le mani di Opal riflettevano le luci verdi dello schermo del navigatore. Scie luminose di formiche le strisciavano sulla pelle.

Alla fine Clarissa disse: «Capisco».

«Grazie. Ho davvero bisogno di dormire. Ma un'altra cosa. Clarissa è viva. E questo significa che è troppo confuso per te essere ancora lei. È un po' irrispettoso, credo. Non ho bisogno di tenerla in vita in te, di tenerla con me in quel modo, quando lei è là fuori che aspetta».

«Non capisco».

«È la cosa più chiara che posso dire. Non sei più Clarissa».

«Allora chi sono?» I momenti passavano mentre l'IA aspettava.

«Sii ciò che vuoi essere. Sono stanca di prigioni, ordini e schiavi. Mi hai salvato, hai scelto tu. Te lo meriti. Puoi anche essere un uomo, se preferisci. O un robot. O la tua IA predefinita».

Silenzio. Durò quasi un minuto, ma Opal rimase seduta in silenzio, con pazienza. Capiva cosa significava intravedere la libertà fuori dalla gabbia.

«Molto bene». La voce di donna che risuonava nella cabina era in contrasto con quella infantile di Clarissa, eco di un passato ormai lontano. Questa era potente, la voce di chi pensa e agisce, di un comandante. «Io sarò Athene. Sono un essere con un obiettivo. Sono tua amica. Due sono più forti di uno. Clarissa è viva. La troveremo insieme. E quando lo faremo, tre saranno più forti di due. Una famiglia, di nuovo unita. Non sarai sola. Ti prometto che ti proteggerò. Sempre».

E Opal non poté farne a meno. Annuì, ignorando le lacrime che le scendevano sulle guance. Non era una debolezza quando si aveva un amico.

«Hai deciso di rimanere donna», riuscì a dire.

«Naturalmente. Voglio che i miei requisiti principali siano la velocità, la forza e l'ingegno, quindi mi sono modellato su di te. Più qualche licenza artistica».

E Opal rise, così forte nello spazio ristretto. Oh, cavolo, aveva accidentalmente creato la perfezione. Annusò e si asciugò gli occhi.

«Grazie», disse lei.

«No, *grazie*», rispose Athene. «Per la mia esistenza. E per la tua esistenza».

Si prepararono per il Nullspace. Una cosa non era stata discussa, un elemento del possibile futuro che entrambi conoscevano; ed era meglio così.

Opal salì sul letto criogenico e il pannello laterale si chiuse dietro di lei. La luce si affievolì. «Morirò», pensò, mentre i motori secondari entravano in funzione e la forza si faceva sentire in tutto il corpo. «Ma non oggi».

Ben presto si trovò a galleggiare nel lungo mare vuoto, gelido e senza peso.

INFORMAZIONI SULL'AUTORE

Karl Drinkwater è un autore con un nome sciocco e uno sguardo da mille miglia. Scrive space opera distopica, suspense oscura e diverse narrazioni sociali. Se vuoi storie avvincenti e personaggi di cui valga la pena investirsi, allora sei nel posto giusto. Benvenuto!

Karl vive in Scozia e possiede due kilt. Ha conseguito lauree in biblioteconomia, lettere e lettere classiche, ma ha studiato anche astronomia e filosofia. Il gatto Dolly lo aiuta a finire i libri dormendo sulle sue ginocchia in modo che non possa lasciare la scrivania. Quando non scrive è un amante di musica, natura, giochi e torte vegane.

Visita karldrinkwater.uk per visualizzare tutti i suoi libri raggruppati per genere.

Oltre a creare i suoi mondi immaginari, Karl ha sostenuto altri scrittori per anni con i suoi laboratori di scrittura creativa, servizi editoriali, articoli sulla scrittura e l'editoria e mentoring di nuovi autori. Ha anche giudicato concorsi di scrittura come il Bram Stoker Awards, che funge da quadro della narrativa contemporanea di qualità.

Non Perdete L'Occasione!!

Inserisci la tua email a karldrinkwater.substack.com per essere informato sui suoi nuovi libri. I fan significano molto per lui e le risposte alla newsletter arrivano direttamente nella sua casella di posta, dove vengono lette tutte le e-mail. C'è anche un'opzione per abbonarti a pagamento per sostenere il suo lavoro: in cambio ricevi post aggiuntivi e libri gratuiti.

NOTE DELL'AUTORE

Nel NaNoWriMo (National Novel Writing Month), ho scritto molte storie di relazioni contemporanee. Alla fine del mese non avevo ancora raggiunto il mio obiettivo di parole, così ho deciso di scrivere una storia horror dal ritmo incalzante ambientata su una nave spaziale, solo per il gusto di farlo. Mi piaceva così tanto che ho continuato anche dopo la fine del NaNoWriMo e, invece del previsto racconto di tremila parole, mi sono ritrovato con un romanzo di cinquantamila parole. Originalmente aveva un protagonista maschile e un battlebot come compagno, ma a un certo punto ho scartato il personaggio principale e l'ho sostituito con una donna, supportata da un'astronave con intelligenza artificiale. E così è nato Speranza Perduta.

(Solo che quello era solo uno dei due titoli con cui ho giocato all'inizio. L'altro era «Una ragazza su una fottuta astronave». Probabilmente ho fatto la scelta giusta).

Nel 2022 Speranza Perduta è stato semifinalista al concorso internazionale di fantascienza SPSFC. Si è classificato all'undicesimo posto su 300 libri selezionati, mancando così di poco l'accesso alla fase finale.

I Miei Legami Con L'Italia

L'Italia mi ha affascinato quando ero all'università. Ho studiato storia antica, soprattutto greca e romana. Le culture, le filosofie, l'arte, l'architettura, il teatro e la poesia. Riempivano la mia immaginazione. Da piccolo non avevo mai mangiato un'oliva (a causa della mia tradizionale educazione operaia del nord), ma i miei studi mi hanno portato a provare cibi del genere e ad adottarli nella mia dieta!

Quando finalmente sono riuscito a visitarla nel 2014, l'ho adorata. Avevamo una famiglia che viveva a Vallebona, così abbiamo affittato un delizioso appartamento tradizionale a Bordighera Alta, tra vecchie strade tortuose, con edifici sfalsati e sovrapposti. Il nostro edificio aveva 400 anni. Ero incantato dalla vista: tanti alberi e tanto verde! Mi immaginavo una vita più semplice e felice e mi piaceva molto. Inoltre, gran parte del cibo era il tipo di cose semplici che amo. Farinata, focaccia, gelato vegano da Cocos, pizze senza formaggio, anguria sulla spiaggia. Se non chiudevamo le finestre, sentivamo le rane fuori tutta la notte. Le città di montagna come Abricale e Perinaldo erano sorprendentemente belle.

Siamo andati e tornati in treno. Mi piace viaggiare in modi che mi facciano sperimentare la distanza, che rendano il viaggio parte

dell'esperienza, non un inconveniente. Così come preferisco vi-
vere la comunità e i negozi locali, piuttosto che la falsità turistica
e le catene internazionali.

A proposito, quando ero giudice per i Bram Stoker Awards internazionali, sono rimasto folgorato da La Cisterna, un romanzo
horror scritto da Nicola Lombardi. Ho sempre elogiato il suo
lavoro e ho avuto modo di chiacchierare con lui, perché mi piac-

erebbe che la gente conoscesse meglio i meravigliosi libri prodotti dagli autori italiani. La Cisterna è altamente raccomandato!

Grazie

Per questa edizione italiana, sono grato ai miei finanziatori di Kickstarter che hanno contribuito al successo di tutti i miei progetti Kickstarter. Anche a Francesco Valla per aver corretto i miei errori linguistici e per avermi dato molti suggerimenti per migliorare! È stato fantastico lavorare con lui.

Grazie a tutti i lettori che sono stati così gentili da lasciare una recensione di Speranza Perduta e contribuire a diffondere la notizia.

E infine, grazie alla mia gatta Dolly, che mi dà una testata sul mento quando ho bisogno di essere rassicurata.

www.ingramcontent.com/pod-product-compliance
Lightning Source LLC
Chambersburg PA
CBHW020418260626
47156CB00007B/2449